취적취무

醉笛醉舞

설풍 新무협 판타지 소설

FANTASTIC ORIENTAL HEROES

취적취무 9

설봉 新무협 판타지 소설

초판 1쇄 찍은 날 § 2011년 12월 7일
초판 1쇄 펴낸 날 § 2011년 12월 14일

지은이 § 설봉
펴낸이 § 서경석

편집부장 § 권태완
편집책임 § 주소영

펴낸곳 § 도서출판 청어람
등록번호 § 제1081-1-89호
등록일자 § 1999. 5. 31
어람번호 § 제2-2184호

주소 § 경기도 부천시 원미구 심곡2동 163-2 서경B/D 3F (우) 420-822
전화 § 032-656-4452 팩스 § 032-656-4453
http://www.chungeoram.com
E-mail § chungeoram@chungeoram.com

ⓒ 설봉, 2011

ISBN 978-89-251-2708-8 04810
ISBN 978-89-251-2518-3 (세트)

※ 파본은 구입하신 서점에서 교환하여 드립니다.
※ 저자와 협의하여 인지를 붙이지 않습니다.
※ 이 책은 도서출판 청어람과 저작자의 계약에 의해 출판된 것이므로, 무단 전재 및 유포·공유를 금합니다.

9

필유지로(必由之路)
[완결]

취적취무
醉笛醉舞

한 잔 술에 취해 곡조 없는 피리를 분다.
술기운을 빌어 흥거운 가락에 몸을 맡긴다.
취하자. 춤추자.
오늘 하루만, 이 시간만이라도 그저 취하고 웃어보자.

설봉 新무협 판타지 소설

FANTASTIC ORIENTAL HEROES

目次

第八十一章	차명(借命)	7
第八十二章	구전(舊戰)	39
第八十三章	노서(老鼠)	69
第八十四章	해후(邂逅)	101
第八十五章	박빙(薄氷)	137
第八十六章	임자(臨者)	169
第八十七章	구정(舊情)	203
第八十八章	도화(導火)	239
第八十九章	괴수(魁首)	273
第九十章	후애(厚愛)	305

第八十一章
차명(借命)

1

"류명!"

당우는 류명을 한눈에 알아봤다.

얼굴을 알아볼 수 없을 정도로 멀리 떨어져 있다. 몸도 옆으로 돌리고 있어서 누구인지 알아보기 힘들다. 하지만 당우에게는 낯선 사내의 존재가 아주 크게 보였다.

손끝이 파르르 떨렸다.

어떻게 할까? 저자를 어찌해야 하나?

자신은 류명에게 볼일이 없다.

그는 철부지 어린아이였다. 누군가의 유혹에 넘어가서 투골조를 받아들였다가 자신에게 넘겨주었다.

그런 과정 중에 류명 본인의 의지가 깃든 부분은 전혀 없다.

한마디로 이리저리 흔드는 대로 휘둘린 바보다.

그는 아는 것도, 말할 것도 없다.

하지만 그가 왔다. 왜? 굳이 물어볼 필요도 없다. 자신들, 반혼귀성을 척살할 목적이다. 그는 아무래도 자신이 천검가를 휘저은 엊그제 일이 용서가 안 되는 모양이다.

당우는 주먹을 꽉 움켜쥐었다.

'싸워?'

제일 먼저 든 생각이다.

자신은 어디에 내놔도 손색이 없는 무공을 지녔다. 아직은 타인의 도움을 필요로 하지만 세상에서 가장 빠른 검을 지녔다고 해도 과언이 아니다.

류명이라고 해도 싸워볼 만하다.

'후후! 당우, 당우, 당우……. 네가 호랑이 간을 삶아먹었구나. 알량한 재주 좀 부릴 줄 안다고 세상 무서운 줄 모르고 날뛰는 꼴이라니. 후후후!'

당우는 곧 자신을 비웃었다.

자신에게 주어진 것은 일초 공격뿐이다.

일초가 끝나기 전에 반드시 새로운 부딪침이 일어나야 한다. 그래야 이초, 삼초로 공격을 계속 이어나갈 수 있다. 류명이 부딪침없이 일초 공격을 피해낸다면, 그다음은 아무것도 할 수 없는 허수아비만 남는다.

자신이 스스로 만들어낸 부딪침을 써볼 수도 있다. 하지만 그것은 머릿속으로 그려낸 무론(武論)일 뿐 실제로 입증된 것이 아니다. 시험 삼아 써본 적도 없다.

그러면 과연 류명이 뇌전십보의 빠름을 피해낼 수 있을까? 적의섬서는 피해내지 못했다. 류명은 어떨까?

당우는 이런 생각 때문에 싸워보고자 하는 생각이 들었던 게다.

그러나 생각을 고쳐먹었다. 싸우는 것은 정말로 피치 못할 경우에 해도 늦지 않다. 지금은 모험을 할 때가 아니다. 타인의 도움을 받지 않고 스스로 검을 들 수 있을 때…… 그때 싸워도 늦지 않다.

그는 재빨리 옆을 돌아봤다.

홍염쌍화, 귀영단애의 은자다. 치검령과 벽사혈도 은자다. 비주는 은자는 아니지만 이런 일을 수년간 해왔다. 자신의 몸 하나는 지킬 수 있다.

신산조랑과 산음초의가 문제다.

두 사람은 어디에 내놔도 눈에 확 띈다.

고루인간(骷髏人間)이 힘없이 흐느적거리는 듯한 모습은 두고두고 잊지 못할 만큼 인상 깊다.

두 사람은 잘 숨지도 못한다.

신산조랑은 제 앞가림 정도는 할 수 있지만, 산음초의의 경우에는 기대하지 않는 편이 좋다.

"숨어!"

당우는 두 번 생각하지 않고 말했다.

"숨어?"

치검령이 당우의 눈길을 따라가다가 낯선 사내를 찾아냈다. 아니, 어디선가 본 듯한 사내를 봤다.

"저자 때문에?"

"류명입니다."

"천검가의 소가주?"

"그런데 우리가 왜 숨어? 호호호! 보아 하니 저놈이 오히려 우릴 찾아온 것 같은데…… 손님맞이 하자고."

어화영이 팔을 걷어붙였다.

당우는 낯을 풀지 않았다. 반혼귀성이 전력을 기울여도 류명 한 사람을 당해내지 못한다. 주위에 붙어 다니는 검도자를 떼어내지 못하는 것처럼 류명도 감당하지 못한다.

"숨으세요. 꼭꼭 숨어야 합니다. 저놈… 작심하고 찾아온 것 같은데, 걸리면 모조리 당합니다. 후후! 세상에는 어쩔 수 없는 일이 있습니다. 하늘에 독수리가 뜨면 병아리는 도망쳐야죠. 어쩔 수 없는 일입니다."

"음……."

어화영은 침음했다.

그녀는 당우의 판단을 믿는다. 무엇보다도 그녀 또한 절정에 이른 은자다.

류명은 평범해 보였다. 약간 강한 무인이라는 정도의 인식밖에 주지 못했다. 그런데 당우의 말을 들으면서 재삼 기도를 느껴보니 이건 여간 강한 게 아니다.

바위 같은 단단함과 솜 같은 포근함이 동시에 느껴진다.

움찔!

류명의 기도를 느끼자 자신도 모르게 어깨가 움츠러든다. 쥐가 고양이를 만났을 때처럼 사지가 바르르 떨려온다. 순식간에 입안이 바짝 마르고, 두 눈에 핏발이 선다.

죽음을 감지한 반응이다.

류명과 싸울 수는 있다. 하지만 목숨을 걸어야 한다.

그의 무공을 본 적도 없는데 너무 과하게 생각한 건 아닐까? 그럴 수도 있다. 하지만 검을 쓰는 사람으로서 류명 같은 자를 대하면 누구라도 그런 생각을 할 게다.

"숨자."

어화연이 말했다.

"치잇! 어쩔 수 없지. 작심하고 왔다는 데야."

어화영이 류명을 노려보며 말했다.

숨는데 모여 있을 필요는 없다.

"이곳 사람들의 호의를 믿어도 되나?"

치검령이 물었다.

"믿어도 됩니다."

"내 말은… 결정적인 순간에도 믿을 수 있냐는 거지."

"믿어도 됩니다."

당우가 담담하게 말했다.

치검령이 말하는 결정적인 순간이라는 것이 목숨을 내놓는 순간이라는 뜻을 알면서도 너무나 태연하게 대답했다.

바늘도 들어갈 수 없을 만큼 단단한 믿음이다.

"이들이 사구작서와 연관된 건 알겠다만…… 그래, 네가 그렇다면 그런 거겠지. 그럼 숨기만 하면 되는 건가? 후후! 그거야 일도 아닌 거고… 모두 나중에 보자고."

치검령이 일행을 돌아본 후 신형을 날렸다.

"그럼 우리도……."

홍염쌍화도 일어섰다.

당우는 거센 폭풍과 맞서 싸우지 않고 피하기로 결정했다.

류명이 강하다는 이유도 있지만 반혼귀성 사람들이 너무 많이 지쳐 있다는 측면도 고려되었다.

실제로 반혼귀성 사람들은 쉴 때가 되었다.

깊은 상처도 치료해야 한다. 몇날 며칠 간 죽음과 함께 살았던 압박감도 떨쳐 내야 한다.

단 한 시진 동안만이라도 편안해질 필요가 있다.

"정말 괜찮겠어?"

어화연이 뒤돌아보며 말했다.

당우는 빙긋 웃었다.

"정말 괜찮아요. 푹 쉬다 오세요."

당우는 다루(茶樓)에 앉아 차를 마셨다.

그는 모든 사람들의 시선을 단번에 잡아끌었다. 아니, 그가 아니라 그의 앞에 앉아 있는 산음초의, 그리고 신산조랑이 사람들의 이목을 빼앗았다.

그 두 사람은 존재하는 것만으로도 관심거리의 대상이 된다. 하물며 두 사람은 주목을 끌 수밖에 없는 행동을 하고 있다.

두 사람은 손에 검을 들고 있다.

산음초의가 든 검은 당우의 폐를 겨누고 있다. 신산조랑은 심장을 겨눴다. 단순히 겨눈 정도가 아니다. 살짝만 힘을 가하면 즉시 관통할 수 있게끔 바짝 밀착시켜 놓았다.

세 사람은 평온했다.

취하고 있는 행동은 살벌하지만 얼굴 표정만은 지극히 무심하고 고요했다.

척!

드디어 류명이 다루에 발을 들여놓았다.

숨죽이고 은밀히 숨어 있어도 찾아낼 판이다. 이렇게 떠들썩한 광경을 펼쳐놓으면 차라리 찾아오라는 소리밖에 더 되는가.

류명의 입가에 웃음기가 떠올랐다.

"후후후! 후후후후!"

웃음이 이어질수록 살심도 깊게 우러나왔다.

"뭐야? 전에는 있지도 않은 폭약으로 위협하더니, 이제는 자해(自害)인가? 이게 위협이 된다고 생각한 건 아니겠지?"

저벅! 저벅!

류명이 다루를 가로질러 걸었다.

"그만! 거기 서."

당우가 입을 열자, 맞은편에 앉은 두 사람이 장검에 힘을 주었다.

쓱! 쓰윽!

장검이 살을 뚫고 들어섰다.

붉은 핏물이 양쪽 가슴에서 주르륵 흘러내린다.

'정말!'

류명은 자신도 모르게 우뚝 멈춰 섰다.

세 사람은 웃고 있다. 누가 봐도 죽음과는 거리가 멀어 보인다. 하지만 류명은 죽음을 읽는다. 두 괴인의 손끝에 감도는 살기를 온몸으로 느낀다.

당우는 두 사람에게 목숨을 맡기고 있다.

죽음이 두려워서 자해를 택할 리는 없고, 스스로 죽을망정 자신에게는 죽지 않겠다는 뜻인데…….

'웃기는 자식!'

류명은 입안이 마르는 것을 느꼈다.

당우라는 놈 한 주먹거리도 안 되는 것 같은데, 실상 부딪쳐 보면 늘 이 모양이다. 뭔가 아주 얕은 잔재주에 넘어가는 것 같은 기분 나쁜 느낌이 든다.

"뭐하자는 수작이냐!"

당우는 두 장검 사이에 있는 찻잔을 들어 올렸다.

"놀랐으면 미안. 더 가까이 오면 이들에게 기회가 없을 것 같아서 말이지. 아무래도 이들이 찌르는 것보다 네가 다가오는 게 더 빠를 것 같아."

"네가 죽든 말든, 내가 왜 신경 써야 되지?"

"날 죽이러 왔으니까."

"……?"

"자세한 건 알 필요 없겠고……. 어때, 오늘은 이만 돌아가는 게?"

"후후후! 나도 나름대로는 머리가 좋다고 자부해 왔는데, 오늘 보니 그렇지 못한 것 같아. 난 도대체가 말이지. 지금 이 상황을 이해할 수 없어. 죽이려고 하면 자진해 버릴 테니 이만 돌아가라? 도대체 이게 말이 된다고 생각해? 하하하!"

류명이 비웃음을 터뜨렸다.

당우는 흔들리지 않았다. 그에게 장검을 들이밀고 있는 두 괴인도 무심했다.

'뭔가 있어!'

스윽!

한 발을 앞으로 내밀었다. 순간, 당우 앞에 앉아 있던 두 괴인이 어김없이 장검을 들이밀었다.

푸우욱!

살 찢어지는 소리가 들리는 것 같다.

"후후후! 그렇게 죽는 것도 좋지. 이래 죽나 저래 죽나 죽는 건 마찬가지니까. 아니, 이게 더 좋아. 걸음을 옮길 때마다 조금씩 검을 찔러 넣는다? 후후후! 내가 천천히 걸으면 너도 천천히 죽겠군. 죽음을 감미하면서 천천히 죽는 거야."

저벅!

류명이 걸음을 또 옮겼다. 그리고 두 괴인은 어김없이 장검을 밀어 넣었다.
당우의 가슴에서 피가 주르륵 흘러내렸다.
그래도 세 사람은 표정 변화를 보이지 않았다. 백치라도 된 듯 무심함을 보였다.
"후후후! 그건 협박이 되지 않는다니까. 너만 고통스럽게 죽을 뿐이야. 차라리 단칼에 죽는 게 더 낫지 않나? 천검가를 마음대로 휘저은 대가치고는 가벼운 건데."
류명은 서둘지 않았다.
그는 벌써 거리를 좁혔다. 당우가 눈치채고 있는지 모르겠지만 이미 두 걸음이나 다가섰다.
당우의 우려는 옳다.
이 정도의 거리라면, 전력을 기울인다면 두 괴인이 장검을 찔러 넣는 것보다 한 수 빠르게 당우를 낚아챌 수 있다.
당우의 목숨을 손아귀에 쥐었다.
이제는 즐기면 된다. 어떻게 죽일까? 곱게 죽일 생각은 없다. 감히 천검가를 휘저은 놈이 아니던가.
'천천히, 고통스럽게······.'
그런데 놈이 스스로 자해를 하고 있으니 이것도 구경할 만하다.
자신에게 죽지 않겠다고 자진을 택하는 놈이 있다니. 세상에 이런 생각을 가진 위인도 있구나. 이 얼마나 한심하고 멍청한 짓거리인가. 더욱이 가관인 것은 이런 행동이 마치 큰 위협이라도 되는 것처럼 착각하고 있다는 점이다.
시간은 얼마든지 있다.
당우라는 놈은 반드시 죽을 수밖에 없다.
류명은 기분이 아주 좋았다.
"자, 여기서 한 발을 더 옮기면 어떻게 될까?"
류명은 발을 들어 올렸다. 앞으로 내딛지는 않았다. 한쪽 발만 지면에서 뗀 채 놀리듯이 발끝을 움직여 보였다.
또르륵!
당우는 빈 잔에 찻물을 따랐다.
태연하기 그지없다. 차분하게 차를 마시는 그의 모습에서 겁에 질린 아픔 같은 것은 찾아볼 수 없다. 죽음에 대한 공포 따위는 더더욱 찾기 어렵다.
그에게서는 그림을 즐기는 선비의 고요함이 풍겨난다.
'뭐야, 이 여유는!'
류명은 오기가 치밀어서 쳐들고 있던 발을 힘껏 내디뎠다.
스읏!
장검 두 자루가 어김없이 당우의 양 가슴을 파고들었다.
실없는 장난이 아니다. 앞가슴에서 흘러내린 핏물이 상의를 벌겋게 물들이고 있다.
류명의 눈가에 살기가 번뜩였다.
더 이상 이런 광대 같은 놀음에 동참할 생각이 없다. 당우를 천천히 죽인다는 생각이 들기도 했지만 왠지 시간이 흐를수록 놈에게 농간당하는 기분이 들어서 좋지 않다.

주도권을 되찾는다. 그러자면 자신의 방식대로 무작정 쳐나가서 목에 검을 대야만 한다. 그때도 지금처럼 여유있게 차를 마실 수 있는지 봐야겠다. 그때,

츄릿!

멀지 않은 곳에서, 아주 가까운 곳에서 살을 저밀 듯한 살기가 번져 왔다.

'웃! 고수!'

류명의 등가에 식은땀이 자르르 흘렀다.

단언컨대 천유비비검을 수련한 이후 처음 만나는 강적이다. 당우처럼 잔머리를 쓰는 강적이 아니라 진실로 승부를 가늠할 수 없는 초강적이다.

스릉!

류명은 뽑지 않고 있던 검을 뽑았다.

한시도, 아주 잠깐의 틈도 용납지 않을 고수를 만났다. 지금은 단지 느낌일 뿐이다. 하지만 직접 검을 부딪쳐서 사실을 확인해 봐도 결과는 별반 다르지 않을 게다.

"후후후! 이거였나……. 당우… 믿는 구석이 있긴 있었구나."

류명은 미지의 적에게 온 신경을 곤두세우면서 말했다.

당우가 피식 웃었다.

"후후! 믿는 구석… 있었지. 하지만 네가 생각하는 것처럼 내가 초빙한 건 아니다."

"……."

류명은 눈만 부릅뜬 채 아무 말도 하지 않았다.
쏴아아아아!
등 뒤에서 찬바람이 불어온다. 아주 강인한 검기를 담고 신경을 건드려 온다.
싸움은 이미 시작되었다.
상대가 병기를 들고 있는지 모르겠는데 만약 들고 있다면, 자신을 겨누고 있다면 뒤돌아설 시간조차 없을 게다. 공격을 피해서 앞으로 치달려 나가야 한다. 다가오는 것보다 훨씬 빨리 질주해야 한다. 그래야 뒤돌아설 여유가 생긴다.
당우는 관심의 대상이 아니다. 오직 등 뒤의 적만 주시한다.
당우가 류명의 심정을 아랑곳하지 않고 말했다.
"저 사람의 관심사는 오직 하나, 내가 죽지 않는 것이지. 물론 이것도 짐작일 뿐이지만 내 착각인지는 몰라도 지금 당장 죽는 것은 원하지 않아. 그러니……."
당우가 식어버린 차를 홀짝 마셨다.
"류명, 너는 날 죽일 수 없어. 적어도 저 사람을 처리하기 전에는."
당우가 일어섰다.
맞은편에 앉아 있던 두 괴인도 따라서 일어섰다. 여전히 당우의 가슴에 장검을 겨눈 채.
류명이 당우의 의도를 짐작하고 소리쳤다.
"갈 수 없다! 가지 못한다!"
당우는 걸었다. 태연하게 류명을 지나쳐서 다루 밖으로 걸어갔다.
 류명은 그를 잡지 못했다. 공격도 하지 못했다.

 '속이 타겠군.'
 당우는 류명의 심정을 이해하고 쓴웃음을 흘렸다.
 류명의 자존심은 크게 다쳤다. 천유비비검을 수련한 이후, 적수가 없는 것처럼 살아왔는데… 상대와 제대로 싸워보지도 못하고 발이 묶여 버렸다.
 검도자, 류명이 넘기 힘든 상대다.
 이제 그가 자존심을 되찾을 수 있는 길은 두 가지로 늘었다. 하나는 당우를 제거하는 것이고, 또 하나는 등 뒤의 검수와 제대로 부딪치는 것이다. 아니, 꺾는 것이다.
 류명은 시기를 크게 잃었을 뿐 무공으로 뒤진 것은 아니다. 워낙 팽팽한 무공들이기 때문에 등을 보였다는 단순한 사실만으로도 실기(失機)하고 말았다.
 그는 기회를 다시 노릴 게다.
 그러기 위해서 끊임없이 당우를 노린다. 그를 노려야만 등 뒤의 검수가 또다시 나타나기 때문이다.
 반혼귀성도 요리한다.
 두더지처럼 지하로 숨어버린 놈들을 찾아내서 한 놈, 한 놈 짓이겨 죽인다.
 당우는 그 점을 염려해서 다른 사람들을 숨겼다.
 검도자의 목적은 자신에게 있다. 다른 사람들에게 있지 않다. 반혼귀성 전체를 쳐다보고 있는 것도 아니다. 오직 한 사람, 자신만 주목한다.

착각인가? 그럴지도 모른다. 하지만 꼭 그럴 것 같다.

검도자의 행동을 구령마혼의 아홉 머리로 연구한 끝에 얻어낸 결론이다.

검도자는 반혼귀성의 죽음에 간여하지 않는다. 홍염쌍화가 죽어도, 치검령이 피를 토해도 눈 하나 깜짝하지 않을 게다. 실제로 세요독부와 적의섬서에게 당해서 멸절 직전까지 이르렀지만 검도자는 코빼기조차 비치지 않았다.

류명은 다른 사람을 찾아 나설 테지만 찾지 못할 것이다. 그러면 다시 자신에게로 돌아온다. 모든 감각을 자신에게 집중한다.

약간만 방심해도 큰 곤욕을 치를 게다.

'그전에 연공을 마무리해야겠군.'

당우는 물레방아가 있는 임시 거처로 발길을 옮겼다.

2

천유비비검은 무적이다. 가전지공(家傳之功)이라서 하는 말이 아니다. 한 사람의 무인으로서 냉정하게 판단했을 때, 무적이라는 결론이 나온다.

무적이 아닐 수도 있다.

천유비비검 자체는 하늘에 닿는 무공이다. 하지만 수련하는 사람에 따라서는 절정에 못 이를 수도 있다.

거봉(巨峰)이라고 다 같은 높이가 아니다.

세상을 굽어보는 거봉이 있는가 하면 거봉들 틈에 끼어서 간신히 정점을 이룬 작은 산봉도 있다.

천유비비검으로 절정을 이룬 거봉은 십여 명이 넘는다.

천검십검이라고 불렸던 자들이 모두 거봉이다. 묵비 비주 또한 거봉에 속한다.

그들이 무적인가? 무적이라고 할 수 있는가?

인정해야 하는 사람도 있지만 몇몇은 웃음만 나온다. 몇 년 전만 해도 모두 하늘같은 무인들인 줄 알았는데, 알고 보니 속 빈 강정이었다.

이해할 수 없는 건 아버님이 왜 그런 자들에게 천검십검이라는 허울을 주었는가 하는 점이다.

천유비비검은 오직 천유비비검만이 깰 수 있다. 아니, 꼭 그렇게 만들어야 한다.

류명은 이런 믿음을 한 번도 의심해 본 적이 없다.

자신이 무적의 검공을 지녔기 때문인지 모르겠다. 하지만 천유비비검은 패배를 몰라야 한다.

류명은 사내를 향해서 걸었다.

사내는 무명소졸(無名小卒)이 아니다. 이름만 들으면 자신도 깜짝 놀랄 정도로 대단한 검호(劍豪)일 게다.

검기만으로 움직임을 통제했다. 당우가 지나치는 것을 보면서도 손을 쓰지 못했다. 단지 검기만으로 정신과 육체를 완벽하게 옮아왔다.

그런 자가 무명일 리 없다.

그러나 그런 점은 중요하지 않다. 사내가 누구이든, 어떤 명호를 지닌 자이든, 어떤 검공을 지닌 자이든 앞길을 가로막는다면 베고 넘어간다.

저벅! 저벅!

힘있는 발걸음 소리가 고요한 정적을 일깨웠다.

"어서 와라."

'반말!'

류명은 묘한 느낌을 받았다. 사내는 마치 자신을 잘 아는 것처럼 말하고 있지 않은가.

스릉!

류명은 검을 뽑았다.

사내가 누구인지 알고 싶지 않다. 알 필요도 없다. 그래서 사내가 누구인지 조사조차 하지 않았다. 모르는 대로 무서운 검학을 지닌 한 사람의 고수로 대하면 그만이다.

사내는 검이 뽑히는 소리를 들었다. 하지만 고개조차 돌리지 않고 냉담하게 말했다.

"천유비비검이 최상이라고 생각하나?"

"보면 알겠지."

류명은 검을 들었다.

너도 빨리 일어나 검을 뽑아라. 싸울 의사도 없이 앉아 있는 자를 벨 수는 없지 않은가.
그의 검에서 투지가 무럭무럭 피어났다.
조금 전에는 등을 보였다. 등을 잡혔다. 자신이 몸을 돌리는 것과 검을 쳐오는 것이 같은 속도라면 당할 수밖에 없는 처지에 놓이고 말았다.
이제는 정면이다.
서로가 같은 속도라면 한순간의 눈썰미, 한순간의 감각이 승패를 나눌 것이다.
그런 면에서 천유비비검은 최상이다.
사내가 말했다.
"천유비비검은 최상이 되지 못한다."
"입으로 싸울 건가?"
"천검가주의 천유비비검은 일절이지만…… 아류는 정말 쓸모없지."
스릉!
사내가 앉은 자리에서 검을 뽑았다.
순간, 류명은 광활하던 대지에 수미산(須彌山)이 벌떡 일어선 듯한 착각이 들었다.
말을 하고 있을 때의 사내는 광활한 대지였다. 하나 그가 검을 뽑자 목이 아파서 올려다보지 못할 정도의 거산(巨山)이 되었다.
스으웃!
움직이지도 않았는데 검기가 몰려온다.

'후읍!'

류명은 자신도 모르게 큰 숨을 들이켰다.

사내가 내뿜는 압박감이 상당히 크다. 아버지, 천검가주에게서 느끼던 압박감과 같은 성질이다.

뒤를 내줬기 때문에 움직이지 못했던 것이 아니다. 정말로 강한 자라는 것을 느꼈기 때문에, 필생의 적수라는 것을 감지했기 때문에 몸이 얼어붙었던 것이다.

'난 최고다!'

류명은 진기를 휘돌려 마음을 안정시켰다.

들끓던 마음이 사라지고 평온이 찾아온다. 사내는 여전히 거대한 산이지만 넘지 못할 산으로 보이지는 않는다. 눈을 들면 보이는, 자신에게 아무런 해도 끼치지 못하는, 풍광(風光)의 일부로써 그저 존재하는 산일 뿐이다.

그의 검도 잔잔해졌다.

사내를 향해 겨눠진 검에 부동심(不動心)이 실린다.

사내의 눈에서 기광이 번뜩였다.

"아류는 아류일 뿐……."

누구에게 하는 말일까? 사내는 애매모호한 말을 중얼거리면서 일어섰다.

스읏!

사내가 그를 향해 돌아섰다. 정면에서 검을 겨눴다.

류명은 흔들리지 않았다. 검기가 성난 파도처럼 밀려왔지만, 그는 이미 평정심을 유지한 후이다.

"검무를 추지 않는 천유비비검⋯⋯. 천검가주가 수련한 검과는 완전히 다르군."

"다르면서 같고, 같으면서 다르고."

"모든 무공이 그렇지."

"당신⋯ 정말 말이 많아."

류명은 저승사자가 말하는 듯 냉담하게 말했다.

사내가 피식 웃으면서 답했다.

"그나마 말이 많을 때가 좋은 거지."

"난 싫어."

싫다는 말에 어감이 깃들지 않았다. 좋은 느낌, 싫은 느낌이 없다. 책을 읽듯이 담담하게 중얼거린다.

무심(無心)!

쉐엑!

류명은 말이 끝나기도 전에 검을 쳐냈다.

그에게 옥면신검이라는 별호를 안겨준 무적검이다. 천검가를 탈태환골(奪胎換骨)시킨 밑바탕이다. 천검가를 검련제일가로 우뚝 세워줄 천하무봉(天下無峰)이다.

스웃!

사내의 검도 움직였다.

무성(無聲), 일절 소리를 흘리지 않는다. 무광(無光), 검광조차 번뜩이지 않는다. 무기(無氣), 그토록 숨 막히게 흘러나오던 검기조차도 감쪽같이 사라졌다.

'무적(無寂)!'

류명의 머릿속에 퍼뜩 한 사람이 스쳐 갔다.

검련제일가에 이런 검을 쓰는 사람이 있다.

있는 듯, 없는 듯 흐르는 검, 아니, 정적조차도 말살시켜 버린 절대 고요의 검.

'검도자!'

류명은 비로소 상대가 누구인지 파악했다.

하나 그것이 싸움의 장애가 될 수는 없다. 싸움을 중지시킬 이유도 되지 않는다. 그가 먼저 시비를 걸어왔다. 당우만 치면 되는 것인데, 치지 못하도록 뒤를 노렸다.

그를 치기 전에는 당우를 칠 수 없다.

상대가 검도자이든 아니든, 설령 검련제일가의 가주라고 해도 뚫고 나갈 수밖에 없는 입장이다.

그야말로 촌각도 안 되는 지극히 짧은 순간에 스쳐 간 생각들이다.

사실 그는 이런 생각을 할 틈도 없었다. 검도자가 전개한 검법은 천유비비검과는 성격이 완전히 다르다. 검법과 도법을 비교하는 것만큼 큰 차이가 난다.

천유비비검을 전개하기 위해서는 검기를 느껴야 한다. 검풍(劍風)도 좋다. 검광(劍光)도 상관없다. 무엇이 되었든 육감 중 어느 한 부분으로 실체를 감지해야 한다.

흔히 느끼고 반응하면 늦는다고 한다. 몸으로 느끼기 전에 먼저 반응할 줄 알아야 한다고들 한다.

천유비비검은 그런 상식을 깼다.

공격해 오는 실체를 느끼는 순간, 그는 더 빠르게 움직인다. 정확히 보고, 느끼고, 감지한 후에 공격하는 것이라서 실패할 가능성이 지극히 낮다.

이는 실제로도 증명되었다.

옥면신검이라는 별호를 얻는 동안 수십 번에 걸쳐서 천유비비검을 사용했지만 단 한 번도 실패한 적이 없다.

검을 뽑으면 벤다.

이것이 천유비비검이다. 무적의 검이다.

한데 검도자는 그런 천유비비검의 상극에 서 있다. 사전에 감지할 만한 느낌을 전혀 주지 않는다.

실체를 보고 난 후에 검을 쓸 수가 없다. 실체를 느낄 여유도 없다. 한순간의 지체가 목숨을 앗아갈 게다.

이것저것, 아무것도 확신할 수 없을 때가 있다. 밝은 곳에 있다가 빛 한 점 없는 어둠 속에 들어간 사람처럼 세상이 온통 암흑으로 뒤덮일 때가 있다.

그때, 인간은 몸이 굳어버린다. 아무것도 하지 못하고, 눈이 어둠에 적응할 때까지 잠자코 기다린다.

그러면 당하는 것이다. 한순간이라도 멈칫거리면 어김없이 검이 쑤셔온다.

눈먼 장님처럼 허우적거릴 수도 있다. 그저 손이 뻗쳐지는 대로, 발길이 닿는 대로 무작정 움직일 수도 있다.

그래도 당한다. 상대는 정확히 보고 있다. 한순간의 허점도 용납하지 않는다.

그러면 어떻게 해야 하나?

육신의 눈이 아닌 마음의 눈으로 보고 움직인다.

오감으로 실체를 파악할 수 없다면 육감으로 파악한다. 천지자연의 기운을 빌어서 검의 흐름을 느낀다.

쉐엑!

류명은 본능적으로 검을 쳐냈다. 순간!

따악!

차가운 감촉이 손등을 두들겼다.

손뼈가 부러져 나가는 것 같은 통증!

류명은 그래도 검을 놓지 않았다. 어금니를 잘끈 깨물며 지독한 통증을 참아냈다.

손등에서 전해져 오는 통증보다도 천유비비검이 무너졌다는 사실이 더욱 아팠다. 검련제일가주도 아니고 검도자 따위에게 패배했다는 사실이 가슴을 저려 울렸다.

'이건 꿈이야!'

류명은 술잔을 기울였다.

검도자를 찾아갔고, 단 일합의 승부를 벌였다. 그리고 패배했다.

이 모든 일이 꿈같이 느껴졌다. 마치 지금이라도 눈을 뜨면 꿈에서 깨어난 듯, 아무런 일도 벌어지지 않았던 것처럼 낯선 풍경들이 펼쳐질 것 같았다.

그러나 꿈이 아니다. 퉁퉁 부어오른 손등이 격전의 사실감을 확인시켜 준다.
"후후후!"
그는 쓰게 웃었다.
검도자는 단 일합의 승부를 펼친 이후 딱 세 마디를 했다.
"진의(眞意)를 이어받지 못했다."
이것이 한마디다.
"천검가주는 내 검을 장난처럼 무너뜨렸다."
이것이 두 마디다.
"천검가에서 네 무공은 천검십검 아래다. 가주가 그런 말을 하지 않더냐?"
마지막 세 마디째다.
그런 말을 하는 검도자의 눈빛에 경멸감이 어렸다.
검도자가 그런 느낌으로 말했는지는 모르지만 류명은 경멸감 이상의 수치심을 느꼈다.
그러나 그가 술잔을 기울이는 것은 패배의 아픔 때문이 아니다. 검도자의 말에서 아주 큰 충격을 받았기 때문이다.
진의를 이어받지 못했다.
검도자가 제일 먼저 한 말이다.
이 부분…… 틀렸다. 자신의 천유비비검은 아버님에게서 직접 가르침을 받은 것과 진배없다. 육신은 떨어져 있었지만 머릿속에 담겨 있는 오의는 고스란히 이어받았다.
그게 아니었나? 아니다. 그가 두 번째로 한 말, 아버님이 검도자의 공부를 장난처럼 무너뜨렸다면 자신도 그랬어야 한다.

하나 정반대로 자신이 장난처럼 무너졌다.

이것은 기회의 문제가 아니다. 진정한 무공의 정도 차이다. 검도자는 이길 수 없다. 그가 두 번, 세 번 충분할 만큼 기회를 준다고 해도 결과는 똑같을 것이다.

먹이사슬에서 천유비비검은 무적검의 아래다.

자신은 이런 결과표를 손에 쥐었다. 한데 아버지는 정반대의 결과를 얻어냈다.

같은 천유비비검으로 이럴 수 있을까?

아직 숙련도가 부족한 것일까? 아직도 이해하지 못하고 있는 부분이 있나? 더 수련해야 할 구석이 남아 있는 겐가? 다 끝났다고 생각했는데 아니었나?

그렇게까지 생각할 필요는 없지만 어느 구석 한 군데가 빈 것만은 틀림없다.

마지막 세 마디째에 한 말, 천검십검의 아래다. 그 말도 머릿속에서 빙빙 맴돈다.

사실일 게다.

다른 사람도 아니고 검도자가 그리 판단했다면 틀림없을 것이다.

그가 말한 천검십검에 묵비 비주는 포함되어 있지 않다. 정통으로 거론되는 천검십검을 일컫는다.

그러고 보니 묵비 비주는 천검십검이 아니다. 천검십검과 필적하는 무공을 지녔다고 알려진 것일 뿐, 천검십검과 함께 천검가의 대소사를 관장했을 뿐.

아니다. 자신은 그들보다 강하다. 틀림없이 강하다. 지금이라도 그들이 눈앞에 있으면 당장 증명해 보일 수 있다. 그런데 검도자는 그들이 더 강하다고 했다. 왜?

검도자의 평가는 다른 사람들의 평가와 다르게 생각해야 한다.

그는 검의 명인이다. 검으로 하늘에 올라선 자다. 그런 자가 일점 사심 없이, 객관적인 위치에서 냉정하게 내린 평가라면 백 중 백 정확하게 들어맞는다.

그의 말이 맞다.

그러면 왜 아버님은 천검십검을 내쫓고 자신을 대리인으로 내세운 것일까?

천검십검은 움직이지 못한다. 그들의 발목에는 가주가 아니면 풀어줄 수 없는 족쇄가 채워져 있다. 반면에 자신은 움직임에 거리낌이 없다. 누구의 눈치를 볼 필요도 없고, 특별하게 장애라고 생각되는 부분도 없다.

그런 식으로 천검가를 재정립했다.

옛 천검가를 밀어내 버리고 새로운 천검가를 세웠다.

아버님은 이 부분까지 모두 암묵적으로 승인했다. 하고 싶은 대로 마음껏 하게 내버려 두었다.

표면상으로는 간섭을 하지 않은 것이지만, 실질적으로는 승인이나 다름없다.

변화의 기반엔 물론 자신의 검공이 깔려 있다.

새로운 천검가, 새로운 천검십검……. 그들 모두 자신이 터득한 천유비비검에 기반을 둔다.
 검도자의 말대로라면 엉망진창이 되도록 내버려 두었다는 뜻이다.
 패배의 충격보다도 이런 잡다한 문제들이 그를 괴롭힌다.
 아버지를 능가한 줄 알았는데, 한참 못 미친다는 평가…….잘하고 있는 줄 알았는데, 수렁 속에 빠져 있고…….
 '마사!'
 그는 마사를 떠올렸다.
 이런 문제들 그는 해결하지 못한다. 아버님의 뜻이 어디에 있고, 자신이 무엇을 어떻게 더 수련해야 하는지 아무런 해결책도 찾지 못한다. 하지만 마사라면, 그녀의 뛰어난 지혜라면 하다못해 지푸라기라도 던져줄 게다.
 천검가로 돌아간다. 돌아가서 처음부터 다시 시작한다.
 이번 출행(出行)은 헛되지 않았다. 검도자를 통해서 현재 어느 정도의 위치에 있는지 평가받았으니 성공한 출행이다. 이런 줄도 모르고 황산지회에 참석했다면 어쩔 뻔했나. 검련 가주들 앞에서 개망신을 당할 뻔하지 않았나. 검도자도 눕히지 못하는 무공으로 어찌 검련을 넘보려고 했을까.
 아니, 아니다. 꼭 그렇게 비관적으로 생각할 필요는 없다.
 천유비비검은 더 이상 나아갈 수 없다. 인간의 몸놀림을 극상의 상태에까지 끌어올렸다. 여기서 더 빠를 수도, 더 강할 수도 없다. 두말할 것도 없이 여기가 정점이다.
 무언가 한 가지만 빠졌다.

그것이 무엇인지 가장 잘 아는 사람이 지척에 있다.
아버님! 천유비비검의 창시자가 고개만 돌리면 쳐다볼 수 있는 곳에 있다.
변한 것은 없다. 천검가로 돌아가서 몰랐던 점을 약간만 보충하면 된다. 짧게는 사나흘, 길게는 몇 달 정도가 소요되겠지만 충분한 가치가 있다.
검도자는 이긴 것이 아니다. 그는 자신의 약점이 어디에 있는지 지도해 주었을 뿐이다. 다음에 만났을 때는 지금처럼 당하지 않을 게다. 아버님이 그랬듯이 장난처럼 무너뜨릴 것이다.
'목숨이 꽤나 질긴 놈이군. 하지만 내 장담하건대 올해를 넘기지 못할 터……'
류명은 당우가 있음직한 방향을 쳐다보며 씁쓸한 고소를 지었다.

검도자는 류명의 뒷모습을 봤다.
그는 패자답지 않게 힘있는 발걸음으로 돌아갔다.
술 한 잔이 용기를 주었나. 패배를 심각하게 생각하지 않는 낙관적인 성격인가.
절망은 인간을 무너뜨린다. 하지만 희망이 있으면 어떠한 고난도 이겨낸다. 희망이 보상과 직결되기 때문이다.
견뎌라, 그러면 대가를 주마!
희망이 확신과는 다르지만 효과는 같다.

류명은 희망을 얻었다. 술 한 잔 마시면서 살길을 찾아냈다. 그것이 지옥으로 가는 지름길인지, 정말 사는 길인지는 두고 봐야 알겠지만. 다음에 또다시 싸움을 하게 된다면 오늘처럼 쉽게 끝나지는 않을 것 같다.

"검무를 추지 않는 천유비비검이라……. 그러면 '비비'라는 말을 빼야 하지 않나. 천유검과도 어울리지 않아. 지독한 살검. 오직 목숨만 노리는 살검을 뭐라고 부를까."

검도자가 중얼거렸다.

그의 안색은 어두웠다.

류명이 저런 류의 검법을 수련한 것은 천검가주가 의도했기 때문이다. 살검을 전수했고, 류명은 비판없이 받아들였으며, 절정에 이르도록 수련했다.

살검의 검자루는 천검가주가 쥐고 있다.

그는 어떻게든 천검가라는 울타리를 벗어나려고 한다. 뛰쳐나오려고 여러 방향에서 찔러본다.

신경 쓸 것 없다.

류명이 당우에게서 떨어져 나갔으니 그쪽 사람들을 쳐다볼 이유가 없다. 자신은 오직 당우만 쳐다보면 된다.

"오늘이나 늦어도 내일은……. 후후!"

그는 의미 모를 소리를 토해냈다.

第八十二章
구전(舊戰)

1

  밀마해자는 머리가 비상해야 한다.

  상형문자(象形文字) 같은 이상한 기호에서 일정한 규칙을 찾아내자면 보통 머리로는 어림도 없다. 뛰어난 정도가 아니라 그 분야에 대해서는 아주 타고나야 한다.

  밀마해자는 뛰어나다.

  하나 그 뛰어남이 일상생활에까지 이어지는 것은 아니다. 하늘은 한 사람에게 모든 것을 주지 않는다.

  밀마해자치고 뛰어난 고수가 없다.

  밀마해자치고 부(富)를 이룬 사람도, 권력을 쟁취한 사람도, 학문으로 대성한 사람도 없다.

  밀마에 모든 초점이 맞춰져 있어서 세상의 잡다한 것들에 관심을 쏟을 시간이 없었던 게다.
 그들에게는 오직 밀마만이 세상의 모든 것이다.

 추포조두와 묵혈도는 밀마의 세계로 파고들었다.
 "도광도부를 찾소만."
 "도광도부? 글쎄… 사천 어디선가 봤다는 사람이 있었는데……. 도광도부를 찾을 정도라면 상당한 밀마 같은데, 어떤 밀마요? 나도 구경 좀 합시다."
 "시간이 촉박해서 그렇소만."
 다른 부류의 사람들과 이야기하는 거라면 이런 말을 하면서 은자라도 내밀었을 게다.
 밀마해자는 돈에 욕심이 없다. 은자로는 입을 열지 못한다. 그들의 관심사는 오직 밀마. 도광도부가 풀 수 있다면 자신도 풀 수 있다는 자부심을 건드려야 한다.
 추포조두는 미리 준비해 간 밀마를 슬쩍 비쳤다.
 지렁이가 꿈틀거리는 듯한 도형이 밀마해자의 시선을 잡아끌었다.
 "쯧! 밀마하면 도광도부라고 하던데……."
 "아따 그 사람……. 세상에 사람이 도광도부밖에 없나. 그 사람 요즘 화천과 어울린다는 소문이던데, 그럼 이 세계에서는 끝난 거야. 일 년만 이 세계를 떠나 있어도 밀마해자로서의 생명은 끝난 거야."
 밀마해자가 지렁이 그림을 유심히 쳐다봤다.

적성비가는 밀마에 능통하다. 가짜 밀마를 만들어내는 것은 일도 아니다.

묵혈도가 슬쩍 끼어들었다.

"도광도부가 화천과 어울린다는 그 소문, 언제 들은 거요?"

"……."

밀마해자가 입을 뚝 다물었다.

밀마해자는 서로를 보호한다. 목숨을 걸고 지켜줄 만한 우정은 없다. 하지만 자신들을 지켜줄 사람은 자신들밖에 없다는 사실을 깊이 공유한다.

지켜줄 수 있는 데까지만 지켜준다.

"우리야 실력있는 해자면 누구라도 상관없다는 주의이지만, 그놈의 윗사람들은 그게 아니라서. 사실 도광도부가 옛날에 날리기는 했잖수. 도광도부가 화천인지 뭔지 하는 놈들과 어울리는 바람에 옛 같지 않다는 사실만 확인할 수 있어도."

묵혈도가 말끝을 흐렸다.

밀마해자는 대꾸하지 않았다. 아예 아무 말도 못 들은 것처럼 딴청을 부렸다.

추포조두와 묵혈도는 낮잠을 자면서 느긋하게 기다렸다.

묵음토성(默音吐聲)!

도광도부와 더불어서 밀마 부분에서는 쌍벽을 이루던 밀마해자.

침묵만 존재하는 곳에서도 반드시 소리를 이끌어낸다는 전설적인 존재.

그를 찾아내는 게 무척 힘들었다.

어쭙잖은 밀마해자는 발에 밟힐 만큼 많아도 묵음토성이라는 존재는 구름 속에 숨은 신룡 같아서 좀처럼 꼬리를 잡기가 힘들었다.

그래도 찾아냈다.

도광도부는 밀마 세계를 떠나 버렸기 때문에 찾기가 거의 불가능하다. 하지만 묵음토성은 여전히 밀마를 붙잡고 있다. 밀마를 벗어난 적이 없다. 그렇기 때문에 밀마해자만 수소문하면 어렵기는 하지만 찾을 수는 있다.

그럼 그는 왜 찾았는가?

묵음토성이야말로 도광도부를 찾을 수 있는 유일한 사람이다.

도광도부는 무림과 인연을 끊었지만 밀마 세계와는 여전히 교류를 이어가고 있다.

그가 중원을 떠돌면서 무인들에게 발각되지 않을 수 있었던 것도 밀마해자들이 도와주었기 때문이다. 그뿐만이 아니다. 작게는 의식주(衣食住)에서부터 크게는 그가 진행하고 있는 모종의 일까지 많은 부분에서 도움을 받고 있다.

무일푼의 도광도부가 화천과 함께하면서 화액을 만들 수 있었던 자본이 어디서 나오겠는가. 화액을 만드는 건 웬만한 부호도 엄두를 못 내는 일인데 말이다.

그러면 밀마해자들은 왜 도광도부에게 그토록 많은 지원을 하는 것일까?

 이유는 아주 간단하다. 손해를 보지 않기 때문이다.

 이 말은 다시 말해서 은자를 대주는 대신에 대가로 받는 게 있다는 소리다.

 아무것도 없는 도광도부가 무엇을 내놓았을까?

 그의 머리다. 도광도부는 밀마에 대한 해박한 지식을 내놓고 있다. 즉, 그는 지금도 밀마 해독이라는 작업에 간여한다.

 다만 무림으로부터 자신이라는 존재를 숨기기 위해서 표면에 나서지 않을 뿐이다.

 아무도 풀지 못하는 지독한 밀마가 제시되면 그는 반드시 나타난다.

 이제 남은 것은 몇 가지 확인 작업뿐이다.

 첫째는 밀마가 정말 해독 불가능할 정도로 지독한 것이냐이다.

 엉성한 밀마는 통하지 않는다. 급조한 밀마도 대번에 발각된다. 이들이 누구인가? 밀마로 한 평생을 살아온 사람들이다. 그런 사람들의 눈을 속일 수는 없다.

 밀마는 진짜를 쓴다.

 추포조두는 서역의 밀마를 가져왔다.

 적성비가가 수집한 수많은 기서(奇書) 중에 하나를 참조하여 만들었지만, 밀마를 형성한 글의 구조만은 진짜다.

 당우와 신산조랑은 산음초의를 빼고 그 자리에 추포조두를 집어넣었다.

처음에는 묵혈도의 건강이 염려되었다. 그래서 묵혈도와 산음초의를 한 짝으로 맞춰서 도광도부를 찾으라고 지시했다.

그러나 묵혈도는 괜찮다. 피골이 상접해 있지만 무인으로서의 역할을 제대로 해낼 수 있다.

그러자 산음초의를 빼내고 추포조두를 집어넣었다.

적성비가에서 추포조두와 묵혈도의 위치가 어떻던가?

그들은 어떤 일에든 단독 투입이 가능하다고 판단되는 사람들이다. 추포조두는 검문 본가의 신임을 단단히 받은 적도 있다.

그런 사람 둘이 뭉쳤다.

도광도부를 찾는 일이 그만큼 어렵다고 판단한 게다.

두 사람은 그런 점을 알고 있기 때문에 섣부른 행동을 하지 않는다. 기회를 잡았다 싶으면 결코 놓치지 않는다. 상대를 속이지 않기 때문이다. 진심을 다하기 때문이다. 그러다가 결정적인 순간, 마지막에 딱 한 번만 속인다.

묵음토성에게 보여준 밀마는 진짜다.

이 세상에서 정말로 밀마에 능통한 한두 명만이 해독할 수 있는 밀마 중의 밀마다.

둘째로 밀마가 해독할 만한 가치가 있느냐이다.

이는 금전적인 보상으로 대체된다.

신빙성있는 문파가 거액을 제시한다.

추포조두가 내세운 문파는 일원검문이다.

일원검문은 모르는 사람이 없지만, 또 아는 사람도 없다. 하다못해 일원검문의 검수라는 사람조차도 본 적이 없을 정도다. 그럼에도 불구하고 일원검문은 분명히 존재한다.

그곳에서는 추포조두와 묵혈도 같은 인물도 겨우 심부름꾼에 불과하다. 밀마해자의 눈에는 상당한 고수로 비쳐지겠지만 그들 스스로 하급(下級)이라고 하니 어쩌겠는가.

신비의 문파가 신비의 도형을 내민다.

이것보다 확실한 미끼는 없다.

대가도 엄청나다. 도광도부가 직접 밀마 해독을 한다는 조건이 붙지만 어려운 조건을 붙인만큼 일개 문파를 창건할 정도의 은자가 내걸렸다.

묵음토성은 걸려들지 않을 수 없다.

그는 이번 건수를 도광도부와 나누려고 하지 않을 것이다. 그도 밀마해자로서의 자부심이 있으니 본인 스스로 해결하고픈 욕구를 느낄 게다.

그는 도광도부가 화천과 연결되어 있다는 증거를 찾아올 게다.

도광도부는 밀마해자로서의 가치를 잃었다. 예전에는 뛰어났을지 몰라도 지금은 아니다. 그는 오직 화천이라는 화약에만 온 신경을 쏟아붓는다.

이런 점들을 묵음토성이 직접 찾아올 게다.

그때까지 편히 쉬면 된다, 일원검문의 심부름꾼 행세를 착실히 하면서.

곁눈질로 슬쩍 훔쳐본 도형 하나로 열 마디의 의미를 창출해 내는 사람들이 밀마해자다.

그들은 추포조두가 흘리듯이 보여준 도형을 봤다.

도형이 지닌 의미도 파악했다.

"서역 문자입니다."

"살짝 비틀어놓은 것 같은데…… 시간이 다소 걸리겠지만 해독 가능합니다."

"참(斬), 자(刺). 제가 본 건 이 두 글자인데. 아마도 서역 무공에 대한 비서가 아닐지."

말이 중구난방으로 이어졌다.

묵음토성은 고개를 가로저었다.

한마디 하면 한 번 가로젓고, 두 마디 하면 두 번 가로저었다.

제자들의 의견은 타당하다. 추포조두의 밀마는 서역 문자를 비틀어놓았다. 문자의 조합을 일정한 규칙으로 재배열했다.

해독 불가능한 밀마는 아니다.

하나 그는 이런 밀마에 도전했던 적이 있다. 젊었을 때이니 아주 오래전이지만, 무려 삼 년 동안이나 파고들었어도 올바른 글귀를 풀어내지 못했다.

이런 밀마는 한 번 비틀어놓은 것과 다섯 번 비틀어놓은 것이 구분되지 않는다.

간단한 것 같아서 달려들다 보면 어느새 깊은 함정에 빠지곤 한다는 뜻이다.

옛날에는 혈기 방장할 때라서 실패조차도 담담하게 받아들일 수 있었다. 하지만 지금은 나이도 있고, 명성도 있다. 실패는 곧 그의 이름에 먹칠하는 결과를 가져온다.

'모험할 수 없군.'

생각 같아서는 지금 당장에라도 도전해 보고 싶다.

어떤 밀마든 자신이 풀 수 없는 밀마는 없다고 자부한다. 그럴 만한 실력을 갖췄다.

그래도 손대지 못하겠다.

"도광도부는 찾았나?"

"사천성(四川省)에 있는 듯합니다."

"여전히 화액을 건드리고 있나?"

"요즘은 그쪽 밀마 일을 도와주고 있는 것 같던데요? 사부님, 이번 일은 우리끼리 해보죠? 자신있습니다."

묵음토성은 고개를 내저었다.

제자들의 마음을 모르는 바 아니지만 지불해야 할 대가가 너무 크다. 자칫 하면 묵음토성이라는 별호가 비웃음의 대상으로 전락할 수도 있다.

"두고 보자. 일단 사천성에 연통을 취해서 도광도부부터 찾아. 우리끼리 하든 도광도부에게 맡기든 그가 있어야 되겠지."

추포조두는 보름 동안을 빈둥거렸다.

아무것도 하지 않은 것은 아니다. 묵음토성은 매일 만났다. 만나서는 정말로 밀마를 해독할 수 있는지, 도광도부는 찾아낼 수 있는지 탐문하는 모습을 보였다.

전서구도 부지런히 띄웠다.

목적지가 없는 전서구다. 하늘을 높이 날아오를 뿐 일정한 거리를 날아간 후에는 제멋대로 방향을 꺾는다.

전통에는 전서도 들어 있지 않다.

그래도 이런 모습을 꾸준히 보여주는 것은 할 말을 만들어 주기 때문이다.

"굳이 도광도부가 아니더라도 밀마만 해독할 수 있다면 상관없지 않냐고 말씀드려 봤지만…… 도광도부에 대해서 말할 거리를 주시면 안 되겠습니까?"

꾸준히, 줄기차게 같은 말을 반복했다.

해답은 묵음토성의 제자들이 가져왔다.

"단도직입적으로 묻겠습니다. 어떤 증거를 드리면 됩니까? 도광도부를 만나게 해드릴 수는 없습니다."

추포조두와 묵혈도는 서로를 쳐다보면서 옅게 웃었다.

이 정도의 말이 나왔다면 목적한 바는 이루어진 게다.

도광도부의 흔적을 확실하게 찾아냈다. 이들이, 젊은 제자들이 안내하는 대로 따라가기만 하면 된다. 역시 밀마해자는 밀마해자를 통해서 찾는 게 가장 빠를 것이라는 짐작이 맞았다.

"그러니까… 묵음토성께서 이 밀마를 직접 해독하시겠다는……."

묵혈도가 슬슬 제자들의 심중을 파 들어갔다.

사천(四川)!

도광도부는 멀찍이 떨어져 있다. 자신들의 이목이 미치지 않는 곳이다.

"화천과 함께 사천으로 숨어들었다면, 화액이 이미 완성 단계에 접어들었다는 뜻 아닙니까?"

묵혈도가 말했다.

"조용히! 우리가 신경 쓸 일이 아냐."

"왜 신경 쓸 일이 아녜요? 신경 써야지. 화액이 완성 단계라면 말을 붙이기도 힘들 것 아닙니까."

"가서 보고."

"보나마나 뻔한 건데."

묵혈도가 골치 아픈 듯 머리를 내저었다.

화약을 다루는 인간들은 상대하기 껄끄럽다. 언제 어디서 어떤 위험이 닥칠지 모르기 때문에 항상 긴장해야 한다.

상대할 것이 화액이라면 더욱 끔찍하다.

화액의 위력은 이미 견식한 바 있다. 산 하나를 통째로 무너뜨리는 엄청난 위력을 맛본 바 있다. 그 덕분에 목숨을 구했지만, 반대로 죽을 수도 있는 문제다.

"일성(一成) 더!"

추포조두가 고함치며 속도를 높였다.

쉐엑!

그가 비조처럼 쏘아져 나갔다.

"아이고! 사람을 보기도 전에 지쳐 죽겠네!"

묵혈도는 앓는 소리를 냈지만, 추포조두의 심정을 아는지라 급히 진기를 끌어올렸다.

쐐에엑!

앞서가는 추포조두를 급히 뒤쫓았다.

지금쯤 묵음토성의 제자들은 뭔가 이상하다는 기미를 눈치챘을 게다. 자신들의 뒷조사를 다시 시작할 것이고, 조사를 거듭할수록 이상한 점은 더 많이 튀어나온다.

그들은 곧바로 전서를 날릴 게다.

누구에게 날릴지는 물어보나 마나다.

자신들의 실수를 인정할 것이고, 위치가 노출되었으니 급히 피하라는 전갈도 담겨 있으리라.

즉, 두 사람은 전서보다 빠르게 달려가야 한다.

아니, 이건 불가능하다. 사람이 아무리 빠르기로 하늘을 나는 비둘기를 따라잡을 수는 없다.

상대가 안 되는 시합이다.

그들도 이런 시합을 할 생각은 없다. 대신 따라잡을 수 없다면 나는 놈을 낚아채면 된다.

전서를 가로챈다.

하지만 여기에는 몇 가지 조건이 붙는다.

첫째로 묵음토성의 제자들이 몰라야 한다. 그들이 알게 되면 다른 방향에서 또 다른 전서를 날릴 것이고, 결국은 어렵게 일궈낸 사기가 공염불이 되고 만다.

둘째로 전서를 어디서 날리는지 모르기 때문에 광활한 지역을 모두 감시할 수 있는 위치를 점해야 한다.

두 사람은 사천까지 달려가는 게 아니다. 하늘을 감시할 수 있는 높은 언덕, 그러면서 묵음토성의 제자들에게 발각되지 않을 만큼 뚝 떨어진 곳으로 달려가는 중이다.

"저거 아닙니까?"

숨이 턱에 닿을 만큼 가쁘게 달리던 묵혈도가 말했다.

하늘에 점 하나가 피어난다.

처음에는 깨알 같은 점이었는데, 차츰 커지더니 이내 형체를 뚜렷하게 드러낸다.

"전서구!"

추포조두가 입을 열면서 동시에 손을 휘둘렀다.

첫 번째 전서구를 낚아챘다.

묵음토성은 전서구를 몇 마리나 날릴까?

허공을 날다가 매나 독수리에게 잡혀 먹히는 놈이 있기 때문에, 그리고 지금처럼 사람 손에 잡히는 경우도 빈번하기 때문에 몇 마리 더 여유를 둔다.

이 부분을 잘 계산해야 한다. 자칫하면 다 잡아놓고도 아직 남은 줄 알고 시간만 허비한다.

보통은 세 마리 정도 날린다.

묵음토성이 신중하다면 네 마리 정도 날릴 것이고, 대범하다면 두 마리 정도에서 그칠 것이다.

추포조두는 세 마리로 단정했다.

묵음토성은 무인이 아니다. 때문에 통상적인 관례를 따른다. 왜 그렇게 하는지 세밀하게 파고들지 않고, 무인들이 그렇게 하니까 따라서 한다.

전서구는 밀마를 날라주는 도구이지 밀마가 아니다. 묵음토성의 관심거리가 아니다.

꾸르르륵!

멀리서 점 하나가 또 피어났다.

"그래, 귀찮다. 빨리 빨리 와라!"

묵혈도가 싱긋 웃었다.

2

화액은 불안정하다.

폭발력은 태산을 갈아엎지만, 일 장을 나아가는데 한 시진이 걸린다는 말이 있을 만큼 조심해야 한다.

화액을 무기로 사용하려면 소지가 가능하게끔 안정화시켜야 한다.

진흙에 섞어보기도 하고, 나무 통 속에 넣어보기도 하고 사용 가능한 모든 방법을 시도해 본다.

쿠웅!

물속에서 커다란 폭음이 울리며, 물보라가 하늘로 치솟았다.

"또 실패야?"

"한두 번도 아닌데 새삼스럽게 뭘."
"그러고 보면 전에는 용케 성공했어?"
"실패할 가능성이 높다는 걸 알면서 한 거잖아!"
"거 사람 참……. 재미있으라고 놀린 걸 가지고 삐딱하기는. 놀자고 한 말에 죽자고 달려드는 건 뭐야?"

도광도부가 가까이 다가와 앉았다.

그의 몸은 먼지로 가득했다. 신발은 다 떨어졌고, 얼굴에는 땟국물이 자르르 흘렀다.

"방법이 없나……."

사내가 혼잣말로 중얼거렸다.

"자네 말대로 한두 해 이런 것도 아닌데 뭘 그래. 실패하면 또 하고, 또 실패하면 한 번 더 하고. 이게 자네 신조잖아. 기죽어 있을 시간이 있으면 한 번이라도 더 해보라고."

도광도부가 사내의 어깨를 툭툭 치며 일어섰다.

그때, 온몸에서 화약 냄새를 풀풀 풍기던 사내가 불쑥 종이 한 장을 내밀었다.

"뭐야?"

"읽어봐. 묵음토성인가 뭔가 하는 놈한테서 왔어. 어떤 놈들에게 우리 있는 곳을 말했다나, 어쨌다나."

"하하! 그래서 이렇게 퉁퉁 부어 있는 거구나?"

도광도부가 서신을 받으면서 말했다.

묵음토성은 전서를 두 번에 걸쳐서 보내온다. 무인들의 간섭을 고려해서 먼저 세 마리를 띄우고, 반나절쯤 경과해서 두 마리를 더 띄운다.

그가 건네받은 것은 나중에 보낸 것이다.

하점(下點)이 하나 찍혀 있다.

반나절 전에 먼저 보낸 세 마리는 한 마리도 도착하지 못했다.

세 마리 전부 좋지 않은 일을 당했다.

그러나 전서가 다른 자의 손에 들어간다고 해도 염려할 것은 없다.

밀마해자 중 최고라는 묵음토성이 역시 최고라는 도광도부에게 글귀를 보냈다.

아마도 이 전서를 해독할 수 있는 사람이 존재한다면 그자야말로 천하제일의 밀마해자이리라.

반나절 후에 보낸 두 번째 전서도 도착하지 않았다.

나중 전서구는 먼저 보낸 전서구와는 다른 환경에 처했다. 방향을 잃었거나, 잡혀 먹혔거나 이번 일과는 전혀 상관없는 사냥꾼 손에 포획되었을 가능성이 높다.

다섯 개 중에 하나.

그나마 다행이지 않은가.

무인이 길목을 지켰다. 한 마리라도 제대로 도착했으니 천운으로 생각해야 한다.

전서의 내용은 사내가 말한 것과 별반 다르지 않았다.

묵음토성의 심심한 사과, 그리고 장소를 옮기는 데 따른 이전 비용을 일부 지급하겠다는 것, 소문을 캐내간 자들의 수법과 인상 착의 정도가 적혀 있었다.

여기서 주목할 것은 이전 비용이다.

도광도부 같은 경우에는 훌쩍 몸만 떠나면 된다. 장소가 누설되었다고 해도 다른 곳으로 훌훌 떠나 버리면 그만이다. 하지만 화약은 다르다.

우선 장소 선정에 꽤 고민을 해야 한다.

인적이 드문 곳, 폭파를 마음껏 할 수 있는 곳, 화약 조달이 용이한 곳 등등……. 이것저것 고려하다 보면 서너 달 정도 훌쩍 넘기는 건 예사다.

장소를 정했다고 해서 다 끝난 것도 아니다.

화액 같은 가공할 폭발물을 사용할 때는 지진이나 산사태 같은 여타의 요소도 고려해야 한다. 그래서 폭발을 시킬 수 있는 구조물을 설치한다.

여러 가지를 힘들게 준비해서 기껏 자리를 잡았는데, 얼마 사용하지도 못하고 또 떠나야 한다니 성질이 날 만도 하다.

묵음토성이 전서에 특별히 이전 비용 운운한 것도 이런 점들을 알기 때문이다.

"기분 좀 풀지 그래?"

"기분이 풀려야 풀지!"

사내는 기껏 준비해 놓은 장소를 놔두고 새로운 곳으로 옮겨가야 한다는 점이 상당히 신경질 나는 모양이다.

도광도부가 히죽 웃으면서 말했다.

"술이라도 받아줄까?"

"그렇잖아도 처먹으려고 했다!"

"거참 말본새하고는……. 성질 낼 필요 없어. 움직이지 않아도 될 것 같아."

"뭐? 그건 무슨 소리야?"

"말 그대로야. 움직이지 않아도 될 것 같아."

"우릴 쫓는 놈들이 있다잖아! 묵음토성인가 하는 놈이 미끼를 덥석 물었고!"

"그렇긴 하지만 경계할 필요는 없을 것 같아. 검련 무인들이 아닌 것 같거든."

"정말이야?"

"사람이 속고만 살았나."

도광도부는 서신을 다시 쳐다봤다.

무인 두 명을 묘사한 대목에 눈길이 간다.

삐쩍 마른 사람보다도 훨씬 말랐다고 적혀 있다. 눈빛은 예리하지만 정광(晶光)이 흘러나왔다는 표현도 보인다.

정인(正人)이면서 고난을 받았던 사람, 그러면서 자신들에게 용무가 있는 사람.

만정 마인들이다.

그들 중에서 정인, 두 명, 묵음토성을 속일 정도로 치밀하게 간계를 쓸 줄 아는 사람…….

대충 짐작 가는 사람이 있다. 추포조두와 묵혈도가 이런 사람들에 해당된다. 반혼귀성의 무인들이 자신을 추적한다는 소문도 심심찮게 들어왔던 터다.

그들이 코 밑까지 추적해 왔다.

그들…… 자식이…… 당우가 아비를 만나고자 한다.

그러나 이런 인간적인 감정은 배제해야 한다. 철저하게 이성적이고, 차디찬 모습으로 주위를 살펴봐야 한다.

만나는 게 좋은가? 해가 되지는 않나? 자신과 아들, 양쪽에 모두 좋은 건 무엇인가?

이 부분에 대한 생각은 오랜 고민 끝에 이미 정리된 터이다.

반혼귀성은 고립무원(孤立無援)이다. 중원 어느 구석에서도 환영받지 못한다. 뿐만 아니라 척살의 대상으로까지 거론되고 있으며, 실제로도 검련제일가, 천검가 등등 적으로 돌려서는 안 될 문파들을 정면에서 받아치고 있다.

그들의 운명은 그야말로 바람 앞의 등불이다.

천검가는 가세(家勢)가 격랑에 휩쓸려 있기 때문에 손쓸 여력이 없다고 치자. 검련제일가는 다르다. 그들의 역량은 가늠할 수조차 없다. 웬만한 문파쯤은 단신으로 무너뜨릴 수 있는 초절정고수가 열 손가락도 넘는다.

그들이 본격적으로 움직이면 반혼귀성 따위는 지금 당장에라도 지워 버릴 수 있다.

가자! 가서 당우를 만나자. 자식을 보자.

당우가 찾지 않더라도 자신이 먼저 찾을 생각이었다.

'어린애들은 금방 큰다고 했으니…… 많이 컸겠군. 못 알아볼지도 모르겠어.'

도광도부가 쓴웃음을 흘렸다.

도광도부를 찾았다!
각이 뚜렷한 호남형의 얼굴이다. 호안(虎眼)에 신체도 다부져서 밀마해자보다는 무인이 더 어울리는 인상이다.
실제로 그는 무인이기도 하다.
도법(刀法)을 구사하기 때문에 도부(刀夫)라는 별호를 얻었지만, 무공을 드러낸 적은 없다.
"늦었군."
도광도부는 낯선 두 사람을 보고도 태연자약했다.
'늦어?'
추포조두의 눈가에 이채가 번뜩였다.
"놀랄 필요 없네. 전서를 받았지. 한 열흘 됐나? 이리 와서 앉게. 어제쯤 올 줄 알고 밥을 넉넉하게 지었지."
도광도부가 자리에 앉으라고 손짓했다.
전서……. 모두 낚아챈 줄 알았는데, 아니었다. 살아남은 게 있었고, 도광도부에게 전달되었다. 하지만 그는 도주하지 않았다. 오히려 기다렸다.
두 사람은 식탁에 가서 앉았다.
"히히히! 한심한 놈들……. 죽을 자리를 골라서 앉았군. 이제 네놈들 목숨은 내 손에 달렸는데……. 히히! 믿어지지 않지? 내가 왜 이런 말을 하는지 의아하지? 좌우지간 네놈들 목숨은 내 손에 달렸거든? 시험해 볼래?'
미리부터 식탁에 앉아 있던 꾀죄죄한 사내가 말했다.

추포조두와 묵혈도는 눈만 부릅떴다.

두 사람은 경거망동하지 못했다.

화액……. 화약을 다루는 뇌인(雷人).

앉아 있는 의자 밑에, 마시는 찻잔 속에, 등 뒤에, 머리 위에 화약을 설치해 놓을 곳은 얼마든지 있다. 더군다나 뇌인이 쓰는 건 물이나 다름없는 화액이다.

"사람이 싱겁게 왜 그래? 그렇게 놀리면 좋아? 농담일세. 긴장들 풀게."

도광도부가 뇌인을 흘겨보며 말했다.

그제야 두 사람은 긴장을 풀었다. 아니, 저절로 사지에서 힘이 쭉 빠져나갔다.

농담……. 그렇다고 안심하기는 이르다. 뇌인은 인간 자체가 화약이다. 지금은 적아(敵我)가 구분되지 않으니 괜찮겠지만, 적이라고 판단되면 용암 속을 헤엄치는 기분으로 나아가야 할 게다.

"찬은 없지만 맛은 있네. 들게. 반혼귀성에서 왔나?"

도광도부가 식사를 권하며 말했다.

"추포조두라고 합니다. 옛날에 한 번 뵐 뻔했죠."

"후후! 우리 집을 홀랑 태웠다며?"

"저희가 아니라 마을 사람들이 그랬죠. 당우가 투골조를 수련한 마인이라는 점을 인지하고 떠나셨지 않습니까?"

"그랬지."

"당우가 살 것이라고 생각했습니까?"

"어딜."

도광도부는 고개를 살래살래 흔들었다.

어린아이가 헤쳐내기에는 너무 거센 풍랑이었다. 실패를 모르던 풍천소옥의 치검령이 죽음의 검을 들고 있었다.

당우가 살아난 것은 기적이다.

"자식을 죽음 속으로 떠밀어 넣었으면 큰일을 해야지, 고작 이런 짓만 하고 있는 거요?"

묵혈도가 퉁명스럽게 쏘아붙였다.

그가 보기에는 도광도부가 하는 일이 너무도 태평스러워 보였다.

화액은 뇌인들에게 맡겨두면 된다. 화액을 세상에 내놓지 못해서 안달난 사람도 아니고, 화액을 안정화시킨다고 해서 그에게 막대한 이익이 돌아가는 것도 아니다.

밀마해자가 뇌인들의 세계에 곁방살이 하고 있는 꼴이다.

"부인께서는……?"

추포조두가 조심스럽게 물었다.

죽었다는 소문도 있고, 미쳤다는 소문도 있다. 분명한 것은 그날 이후로 모습을 감췄다는 것뿐이다.

"암자에 있네."

"암자……."

"머리 깎는다고 해서 그러라고 했지."

"비구니가 되었다는 말입니까?"

"그래야 하루 종일 죽은 자식 좋은 곳에 가라고 염불이라도 해줄 것 아닌가."

"아휴! 그게 아비가 할 말이오!"

묵혈도가 또 끼어들었다.

성질 같아서는 한 대 쥐어박고 싶다는 표정이 역력히 드러났다.

그는 당우가 만정에서 어떻게 견뎌냈는지 지켜봤다. 하루하루를 어떻게 살아왔는지 안다. 굳이 편을 들자면 당우 편이지 도광도부 편은 아니다.

"후후! 이 친구, 꽤 다혈질이군. 당우를 꽤 깊이 생각하고 있고. 헛말로 들릴지 모르겠지만, 고맙네."

도광도부가 야채를 집으며 말했다. 태연하게, 아무렇지도 않게, 옆집에 누가 산다는 정도의 이야기를 나누는 것처럼 표정 한 올 변하지 않은 채 담담히 말했다.

추포조두는 고개를 끄덕였다.

'천성이 이렇거나, 뚜렷한 목적이 있거나. 천성은 아닌 것 같고… 뚜렷한 목적이 있는 거겠지. 목적이라……. 화액을 완성하는 게 목적이란 말인가.'

그는 그제야 식사를 하기 위해 저금을 집었다.

"화액을 연구하는 일은 비밀이라고 할 수 없는데……."

추포조두가 의아한 눈빛으로 물었다.

뇌인이 화약을 연구하는 일은 결코 비밀이 아니다. 사악한 짓도 아니고, 누구에게 용인받을 필요도 없다. 숨어 다니면서 연구할 필요가 없다는 뜻이다.

도광도부는 숨어 다녔다. 추적의 달인들이라는 그들이 발바닥에 땀이 나도록 쫓아다닌 끝에야 간신히 따라잡을 만큼 은밀함이 극에 달했다. 살인을 저지르고 숨어 다니는 살인귀도 이처럼 은밀하지는 못할 게다.

도광도부가 말했다.

"검련을 피하기 위해서네."

"검련?"

"저 친구는 알겠군. 한바탕 드잡이질을 벌였다고 들었으니까."

도광도부가 묵혈도를 쳐다봤다.

묵혈도는 산음초의와 짝을 이뤄서 도광도부를 찾은 적이 있다. 그리고 느닷없이 튀어나온 불청객과 대판 싸웠다.

당시, 일방적으로 이길 수 있었던 것은 산음초의에게 가공할 독이 있었기 때문이다. 은자들도 독을 쓰기는 하지만 산음초의처럼 잘 쓰지는 못한다.

산음초의가 원래 독을 쓰는 사람은 아닌데, 평범한 의원에 불과했는데, 만정에서의 생활이 그를 한 사람의 독인(毒人)으로 완전히 개조시켰다.

검련제일가!

검련 무인들을 죽였는데, 검련은 조용하기만 하다.

묵혈도에게는 그것이 늘 가슴에 박힌 가시였다. 낮이나 밤이나 검련이 반드시 어떤 행동을 취해올 것이라는 압박감 속에서 짓눌려 살아왔다.

검련은 반드시 움직인다.

문도가 죽었는데 나 몰라라 하는 문파는 없다. 즉각 반응을 하지 않는다고 해서 안심했다가는 큰코다친다.

그러니 그때 그 일이 묵혈도의 가슴을 짓누르는 것은 당연하다 할 것이다.

그런 일이 왜 일어났는가? 검련 무인들이 화천을 주목하고 있었기 때문이다. 그들도 화천을 찾고자 했다. 눈에 불을 켜고 도광도부와 눈앞에 있는 뇌인을 찾았다.

"제길!"

묵혈도가 투덜거렸다.

도광도부가 검련의 눈길을 피하기 위해서 숨어 다니는 것이라면 조만간 그들 앞에 검련이 나타날 것이고, 치 떨리는 싸움은 불가피하게 벌어질 게다.

묵혈도의 코끝에 혈향(血香)이 스쳐 갔다.

추포조두가 그런 묵혈도를 흘깃 쳐다봤다.

그가 어찌 묵혈도의 마음을 모르겠나. 앞으로 벌어질 일을 그림 그리듯 환히 예측된다.

그러나 그는 차분했다.

"검련과 무슨 충돌이라도……?"

"충돌은 내가 일으킨 게 아니지. 후후! 내 주제에 검련과 충돌이라니. 말이나 되는가?"

도광도부가 피식 웃었다.

하기는 도광도부 같은 사람이 검련과 마찰을 일으킬 리 없다. 추포조두가 알고 있기에도 그 때 그 일, 투골조 사건이 일어나기 전까지는 오직 도박에만 미쳐 있었던 사람이다.

투골조 사건이 일어난 후, 도피행이 시작되었다.

'그렇다면……!'

추포조두의 머릿속에 섬뜩한 생각이 스쳐 갔다.

투골조 사건은 끝나지 않았다. 아직도 진행 중이다.

도광도부와 검련의 충돌이 아니라 천검가와 검련제일가의 충돌이다. 도광도부는 고래 싸움에 새우등 터진 격으로 격랑에 휘말려 이리저리 휩쓸리고 있을 뿐이다.

도광도부가 뇌인과 함께 화액을 연구한다? 아마도 이것은 천검가의 사주가 아닐까 싶다. 도광도부가 말하지 않고 있지만, 앞으로도 말해줄 공산은 없지만 천검가주와 깊이 연관되어 있지 않을까 하는 생각이 든다.

도광도부가 당우를 죽음 앞에 내놓을 때, 그때 이미 그는 그가 할 일을 생각하고 있었을 게다. 자식을 죽음 앞에 내놓고, 부인은 불가에 귀의시키고, 자신은 뇌인을 찾아서 화액을 연구하기로 각본이 짜여 있었을 게다.

사건은 끝나지 않았다. 아직도 진행 중이다.

"한 가지만 더 묻죠. 검련, 아니, 검련제일가가 저분을 찾는 건 무엇 때문입니까?"

추포조두의 눈길이 뇌인을 향했다.

도광도부는 어렵지 않게 지극히 짧게 대답했다.

"죽이기 위해서."

'역시!'

추포조두는 뿌옇게 가렸던 안개가 일시에 싹 걷히는 듯한 느낌을 받았다.

정말로 마지막 한마디가 필요하다. 지금까지만으로도 충분하지만 그래도 한마디 더 듣고 싶다.

"천검가주에게 은혜를 입으셨다는데…… 그렇습니까?"

천검가주의 사람입니까? 당우를 내준 것으로 은혜는 갚았지 않습니까? 아직도 천검가주를 위해서 일합니까? 화액을 완성시키는 것, 이것도 천검가주를 위한 겁니까?

추포조두의 물음 속에 많은 내용이 함축되었다.

"그렇네."

"지금도?"

"지금도."

"저분이 화액을 연구하는 것도?"

"허허! 너무 노골적이지 않나. 뭐 숨길 건 없고. 그렇네."

이제 모든 게 명확해졌다.

검련이 왜 뇌인을 죽이려고 하는가? 그들은 화액의 탄생을 원하지 않는다.

탄생을 원하는 쪽은 천검가주다.

병기의 종류가 검에서 화약으로 옮겨졌다. 이는 무차별 살상을 일으키겠다는 뜻이 아니고 뭔가. 공명정대한 검법의 다툼이 아니라 비열하고 치사한 무차별 살상에 지나지 않는다.

투골조가 드러났을 때부터 이런 조짐은 있었다.
이런 사실을 천검가가 주도했고, 검련이 눈치챘다.
"화액을 안정화시키려면 얼마나 더 걸릴까요?"
"모르지. 되려면 오늘이라도 되고, 안 그러면 평생 이 짓을 해도 안 되고."
"당우가 모셔오랍니다."
"후후! 가야지. 같이 가려고 기다리지 않았나. 그렇지 않았다면 진작 몸을 뺐겠지."
추포조두가 묵혈도를 쳐다보며 말했다.
"밖에 나가서 미행이 붙었는지 확인해 봐."
"미행은 없었지 않습니까?"
"한 번 더 확인해! 이미 확인한 돌다리도 다시 두들겨 봐야 할 상황이니까."
묵혈도가 고개를 끄덕이며 몸을 일으켰다.

第八十三章
노서(老鼠)

海由
海舞

1

 류명이 당우를 죽이지 못했다. 검도자가 당우의 주위를 맴돌면서 방어막 역할을 한다.
 놀라운 일이 아닐 수 없다.
 일개문파의 종주(宗主)가 되고도 남을 사람이 당우 같이 하찮은 자의 주위를 맴돈다는 것부터 상상 밖이다. 하물며 보호까지 한다는 건, 그것도 천검가의 후예를 핍박하면서까지 보호한다는 건 직접 당했으면서도 믿기 힘들다.
 도대체 당우가 무엇을 쥐고 있는 겐가?
 마사는 밤을 꼬박 밝히면서 생각을 거듭했다. 하지만 자신의 모든 지혜를 쥐어짜도 검도자가 당우 곁에 붙어 있어야 하는 이유를 짐작하기 힘들었다.

당우에게 무언가 있다. 아무것도 없는데, 검도자 같은 자가 붙어 있을 리 없다.

당우의 중요성이 새삼 부각된다.

'불호독수!'

그녀는 사형을 생각했다.

독에 중독당해서 어쩔 수 없이 당우의 과거 행적을 캐고 있지만, 실력만큼은 인정해 줄 수 있다. 그는 추포조두나 세요독부처럼 독자적으로 사건을 맡을 수 있는 은자 중의 은자다. 사람이 약은 면이 있어서 그렇지 꽤 괜찮은 사람이다.

그는 당우에 대해서 많은 것을 캐내지 못했다.

삼 년 전만 해도 촌구석 마을에서 흔히 볼 수 있는 순박한 아이에 지나지 않았다. 아비가 도광도부, 밀마해자라는 점만 제외하면 눈여겨볼 곳이 한 군데도 없다.

그렇다고 아비로부터 물려받은 것도 없다.

무공은 손도 대지 못했다. 지식도 물려받지 못했다. 밀마해자가 되는 기본도 모른다.

마을을 돌아다니면서 허드렛일을 해준 것이 전부다.

그에게서 알아낼 것은 아무것도 없다. 지금까지 조사한 것을 모두 쓰라고 하면 서신 한 쪽으로도 충분하다.

불호독수가 더 많이 알아와야 한다. 수단 방법을 가리지 말고 낱낱이 파악해 와야 한다. 필요하다면 지옥 끝까지 쫓아가서라도 당우가 어떤 패를 들고 있는지 파악해야 한다.

마사는 고개를 들었다.

해가 뉘엿뉘엿 넘어가고 있다.

"가가는 어디쯤 오고 계시냐?"

"반 시진쯤이면 도착하신답니다."

시녀가 공손히 대답했다.

"피곤하실 게다. 오시면 바로 목욕부터 할 수 있도록 물을 따뜻하게 데워놔."

"네. 그러잖아도 준비하고 있어요."

"너무 뜨겁지 않게."

"네."

"장미유(薔薇油)도 풀고."

"네."

시녀가 허리를 숙였다.

마사는 말을 하면서 생각했다.

'모든 열쇠는 수염 빠진 늙은 쥐가 쥐고 있어.'

마사는 천검가주를 찾았다.

금방이라도 죽을 것처럼 골골대는 늙은 쥐가 하얀 천으로 턱받이를 한 채 음식을 받아먹고 있었다.

"왔어."

천검가주가 히죽 웃으며 어서 오라고 손짓했다.

마사는 재빨리 달려가서 시녀가 들고 있던 죽 그릇을 받아 들었다.

"잣죽이네요?"

"맛있어. 건강에도 좋아."

"천천히 드세요."

마사는 죽을 떠서 늙은 쥐의 입에 넣어주었다.

늙은 쥐…….

천검가주에 대해서 말하라면 딱 두 마디, 늙은 쥐라는 말밖에 생각나지 않는다.

천검가주는 속내를 드러내지 않는다. 자신을 환히 보이는 것 같지만 단 일 푼의 일 푼도 보이지 않는다. 남이야 그렇다 치고 친 자식에까지 속내를 밝히는 법이 없다.

한데 뜻밖에도 많은 사람들이 천검가주에게 속고 있다.

"가주님은 공명정대하신 분……."

"평생을 검학에만 몰두하신 분인데 말년이 너무 쓸쓸해."

천검가 식솔들은 한결같이 존경과 칭찬 일색이다.

평생을 검학에만 몰두? 공명정대? 마사가 판단한 천검가주는 그런 것과는 거리가 멀다.

그는 결코 일념으로 검학에만 몰두하는 사람이 아니다. 그보다는 권모술수(權謀術數) 쪽에 훨씬 능통하다. 그것도 웬만한 모사(謀士)는 이름도 내밀지 못할 만큼 뛰어나다.

모사는 모사를 알아보는 법이다.

마사는 자신이 간계에 밝기 때문에 그런 부류를 쉽게 알아본다.

천검가주는 그런 사람이다.

같은 맥락에서 공명정대라는 말은 통하지 않는다. 이것만은 확실하다. 겉으로 지내온 모습은 공명정대했을지 몰라도 속으로는 추잡하기 그지없을 게다.

공명정대라는 말과 권모술수라는 말처럼 대치되는 말이 없다. 공명정대한 모사라는 말처럼 어울리지 않는 말도 없다.

천검가주에게서는 어떤 것도 알아낼 수 없다.

그녀가 천검가로 들어와서 가장 뼈저리게 절감한 것이 있다면 바로 이것이다.

가주가 하는 모든 말이 거짓말이다. 가주가 하는 모든 행동이 위선이다. 하다못해 코로 내뱉는 숨결도 거짓이다. 일상생활의 모든 것이 가식이다.

그런 점을 알고 천검가주를 대하면 한결 속 편하다.

마사는 죽을 떠서 천검가주의 입안에 넣어주며 말했다.

"속상해 죽겠어요. 가가께서 검도자란 자에게 패하고 말았어요. 실패는 병가지상사라지만 그래도 기운이 많이 빠지신 것 같아요. 부르셔서 위로 좀 해주세요."

"허! 허허허! 검도자에게 패한 건 흉이 되지 않아."

"그래도 천하무적인 천유비비검이 당했는데요?"

"쯧! 무인이 어찌 천하무적을 논하노. 천하무적이 어디 있나, 천하무적이. 허허!"

"천유비비검이 무적이 아니라는 말씀이세요?"

"무적이 될 수도 있고, 안 될 수도 있고. 모두 제 하기 나름이지. 무공은 무적이 되는 도구일 뿐, 무적 자체는 되지 않아. 허허! 무공에 의존하는 자는 무적이 되지 못할 게야."

그럴싸한 말이다.

천검가주는 언제나 이성적인 말만 한다. 그래서 많은 사람이 속는다. 지금 한 말만 해도 흠잡을 곳이 없다. 무림을 헤쳐 나온 원로로서 충분히 할 수 있는 말이다.

한데 그 대상이 바로 자신의 혈육인 류명이다. 그렇다면 여기에 어느 정도는 정(情)이라는 게 섞여 있어야 한다. 문서를 읽듯이 줄줄 읽을 것이 아니라 감정이 섞여 있어야 한다. 천검가주의 음성에는 그런 감정이 섞여 있지 않다. 아주 냉정하다.

부드러운 말 속에 숨어 있는 차가움이다.

마사가 또 죽을 뜨자, 천검가주는 됐다는 듯 손을 내둘렀다.

"그만. 많이 먹었어. 물."

마사는 엽차를 따라 두 손으로 받쳐 올렸다.

천검가주가 찻잔을 들고 후루룩 소리를 내며 마셨다.

마사가 주담자를 내려놓으며 말했다.

"당우를 칠 생각이에요."

천검가주는 미동도 하지 않았다.

"당우는 가가의 걸림돌이니까… 반혼귀성도 마음에 들지 않고, 무엇보다도 당우 그자……."

마사는 말끝을 흐렸다.

말하는 목적이 당우에게 있지 않다. 당우를 친다는 말에는 꿈쩍도 하지 않을 것이라는 걸 안다. 류명이 당우를 죽인다고 했을 때도 숨소리 한 올 흐트러지지 않은 사람이다.

당우는 죽이지 못한다. 당우 곁에 검도자가 붙어 있는 한 그를 쉽게 죽일 수 있는 사람은 없다.

천검가주는 이것까지도 알고 있다.

시도는 할 수 있으나 변화를 일으키지 못할 일에는 흔들릴 필요가 없다.

또 다른 이유도 있다.

가주는 당우에게 미련을 갖고 있지 않다.

당우는 매우 급박했다. 절정고수들이 무더기로 쏟아져 나가 목숨을 취하려고 했다. 그런데 가주는 담 너머 불구경 하듯이 구경만 할 뿐 일절 신경 쓰지 않았다.

죽어도 그만, 살아도 그만.

당우의 생존이 가주에게는 걸림돌이 되지 않는다. 흥미도 유발시키지 않는다.

천검가주는 당우에게 볼일이 없다.

다른 것은 몰라도 이것만은 분명하다. 그러니 당우를 죽인다고 할 때, 미동도 하지 않는 건 당연하다.

마사는 다음 말을 이었다.

"당우의 아비도 모습을 드러냈어요. 도광도부. 화천 뇌인과 함께 있다더군요."

순간, 착각일까? 잘못 느낀 것일까? 천검가주의 어깨가 미미하게 떨리는 듯했다.

물론 순식간에 지나간 떨림이다.

마사는 순간의 떨림을 놓치지 않았다.

'역시……'

당우를 주목하다 보니 눈엣가시처럼 신경 쓰이는 사람이 보였다.

당우의 아비이자 밀마해자로 명성이 높은 도광도부다.

그는 아는 사람들 사이에서 상반된 평가를 받고 있다. 은혜를 갚기 위해 자식을 내놓은 의사(義士), 혹은 자신을 위해서 자식을 죽음으로 던져 넣은 비정한 자로 불린다.

마사가 주목한 점은 백석산 사건 이후에 보인 그의 행보다.

그는 임강부를 떠났다. 당연하다. 자식을 죽음으로 몰아넣고 계속 한자리에 살 수는 없다. 더군다나 백석산 사건이라면 만인의 지탄을 받을 대사건이다.

그는 당연히 숨죽여 살았어야 한다.

한데 그가 나타났다. 만정에 나타나서 자신과 류명이 무너뜨린 만정을 또 한 번 터뜨렸다.

이 무슨 해괴한 짓거리인가.

어쨌든 그 짓거리 때문에 당우가 살아났다. 반혼귀성이라는 괴물집단이 탄생했다.

이 사건은 여러 가지 사실을 말해준다. 하지만 즉시 알아낼 수 있는 건 두 가지다.

첫째, 도광도부는 자식을 죽이고 싶지 않았다.

천검가주의 은혜 때문에 자식을 내놓았지만, 죽이고 싶지는 않았다. 그래서 늘 당우 주변을 맴돌았다. 만정을 지켜보았고, 약간의 변화에도 민감한 반응을 보이며 살아왔다.

쉽게 추측할 수 있는 부분이다.

두 번째로 알아볼 수 있는 것은 화천과 손을 잡았다는 거다.

마사는 그 일이 만정을 폭파시키기 위해서라고 생각했다. 화액만 안정화시켜서 마음 놓고 쓸 수 있다면 만정을 폭파하고 당우를 구해내는 것도 불가능하지 않다.

순수한 아비의 부정(父情)으로 생각할 수 있다.

그러나 아니었다. 그 사건 이후로도 도광도부는 화액 연구에 모든 것을 바쳤다.

당우도 만나지 않고, 세상에 모습을 보이지 않고, 오로지 화액만 연구한다. 아니, 화액은 뇌인이 연구하는 것이고, 그는 뇌인의 뒤를 보살펴 준다.

한마디로 후원자 역할이다.

가진 게 없어서 자식까지 밖으로 내몬 한심한 위인이 무슨 돈이 있어서 그런 역할을 했을까?

뒤를 받쳐준 사람이 따로 있다.

은혜를 갚기 위해 자식까지 내놓은 자와 은혜를 베푼 자가 있다. 그 빚이 아직 다 갚지 않았다면 한쪽에서는 다 갚았다고 여길지라도 다른 한쪽에서 갚지 않았다고 생각한다면…… 관계는 지속될 수밖에 없다.

천검가주가 화액을 연구시킨다.

여기까지는 마사의 잠정 추론이다. 하지만 천검가주가 반응을 보임으로써 실체가 되었다.

이제 칼자루는 그녀의 손에 들어왔다.

'도광도부였단 말이지!'

"도광도부가 화액을 연구하는 모양이더라고요. 아마도 당우에게 해를 준 저희에게 원한이 있지 않나 싶어서… 화액이 아직 안정되지 않았으니 죽이기는 쉬울 거예요."

"허허허!"

천검가주가 마른 웃음을 흘렸다.

"허락도 받지 않고 사람부터 보냈어요. 간신히 종적을 잡아서 급히 서두르느라고. 괜찮죠?"

"허허! 천검가는 너희의 것, 일일이 허락받을 필요 없다."

천검가주의 표정은 여전히 담담했다.

전서구가 날지 않는다. 사람도 움직이지 않는다. 그만큼 흔들어놨는데도 천검가주는 요지부동, 잠잠하다.

'아냐!'

마사는 고개를 내둘렀다.

잠깐에 불과하지만 천검가주는 분명히 흔들렸다. 가주는 분명히 움직인다. 진정으로 도광도부와 연관이 있다면 반드시 소식을 전하려고 할 게다.

이쪽에서는 이미 무인을 파견했다.

아니, 말을 그렇게 했을 뿐이다. 실제로는 도광도부가 어디에 있는지조차 모른다.

가주가 그런 점까지 알고 있는 것일까? 그래서 태연한 겐가?

"몇 날을 기다려도 아버님은 움직이지 않을 거야."

류명이 말했다.

그는 기죽지 않았다. 조급해하지도 않았다. 대신 손이 헐어 피가 밸 정도로 수련에 매진했다.

쒜엑! 쒜에엑!

날카로운 파공음이 일어나면서 수련용 짚단에 검이 박힌다.

"짐작은 했어요. 쉽게 움직이실 분이 아니라는 건 알고 있었죠. 움직여도 눈에 띄게 움직이시겠어요?"

"우리 사정을 환히 꿰고 계셔. 어쩌면 마사의 허풍을 알아챘는지도 모르지."

"허풍요?"

"도광도부에게 사람을 보냈다고? 후후! 그런 말은 나도 믿기 어려운데?"

"호호호! 가가께서는 그게 허풍이라고 생각하세요?"

"허풍 아닌가?"

"곧 알게 될 거예요. 호호호!"

마사는 활짝 웃었다.

적성비가는 산에서 내려와 천검가에 합류했다. 수많은 은자들이 꿈과 희망을 안고 천검가 문을 들어섰다.

지금 그들은 존재하지 않는다. 그들이 바라던 꿈은 없었다. 희망도 뭉개졌다. 죽음이 모든 걸 앗아갔다.

남은 사람은 단 세 명뿐이다.

자신과 세요독부와 불호독수.

그중에 세요독부는 상당한 중상을 입었다. 한쪽 팔이 없는

데다가 다리마저 발목에서부터 절단되어서 무인으로서의 생명을 잃었다고 봐야 한다.

그러나 그는 여전히 검을 들어야 한다.

적성비가 은자들에게 은퇴란 없다. 그런 말을 사용할 바에는 차라리 죽음이라는 말을 쓴다. 설혹 본인이 은퇴할 생각이어도 비가에서 그리하도록 내버려 두지 않는다.

은자는 생명이 없다. 적성비가의 물건에 지나지 않는다.

물론 모두 옛날이야기다.

적성비가 은자가 세 명밖에 남지 않았고, 그들이 검 한 자루로 세상을 풍미할 만한 무공을 얻은 후에는 모두 자기가 제일 잘났다고 생각하며 산다.

통일도 없고, 규칙도 없고, 동문 간의 정리도 없다.

마사도 같은 생각이다.

그들을 더 이상 동문으로 생각하지 않는다. 세요독부가 폐인이 되다시피 망가졌고, 불호독수는 독으로 제압해야 말을 들을 정도로 어긋나 버렸다.

쓸 만큼 쓰고 버릴 물건들이다.

원래는 산을 내려올 때만 해도 완벽한 탈태환골(奪胎換骨)! 천검가라는 거죽을 뒤집어쓰고 적성비가의 세상을 만들 생각이었는데, 그런 영광을 함께 누릴 사람들이었는데, 그러다가 운이 더 좋으면 검련을 휘어잡을 수도 있을 것이고······.

모두 다 틀렸다.

그렇다고 야망이 꺾인 건 아니다. 처음으로 되돌아가서 다시 계단을 밟고 올라서야 한다는 뜻이다.
 '사형……. 이번에는 실수하지 말아줘.'
 마사의 눈가에 짙은 그늘이 드리워졌다.

*   *   *

뚜벅! 뚜벅! 뚜벅!
 목발을 짚은 무인이 힘겹게 걸음을 떼어놓았다.
 "쯧! 외팔에 발목도 잘렸고……. 그런데도 검은 차고 있네."
 "쉿! 괜히 똥물 튀기려고 입방아야!"
 그를 쳐다보는 사람들이 수군거렸다.
 그들의 눈에는 경멸과 동정, 그리고 무시가 섞여 나왔다.
 그는 아랑곳하지 않았다. 처음에는 예민하게 반응했지만 그럴 필요가 없었다. 신경을 가장 많이 긁는 자 한 명만 베어버리면 온갖 잡음이 뚝 그친다.
 "어이! 천곡서원이 어디야?"
 그가 사람들을 쳐다보며 시비조로 말했다.
 "뭐! 어이?"
 힘 좀 씀직한 장정이 시비에 휘말려 들었다. 하지만 그는 곧 자신이 저지른 실수를 깨달았다.
 쏴아아아!
 목발 짚은 무인에게서 엄청난 살기가 줄기줄기 뻗어 나온다.
 '무, 무인!'

굳이 확인할 필요가 없다. 물을 필요도 없다.

그는 원래부터 무인이었다. 무복을 입었고, 검을 찼다. 그러니 무인이다. 하지만 외팔이다. 다리도 불구다. 도저히 검을 쓸 몸으로 보이지 않는다. 그래서 무시했다.

하지만 그는 무인이다.

장정은 목발 짚은 무인이 한 팔, 한 다리만 가지고도 자기 같은 사람은 아주 쉽게 죽일 수 있다는 사실을 절감했다. 눈으로 보고, 귀로 들은 것이 아니라 온몸으로 느꼈다.

"죄, 죄송……."

장정이 어쩔 줄 모르고 쩔쩔맸다.

싸워봐야 아는 게 아니다. 개구리는 독사를 보자마자 천적임을 알아본다. 난생 처음 봤더라도 대번에 알아본다.

"천곡서원이 어디야?"

"처, 천곡서원은 이미 폐허가 되어서……."

"알아. 어느 쪽으로 가야 돼?"

"저 산 밑에."

장정이 동네 뒷산을 가리켰다.

산 이름 정도는 붙어 있을 정도의 약간 큰 산이 마을을 양팔로 감싸고 있다.

뚜벅! 뚜벅! 뚜벅!

목발 짚은 무인은 장정의 말을 끝까지 듣지도 않고 걸음을 옮겼다.

"휴우!"

무인의 등 뒤에서 장정의 긴 한숨 소리가 울렸다.

'백석산 사건의 주모자로 흑조가 거론되었고, 흑조 사건은 천검사봉을 천검가에서 내쫓는 계기가 되었다……. 이곳을 들쑤시면 늙은 쥐가 움직일 거란 말이지.'

세요독부의 눈이 독기로 번들거렸다.

그는 폐인이다.

일반인들은 얼마든지 상대할 수 있지만 무인과 싸우려면 긴 세월이 필요하다.

지금은 마사에게 의지해야 한다.

그녀가 시키는 일을 충실히 하면서, 아직도 이용가치가 남아 있다는 것을 본인 스스로 증명해 보여야 한다.

그는 어둠에 잠기려는 큰 산을 보면서 목발을 내디뎠다.

2

졸졸졸졸졸……!

계류(溪流)가 끊어질 듯 끊어질 듯 간들거리면서 흘러간다.

조용하다.

사방이 산으로 둘러싸인 작은 골짜기에는 바람도 스며들지 않는다. 풀벌레도 없다. 나뭇잎 떨어지는 소리도 들리지 않는다. 실낱같은 개울물 소리가 천둥처럼 크게 들린다. 순간,

쒜엑!

하얀 빛무리가 물줄기를 스치듯 지나갔다.
 타악! 타악! 타타탁!
 정적은 일순간에 깨졌다. 나무와 나무가 격하게 부딪치면서 도끼로 장작을 패는 듯한 소리를 울렸다.
 "후웁!"
 "하아!"
 한 사람은 호흡을 들이켜고, 또 한 사람은 내뱉는다.
 한 사람은 공격을 했고, 다른 사람은 방어에만 전념했다.
 "끄응! 역시 안 되는 건가."
 공격하던 사람이 목검을 축 늘어뜨렸다.
 "아니, 거의 다 됐네. 하마터면 당할 뻔했어."
 공격을 막아내던 자가 옷소매를 펄럭였다.
 오른팔 옷소매가 거센 폭풍에 휩쓸린 것처럼 너덜너덜 해어져 흩날렸다.
 "뭐야? 그 정도밖에 안 됐어? 난 좀 더 심하게 걸린 줄 알았는데. 쯧! 역시 멀었군."
 "뭐? 하하하!"
 두 사람은 기분 좋게 웃었다.
 "저쪽은 어느 정도나 됐을까?"
 "그쪽도 거의 다 됐겠지. 어때? 한 번 더?"
 "나야 좋지."
 "아니, 이제 바꿔서 해야지. 네가 방어, 내가 공격."
 "이런 제길! 어쩐지 한 번 더 하자고 했을 때 찜찜하더라니.

부탁이니 살살 좀 해라. 할퀴지 말고."

"하하하! 잘 견뎌봐."

방어하던 사내가 큰 웃음을 터뜨리며 숲 속으로 숨어 들어갔다.

천유비비검의 검무는 운공조식(運功調息)의 일종으로 봐야 한다. 검무를 추는 사람마다 제각각 형식이 다르고, 효용성이 다르지만 천검사봉은 운공조식으로 이해했다.

검무를 추면서 진기를 이동시킨다. 검무를 형성하는 몸짓, 손짓, 발짓이 모두 운공이다.

천유비비검의 검무는 지상 최고의 동공(動功)이다.

검무는 결전을 벌일 때나 비무를 할 때만 추는 게 아니다. 평상시에도 늘 추어야 한다. 시간이 날 때마다, 초식을 수련하는 것보다 더 진중하게 추어야 한다.

격전 전에 치르는 운공조식.

진기가 가득 실린 검은 날카로울 수밖에 없다. 강할 수밖에 없다. 절묘한 변화를 손쉽게 그려낸다. 자신이 원하든 원하지 않든 전력을 쏟게 된다.

전력을 쏟아낸 공격은 탈진을 불러온다. 한 번의 공격에 젖먹던 힘까지 기울였기 때문에, 일격필살(一擊必殺)의 기운은 서려 있을망정 그만큼 진기 소모도 극심하다.

하지만 천유비비검은 그런 부작용에서도 벗어난다.

검무에서 시작한 검이 공격으로 이어지고, 공격이 끝난 검은 다시 검무로 돌아온다.

천유비비검은 늘 움직이고 있지만 진기는 충만하다.

일반적인 상식으로는 이해가 되지 않는 공부다.

하면 천유비비검은 무적의 반열에 올라 있어야 한다. 천하제일검이라는 찬사를 받아야 한다.

현실은 그렇지 못하다.

천검가는 검련십가 중에 일가로 자리매김했지만, 검련제일가의 자리는 다른 공부의 몫이었다.

천유비비검은 단 한 번도 천하제일검이라는 소리를 듣지 못했다.

그러면 '무적검'이라는 소리는 어떤가? 그것도 남의 이야기다. 천검가 무인들은 천유비비검이 최상이라고 생각하지만, 검련 무인들은 그렇게 생각하지 않는다.

검련제일가 무인만 그런 식으로 생각하는 게 아니다. 자존심인지 자파 무공에 대한 자부심인지는 몰라도 검련십가 무인들 대부분이 천유비비검을 무적검으로 인정하지 않는다.

무적검이 되고 싶은가? 무적검임을 증명하라.

천유비비검이 무적검이라는 것을 증명할 사람은 천검가 무인들이다. 다른 사람은 해줄 수 없다. 천유비비검을 아는 사람만이 증명할 수 있다.

천검가주는 그 일을 하지 못했다.

노가주가 한 일이라고는 천검가를 검련십가의 위치에 올려놓은 것뿐이다.

이제 나머지 일은 후손들이 알아서 해야 한다.

그런 시점에서 그들 천검사봉이 축출되었다. 본의 아니게 천검가에서 벗어났다.

그들은 무엇을 해야 할까?

그들 가슴에는 천유비비검에 대한 애착이 가득하다. 천유비비검이 무적검임을 알리고 싶은 열망이 들끓는다.

그들은 자유의 몸이 되었다.

거칠 것도 없고, 돌볼 것도 없다.

최고의 검사를 찾아다니면서 실전 비무를 치를 수 있는 완벽한 조건이 되었다.

비무행을 하다가 죽으면 그것으로 끝이다. 최선을 다한 삶이었으니 만족한다. 하나 가급적이면 죽지 않기를 바란다. 천유비비검이 무적검임을 증명할 수 있다면 더없이 좋다.

그들은 그런 각오로 검을 들었다.

하지만 그전에 할 일이 있다. 자신들의 검이 정말 무적검인지 알아볼 필요가 있다. 그것을 확인하기 위해 비무행을 하는 것이지만 천유비비검을 가장 잘 아는 사람들이 머리를 맞대고 연구, 검토하는 작업을 해보는 거다.

그들 마음속에서 한 점 미혹도 없을 때, 어떤 상대를 만나든 싶 할 자신을 가질 수 있을 때, 검련제일가주와 만나더라도 이길 수 있다는 신념을 가질 수 있게끔…… 아주 간단하지만 효과적인 노력을 해보는 게다.

평생 동안 갈고닦은 무공을 재점검한다.

이런 일은 사실 필요없다. 천검사봉 정도 되는 무인이라면 아무리 낯선 무공일지라도 일견(一見)하는 것만으로 장단점을 잡아낼 능력이 있다.

그런 사람들이 자기가 수련한 무공을 모를까.

천검사봉에게 무공을 다시 점검해 보라고 권유하는 건 그들에 대한 모욕이다.

그래도 그들은 했다.

이런 제안을 한 사람이 다른 사람도 아니고 천검가의 최고수, 류정이기 때문이다.

류정이 무슨 말인가를 할 때는 반드시 이유가 있다.

천검사봉은 그를 믿는다. 동문이기 이전에, 천검가주의 장자이기 이전에, 그는 벗이다.

그리고 삼 년…… 그들은 약간의 성취를 이뤄냈다.

길게 이어지는 검무를 움직임이 없는 상태, 부동의 상태에서 전개하는 방법을 찾아냈다.

검무를 추지 않는다. 가만히 서 있다. 하지만 진기는 검무를 출 때처럼 순환한다.

동공에서 정공(靜功)으로 바뀌었다.

검을 들고 상대와 대치한 상태에서 운기한다는 점에서는 좌공(坐功)과도 차이가 난다.

걸음을 떼어놓을 때는 어떤가? 초식을 전개할 때는 어떤가?

항상 운기한다.

운기와 초식이 별개로 구분되지 않는다. 하나로 합일(合一)

된다. 초식을 전개하는 나는 사라진다. 그리고 운기하는 나만 남는다. 정신은 운기에 몰입한다. 하지만 두 눈과 두 귀와 온몸의 모든 감각은 초식 전개에 몰두한다.

운기하는 나는 초식 전개하는 나를 볼 수 있다.

이는 동공도 정공도 아니다. 운기조식이라는 말도 필요치 않다. 항상 운기하고 있는 상태이니 굳이 이름을 붙인다면 상시공(常時功) 정도가 적합할 게다.

류명이 검무 없이 전개하는 쾌검과는 질적으로 차원이 다른 천유비비검이다.

그들은 비무행을 잊었다.

엄밀히 말하면 비무행의 필요성을 상실했다고 봐야 한다.

자신이 최고인데, 최고수인데 무엇을 또 증명하는가. 최고수가 하수를 찾아다니는 법이 있는가. 그런 법은 없다. 하수가 상수를 찾아오는 게 순리다.

증명? 그런 게 왜 필요한가?

하늘은 자신을 증명하지 않는다. 절봉은 자신이 높다고 말하지 않는다.

비무행 같은 것은 필요없다.

그럴 시간이 있으면 새롭게 창안된 자신들만의 내공심법을 한 번이라도 더 운용해 보리라.

천유비비검의 재발견.

그들은 새로운 무공에 흠뻑 빠졌다.

쉑!

바람이 갈린다. 공기가 갈라진다. 그리고 그 뒤를 이어서 소리가 울린다.

까앙! 깡깡깡!

도끼로 철판을 두들기는 듯한 소리가 울렸다.

쇠와 쇠가 부딪치며 불똥을 일으킨다.

검이 부러져 나가면서 검편(劍片)이 비산한다.

그들이 전개하는 보법과 신법은 인간의 몸놀림으로는 펼칠 수 없는 천신의 움직임이다.

그들은 코앞에서 터져 나온 검편에 휩쓸리지 않았다. 암기처럼 날아드는 조각들을 피해내면서, 손잡이만 남은 검에 무형의 검기를 담고 계속 휘둘렀다.

쒜엑! 쒜에엑!

무형의 검기가 공기를 가른다.

"그만! 정말 죽일 생각이야!"

"네놈이 이 정도로 죽을 놈이냐! 잔말 말고 받기나 해!"

"나 죽는다니까!"

"안 죽어!"

쒜에엑! 쒜에에에엑!

검력(劍力)이라고 해야 할까? 손잡이만 남은 검이 머리에서부터 옆구리까지 순식간에 훑었다.

쉬익! 쒜엑!

방어하는 자는 혼신의 힘을 다해 보법을 전개했다.

그가 물러서면서 버럭 고함을 질렀다.

"이제 그만! 정말 죽는다니까!"

그때, 공격하는 자의 등 뒤에서 큰 웃음소리가 터졌다.

"하하하! 두가환, 그만해. 그러다 정말 저놈 죽겠다."

"아냐. 저놈은 항상 엄살이 심해."

"엄살 아니라니까!"

두가환이 훌쩍 몸을 빼서 전권(戰圈)을 벗어났다.

손잡이만 남은 검으로 공격을 하던 강준룡은 아쉬운 듯 입맛을 다시며 검을 거뒀다.

"쩝! 한 번 더 할 수 있었는데. 이제 봐라, 저놈이 어떻게 공격하는지. 인정사정 봐주지 않는다니까? 내가 심하게 몰아붙인 것 같지? 저놈은 더해."

"하하하하!"

그들은 웃었다.

천유비비검은 너무 강하다. 그래서 쌍방이 공격 대 공격으로 어울리면 반드시 불상사가 발생한다. 초식이 그들도 제어할 수 없는 속도로 펼쳐지기 때문에 둘 중 한 명은, 운이 나쁘면 둘 다 치명상을 입을 수 있다.

한 명은 방어, 한 명은 공격.

이것이 천유비비검을 수련하는 유일한 방법이다.

그러나 이런 식의 수련도 한계에 다다랐다. 전력을 다해서 방어하지만 도무지 공격을 막을 길이 없다.

처음에는 백여 초까지 비등하게 버텼다. 지금은 십 초도 버티지 못한다. 옷이 찢어지고, 검이 부러지고 격돌을 일으킬 때마다 주위의 모든 것이 부서져 나간다.

　더 이상 초수를 줄인다는 건 무리다.

　오 초까지만 막자? 있을 수 없는 말이다. 그런 정도의 초수는 운이 좋아야 이루어진다. 오 초 만에 끝날 거라면 일 초 만에 끝날 수도 있다는 뜻이다.

　방어가 안 되면 공격으로 전환하는 게 인간의 생리다. 그런 생리를 꾹 참으면 자기희생이 된다.

　쌍방이 전력을 다해서 싸우든가, 그만두든가…… 선택할 순간이다.

　류정이 두가환의 어깨를 툭 치며 말했다.

　"그만 하산하자."

　그의 말에 세 사람의 몸이 석상처럼 굳어졌다.

　"지금… 방금…… 뭐라고 했냐?"

　주준강이 더듬더듬 말했다.

　"하하! 이제 말귀도 못 알아듣는 거야? 이제 그만 하산하자고. 세상으로 내려가자고."

　"내려가자. 훗!"

　강준룡이 손잡이만 남은 검을 휙 던져 버리면서 피식 웃었다.

　천검사봉은 사라졌다. 천검가의 준걸들은 파문이 확정되는 순간 한 줌 재가 되어 흩어졌다.

　이 자리에 남아 있는 건 네 명의 벗이다. 또한 진정으로 무공을 사랑하는 무인이다.

 그들에게 세상의 아귀다툼은 시궁창에서 썩어가는 쥐처럼 더럽게 보인다.

 그 속으로 들어가자. 글쎄?

 류정이라고 그런 마음을 모를 리 없다.

 그가 웃으면서 말했다.

 "다른 건 몰라도 흑조는 처리해야지? 우리 형제들을 무참히 도륙한 놈들이니까. 흑조 때문에 파문되었지만… 후후! 그래도 뿌리는 뽑아야 하지 않나. 마음속에 진한 앙금을 남긴 채 평생을 살 수 없지 않냐 이거지."

 "흑조……."

 주준강이 중얼거렸다.

 천하가 인정하는 석학, 향암 선생이 관련된 조직. 칠마 중 검마와 도마의 무공을 사용하는 조직. 천검가의 비밀병기라는 천검귀차를 간단하게 처리해 버린 자들.

 향암 선생을 죽인 대가는 파문으로 이어졌다. 하지만 성인만 죽인 게 아니다. 검마와 도마의 무공을 사용하는 마인들도 죽였다. 하지만 마인을 죽인 성과는 그 누구도 알아주는 이가 없다.

 그들뿐만이 아니다. 마시검법을 쓴다는 비밀 문파, 취운궁까지 연관되어 있다.

 흑조는 상대하기 벅찬 세력이다.

 하지만 지금은 아랑곳하지 않는다. 흑조의 세력이 천하를

뒤엎는다고 해도 두렵지 않다.
"그래, 흑조는 처리해야지."
두가환이 중얼거렸다.
흑조는 한 사람이 상대하기에는 벅차다. 새로운 천유비비검을 수련했지만 그래도 벅찬 감이 없지 않아 있다.
"좋아. 딱 흑조까지만. 난 이놈이 마음에 들어. 수련하면 할수록 정감이 간단 말이야. 후후! 무공을 한마디로 정의하라면 내 분신. 그래, 분신이야."
강준룡이 눈을 감으면서 말했다.
말하는 중에 운공을 한다. 눈을 감는다는 것은 진기의 순환을 지켜보기 위함이다. 눈을 뜨고 있어도 지켜볼 수 있지만 더욱 자세히 보고 싶은 게다.
그들 천검사봉에게는 일상사가 되어버린 습관이다.
밥을 먹다가도 잠시 눈을 감는다. 세수를 하다가도 눈을 감는다. 굳이 감지 않아도 되지만, 진기를 지켜보다 보면 마음이 맑아지고 편해져서 좋다.
"흑조라… 이제 무림의 시시비비에는 휘말리지 않을 것 같았는데…… 하나가 남은 건가."
주준강도 눈을 감았다.

하산 준비는 차분한 가운데 이루어졌다.
삼 년 동안 머물던 가옥은 길 잃은 엽사(獵師)라도 사용할 수 있게끔 깨끗하게 정리했다. 부러진 검편들은 한데 모아 묻었고, 바짝 마른 육포(肉脯)는 천장에 매달아두었다.
 협(俠)은 자애(慈愛)에서 출발한다.
 사랑이 없는 검은 살인도구에 지나지 않는다.
 세상 사람을 긍휼히 여기는 큰마음 같은 건 필요없다. 헐벗은 거지를 동정하는 마음 정도만 가져도 활검(活劍)을 쓸 수 있다.
 지난 삼 년간을 한마디로 잘라서 말하면 천유비비검을 발전시킨 기간이라고 할 수 있다. 하지만 그것이 주(主)는 아니다. 그들의 검에 활(活)이 붙었다는 게 더 큰 소득이다.
 "됐어. 이만하면 길 잃은 길손이 편히 쉬었다가 가겠어."
 두가환이 말끔해진 움막을 둘러보며 말했다.

 그들은 가벼운 마음으로 하산 길에 올랐다.
 "자, 그럼 이야기해 볼까?"
 강준룡이 말했다.
 흑조를 상대하기 위해서 하산한다는 명분에는 이의가 없다. 그래서 하산한다. 하지만 어떻게? 방법 쪽으로 들어가 보면 답답하기 이를 데 없다.
 하기는 해야 한다. 하지만 할 수 있는 방법이 없다.
 그들은 흑조를 모른다. 그때로부터 삼 년이란 기간이 지났다.
 지난날에 흘렸던 핏물도 지워졌다. 더불어서 흑조의 흔적도 말끔히 사라졌다.

그로부터 무림에 흑조가 나타났다는 말도 듣지 못했다.
흑조는 아예 처음부터 존재하지 않았던 집단처럼 감쪽같이 사라져 버렸다.
그들과 어떻게 싸울 것인가 하는 건 차후문제다. 우선 어떻게 찾을 수 있느냐에 초점을 맞춰야 한다.
"내려가서 차나 마시며 이야기하려고 했는데…… 내려가면서 천천히 읽어봐."
류정이 품에서 두툼한 소책자 한 권을 꺼냈다.
크기는 손바닥만 한데, 두께는 족히 손가락 마디 하나는 되는 것 같다.
"이게 뭐야?"
"흑조."
"흑조? 뭐야? 그럼 우릴 떼어놓고 너 혼자… 아니지. 너도 함께 있었으니……. 혹시 대부인께서?"
"읽어보기나 해."
류정은 시인도 부인도 하지 않았다.
천검사봉도 더 캐묻지 않았다.
대부인의 결단력은 칼로 무를 베는 것보다 더욱 단호하다. 어떤 사안이든 손을 대면 반드시 끝장을 본다.
대부인으로서는 흑조를 두고 볼 수 없었으리라.
첫째가 흑조 때문에 물러났다. 둘째인 류과도 천검가를 놓고 물러서야만 했다.
물론 대부인의 소생들이 권력에서 밀려난 것은 흑조 때문이 아니다. 천검가주의 마음속에 그들이 없었기 때문이다. 흑조는 한낱 핑곗거리에 불과할 뿐이다.

대부인은 핑곗거리를 만들어준 흑조를 내버려 둘 수 없었다.

이런 심정은 어느 부모나 마찬가지일 게다.

한데 소책자를 읽어가던 강준룡의 안색이 급격히 어두워졌다.

"왜 그래?"

주준강이 궁금증을 참지 못하고 물었다.

흑조가 너무 강한가? 어느 정도는 예측했던 사안이니 새삼스러울 게 없고…….

강준룡은 대답 대신 류정을 쳐다봤다.

"괜찮겠어?"

류정이 대답했다.

"어차피… 빼어 든 칼이니까."

류정의 표정은 담담했다.

"도대체 무슨 소리들을 하는 거야!"

주준강이 궁금증을 참지 못하고 소책자를 뺏어 들었다. 그리고 단숨에 줄줄 읽어나갔다.

시간이 지날수록 어두워지는 안색.

급기야 그도 말했다.

"이거… 흑조…… 정말 괜찮겠어?"

류정에게 한 말이다.

노서(老鼠)

"허! 사람 궁금해서 미치게 만들 일 있나!"

이번에는 두가환이 주준강의 손에서 소책자를 빼앗아 들었다.

류정은 주준강의 말에 대답하지 않았다. 묵직한 걸음으로 하산을 서두를 뿐.

第八十四章
해후(邂逅)

1

   전서 한 통.
   당우는 결코 담담할 수 없는 내용을 담담하게 읽었다.
   아버지가… 오고 있다.
   당우는 아버지의 얼굴을 떠올려 봤지만 이상하게도 생각이 나지 않는다.
   아버지는 강했다. 듬직했다. 약했다. 늘 술에 취해 비틀거렸다.
   아버지의 분위기나 어떤 일이 있었는지는 기억나는데, 얼굴은 도무지 생각나지 않는다.
   어떻게 생기신 분이더라?
   어쨌든 추포조두와 묵혈도는 제 몫을 다했다. 아버지를 찾왔고, 모셔온다.

당우는 머리를 내저었다.

두 사람에게 아버지를 찾으라고 한 것은 부자 간의 정리 때문이 아니다.

구령마혼, 아홉 개의 분심된 머리가 아버지를 지목했다.

아버지는 자신을 천검가로 밀어 넣은 후 곧장 화액과 연결되었다. 투골조 사건 이후부터 지금 이 순간까지도 오직 화액 하나에만 매달려 있다.

그리고 무림은 태평하다.

천검가는 엉망진창이 된 듯도 하고, 융성해진 느낌도 있지만 옛 사건은 완전히 잊었다.

검련도 마찬가지다. 검련 어느 문파도 옛 사건을 거론하지 않는다. 만정이 무너졌는데도 조용하다. 마인이 백여 명이나 몰살당했는데, 그 부분에 대한 이야기는 한마디도 흘러나오지 않는다.

그중에 산 자들이 반혼귀성이다.

지금쯤이면 천검가는 물론이고, 만정을 운용했던 검련제일가까지도 반혼귀성의 정체를 알았을 게다.

그래도 조용하다.

이건 완전히 비정상이다.

한데 구령마혼은 세상 이치 중에 비정상은 없다고 말한다.

물은 위에서 아래로 흐른다. 이게 정상이다. 아래에서 위로 흐르는 법은 없다. 만약 그런 일이 있다면 비정상이라고 말할 게다.

그런데 그런 일이 있다. 아주 흔하게 발생한다. 물에 열을 가하면 수증기가 되어 위로 솟구친다. 그러나 이런 걸 두고 비정상이라고 말하지는 않는다. 이것 또한 정상이다.

물의 성질에 변형을 가하면 비정상도 정상이 된다.

비정상으로 보이는 일들도 가만히 속을 들여다보면 정상이 될 요소가 다분히 숨겨져 있다.

알지 못하면 비정상이지만 속을 알고 이해하게 되면 정상이 된다.

세상에서 벌어지는 모든 일이 정상이다.

그런 의미에서 아버지의 기이한 행로(行路)도 정상이다. 왜 그런 일을 하는지 이유를 모를 뿐이지, 지극히 정상적인 일을 하고 계신 것이다.

천검가, 검련제일가의 행보도 정상이다.

그들이 왜 침묵하고 있는지 이유만 알면 '왜?' 라는 말은 저절로 떨어져 나간다.

당우와 신산조랑이 주목한 부분이 있다.

묵혈도와 산음초의가 검련 무인들과 충돌한 사건이다.

그 사건에서 검련 무인들이 상당히 죽었다. 두 사람을 마인으로 지목하고 척살령을 내려도 무방할 정도로 심하게 죽였다.

그래도 검련은 움직이지 않았다.

자신들이 관심있는 것은 반혼귀성이 아니라 화천이라고 말했다.

아버지와 연관이 있는 것이다.

아버지는 폭풍의 핵이다. 모든 궁금증을 단번에 풀어줄 핵심을 쥐고 있다.

당우는 전서를 곱게 접어 품속에 찔러 넣었다.

반혼귀성이 모두 모였다.

출행(出行)!

도광도부를 마중 나간다.

이번 출행은 상당히 위험하다.

묵혈도와 산음초의는 화천을 찾는다는 이유만으로 검련제일가 고수들과 생사결전을 치렀다. 하물며 지금은 화천을 찾았다. 도광도부만 데려온다면 아무 문제도 되지 않지만, 불행하게도 그 곁에 뇌인이 달라붙어 있다.

검련과의 충돌이 예상된다.

하지만 충돌을 피하고자 출행을 하지 않으면, 그 몫은 온전히 추포조두와 묵혈도에게 돌아갈 것이다.

검련의 행동은 딱 하나뿐이다. 마찬가지로 이에 대응하는 방법도 하나밖에 없다.

승산은 검련 쪽에 있다.

그들은 실패를 생각하지 않는다. 화천 뇌인에게 어떤 볼일이 있는지 모르지만, 자기들이 목적한 대로 이루어질 것으로 믿어 의심치 않으리라.

물론 그 목적한 것 속에 도광도부와 뇌인의 동행은 포함되지 않았을 게다.

"추포조두가 알아서 잘할 거야. 서둘지 마. 이런 일일수록 천천히…… 천천히. 알았지?"

어화영이 차분하게 말했다.

아버지의 일이라서 당우가 서둘까 봐, 그래서 실수할까 봐 염려가 된 것이다.

"걱정 마세요. 추포조두를 믿어요."

당우가 씩 웃었다.

추포조두와 묵혈도는 검련이 하지 못한 일을 했다.

검련의 수많은 무인들, 헤아릴 수 없는 눈과 귀, 정통한 소식통들, 발 빠른 연락망……. 이 모든 것을 동원했어도 화천을 찾아내지 못했다. 도광도부와 뇌인을 찾지 못했다.

그들이라고 밀마해자를 주목하지 않았을까. 그들이라고 도광도부가 어디서 어떻게 자금을 도달하는지 짐작하지 못했을까.

그래도 그들은 도광도부를 찾지 못했다.

추포조두와 묵혈도는 그 일을 해냈다.

이것이 은자의 저력이다. 묵혈도와 산음초의 묶음에서 산음초의 대신 추포조두를 집어넣은 것도 큰 효과를 봤다. 은자의 역량이 한결 더 집중된 것이다.

그런 만큼 미행도 철저하게 따돌렸을 가능성이 높다.

설혹 꼬리가 붙었더라도 당장은 해롭지 않다. 이런 일이라면 이골이 난 사람들인지라 그리 쉽게 당하지 않으리라.
 반혼귀성 사람들은 은자의 총체(總體)라고 할 수 있다. 그러니만치 추포조두와 묵혈도를 믿는 마음이 누구보다도 크다.
 검련을 제치고 도광도부와 뇌인을 안전하게 데려오는 건 누가 봐도 힘들다. 그것까지 부인하지는 않는다. 하지만 불가능하지도 않다고 생각한다.
 그들만으로도 충분히 해낼 수 있다.
 자신들이 출행하는 것은 그에게 힘을 보태주기 위해서다.
 그런데 힘을 보태주겠다고 나선 사람들 때문에 오히려 일이 망친다면 말이 되는가.
 진중하게, 차분하게……
 당우가 그런 마음을 모를 리 없다.
 그렇다. 출행에 앞서서 먼저 해결해야 할 문제가 있다. 검련의 눈 검도자부터 처리해야 한다. 그를 떼어놓지 못한다면 차라리 움직이지 않는 편이 낫다.
 "그렇지. 서두는 것보다 먼저 처리해야 할 문제가 있지. 한데… 방법은 있나?"
 비주가 말했다.
 비주를 비롯해서 이 자리에 있는 그 누구도 검도자의 상대가 되지 못한다. 길고 짧은 것은 대봐야 안다지만 승패가 너무 뚜렷한 것은 대보지 않아도 안다.
 당우에게 기대를 걸 수도 없다.
 만정에서는 거의 무적에 가까웠지만 밝은 세상에서는 너무 연약한 존재로 변했다.

 당우는 검도자와는 반대로 이 자리에 있는 그 누구라도 마음만 먹으면 죽일 수 있다.

 당우는 복안이 서 있는 듯 단호하게 말했다.

 "오늘 밤에 출발할 겁니다. 그렇게들 알고 준비해 주세요."

 밤……!

 밤이 아니면 검도자를 상대할 수 없다.

 진기를 일으키는 방법은 찾아냈다.

 외부로부터 가해지는 충격을 힘의 원천으로 삼는다. 온전한 외부의 충격이든, 자해이든 힘으로 사용할 수 있는 불씨를 만들어내는 데 성공했다.

 그 이후는 세요독부와 싸우기 이전에 이미 완성되었다.

 불씨를 내부에서 불사른다. 강한 불꽃으로 피워낸다. 순식간에 진기를 일주천시키면서 외부로 발산할 수 있는 강기(罡氣)로 키워낸다.

 일수일타(一手一打)!

 당우가 전개해 낼 수 있는 유일한 공격력이다.

 간신히 공격은 할 수 있지만 엄청난 단점을 껴안고 있는 셈이다. 그래서 일초, 일초를 장난삼아 전개할 수 없다. 단 한 번 전개할 수 있는 공격이니만치 일격필살(一擊必殺)로 운용한다.

 그는 검도자를 향해 걸어갔다.

 무기지신은 그를 밤의 그림자로 만들어준다. 어둠 속에 어둠으로 탈바꿈시킨다.

발걸음 소리 같은 것은 흘릴 리 없다.

만정에서 단 하루라도 살아본 사람이라면 옷자락 부딪치는 소리나 발걸음 소리 같은 것은 장난으로라도 흘리지 못한다. 소리를 안 내는 것이 아니라 못 낸다. 못 내도록 훈련되어 있다.

스읏! 스으읏!

그는 기름 위를 미끄러지듯 땅 위를 부드럽게 스쳤다.

검도자는 쉽게 발견했다.

그는 자신을 숨긴 적이 없다. 낮에는 가까운 곳에서 지켜보고 있으니 모를 리 없고, 밤에는 모닥불을 환하게 지펴놓고 있으니 눈 감고도 찾을 수 있다.

엄청난 자신감인가?

처음에는 그렇게 생각했다. 너희가 온갖 수단을 꾸며도 손아귀를 벗어날 수 없다는 의지의 표현인 줄 알았다.

아니다. 그는 싸울 준비를 하고 있다.

굶주림은 적당한 선에서 해결하고, 추위와 더위는 말끔히 씻어내고, 피로감은 손끝에도 남지 못하도록 푹 쉬고 항상 몸을 최상의 상태로 유지시킨다.

그는 그것이 자신의 위치를 노출시키는 것보다 더 중요하다고 생각한다.

당우는 단숨에 불빛이 어른거리는 곳까지 다가섰다.

당우는 잠시 숨을 골랐다.

불빛 안으로 들어서면 그림자가 생긴다. 짙은 어둠이 땅 위에 길게 늘어진다.

당연히 검도자가 알아챘다.

그래서 불빛이 비치는 곳에서부터 살심을 불태웠다. 단숨에 죽여야 한다는 생각에 사로잡혔다. 한데 또 그런 살심이 검도자의 경각심을 일깨운다.

만정에서 홍염쌍화가 야광주로 자신을 보호하듯, 검도자에게 불빛은 무기지신으로부터 자신을 보호하는 보호막이다. 자연이 내려준 천연 방어막이다.

이번이라도 다를 리 없다. 같은 수를 쓴다. 다만 달라진 것이 있다면 전에는 신법을 제대로 쓰지 못했지만 이번에는 뇌전십보라는 쾌속 신법을 사용할 수 있다는 점이 다르다.

뇌전십보는 적의섬서도 막지 못했다. 세요독부도 지레 겁을 먹고 발목을 자른 채 도주했다. 하나 류명에게는 사용하지 못했다. 자신의 빠름보다 류명의 검이 더 빠를 것이라고 생각했다.

검도자는 류명을 이겼다.

그가 훨씬 빠르다. 하지만 이것은 정면승부가 아니다. 기습이다. 암습이다.

'자신있어!'

당우는 스스로에게 자신감을 불어넣었다.

충권(衝拳)!

가운데 손가락이 밖으로 튀어나오게 주먹을 쥐었다. 그리고 충권으로 자신의 미간을 힘껏 내질렀다.

퍼억!

손가락 마디가 미간을 후려치면서 극심한 통증이 머리를 뒤흔들었다. 그 순간,

쏴아아아아!

신정혈(神庭穴)에서 일어난 한 줌 진기가 임맥(任脈)을 타고 쭉 내려가더니 단전 속에 푹 파묻혔다.

기껏 만들어낸 진기가 먹성 좋은 단전에 흡취되는 듯했다.

한데 단전으로 스며드는 듯하던 진기는 빙글 원을 돌더니 회음혈(會陰穴)로 살며시 빠져나갔다.

그다음은 일사천리다. 독맥(督脈)을 타고 오르던 진기가 사지 백해로 폭발하듯 번져 나간다.

타탁!

당우는 어느새 뇌전십보를 펼쳤다.

소리도 없고, 기척도 흘리지 않는다. 그러면서도 번개를 무색케 할 정도의 빠름이 검도자를 덮쳐 간다.

휙! 쉑!

검도자가 재빨리 몸을 틀었다. 그리고 푸른 검광이 번뜩였다.

타탁! 타타탁!

당우는 쏘아진 화살처럼 자신을 제어하지 못하고 검도자 곁을 스쳐 지나갔다.

스으읏!

푸른 검광이 몸을 가로 긋는다. 자신이 떨쳐 낸 검은 허무하게 허공을 베는데, 검도자의 검은 정확하게 허리를 가른다.
"치잇!"
당우는 이를 악물었다.

검도자 승(勝)!
변명의 여지가 없다. 그가 전개한 검은 검도자 곁에 다가서지도 못했다.
그는 전신 진기를 두 가닥으로 나누었다.
한 가닥은 뇌전십보를 전개하는 데 쓰고, 다른 한 가닥은 검공을 펼치는 데 썼다.
이것이 최선이다.
변화는 없다. 환검을 전개한다는 것은 불가능하다. 중간에 검초를 변식한다는 것도 그에게는 꿈만 같은 일이다.
변초(變招)를 하기 위해서는 진기가 끊임없이 이어져야 한다. 하나 남아 있는 진기가 없는 경우에는 그런 일이 불가능하다. 일초에 전력을 쏟아부었기 때문에 변초를 일으킬 만한 진기가 없다.
당우는 자신이 실패한 줄 알면서도, 검이 쏘아져 오는 것을 느꼈으면서도 가던 길을 갈 수밖에 없었다.
이것이 일수일타의 가장 취약한 점이다.
상대가 검을 맞부딪쳐 온다면 얼마나 좋을까? 그때는 격검의 충격을 진기로 환원시켜서 재차 변식을 쓸 수 있다. 재빨리 다른 검초로 변화시킬 수 있다.

　검도자는 그런 점을 알고 있었던 게 분명하다.

　그는 검을 부딪치지 않았다. 몸의 충돌도 피했다. 그러면서 검으로 옆구리를 갈랐다.

　손속에 사정은 남겼다. 그가 베어낸 것은 얇은 옷 조각에 불과하다. 살을 베지 않고, 옷만 잘라냈다. 단숨에 육신을 반 토막 낼 수 있는 검이었는데, 순식간에 검세가 변하더니 옷만 잘라냈다.

　스릉!

　검도자는 검을 검집에 넣은 후, 무방비 상태로 등을 내주고 모닥불을 향해 앉았다.

　"앉지."

　"치잇!"

　"분하냐?"

　"이길 수 있었는데……. 후후! 역시 한 수 아래였네."

　당우는 아무렇지도 않은 듯 검도자 옆에 앉았다.

　"그렇지. 이길 수 있었지. 네가 최근에 터득한 수를 썼다면 이길 수 있었을 거야."

　검도자가 무심히 말했다.

　순간, 당우의 눈가에 기광이 번뜩였다가 사라졌다.

　"알고……."

　"그 정도도 모른다면 검도자 이름을 내려놓아야지."

　검도자가 고개를 돌려 당우를 쳐다봤다.

그의 얼굴에 웃음기가 감돈다. 무심한 얼굴인데 왠지 웃고 있다는 느낌이 든다.

"흐음!"

당우는 민망한 듯 씩 웃었다.

그렇다. 그가 최근에 터득한 방법은 자신을 후려치는 자해가 아니다. 그런 식의 진기 운용은 한계가 있다. 방금 전에 치른 일전처럼 일격을 피해낸 상대에게는 꼼짝없이 당한다.

이런 단점은 오래전에 파악되었다. 무엇인가 다른 조처가 있어야 한다.

당우는 이런 단점을 보완하기 위해서 물레방아를 이용하여 참오를 거듭했다.

방법은 존재한다.

자해를 가할 필요가 없다. 적의섬서를 칠 때처럼 옆에 있는 사람에게 등을 후려쳐 달라고 말할 필요도 없다.

그저 걷기만 하면 된다.

뇌전십보를 펼치면 발바닥에 있는 용천혈(湧泉穴)이 땅을 격하게 후려친다. 그 충격을 받아들여서 진기의 근원으로 삼는다. 땅의 기운, 지기(地氣)를 일초 공력으로 사용한다.

지기를 얼마나 빠른 시간에 받아들일 수 있으며, 또한 받아들인 진기를 일주천시켜서 사용 가능한 공력으로 만드는가 하는 문제는 또 다른 문제다.

우선 힘의 원천을 찾는 게 급했다.

나머지는 숙달 여부. 수십, 수백 번의 반복 수련을 통해서 숙달시켜야 한다.
 검도자는 당우가 찾아낸 바를 알아챘다.
 그저 멀거니 지켜본 것이 아니라 몸짓 하나, 손짓 하나가 의미하는 바까지 세세하게 분석했다는 뜻이다.
 그렇다. 당우는 새롭게 창안된 힘의 원천을 쓰지 않았다. 적의섬서를 상대할 때에 비해서 한 걸음도 나아가지 못했다. 그때와 똑같은 상태에서 검을 들었다.
 이는 검도자가 환히 꿰뚫고 있는 상태다.
 그러면 당우는 왜 질 수밖에 없는 싸움을 벌인 것인가?
 여기에는 이렇게라도 할 수밖에 없는 사정이 담겨 있다.
 하나는 용천혈을 이용한 진기 생성은 이론으로만 정립되었을 뿐이다. 실전에 사용할 만큼 수련하지 못했다. 한마디로 쓰지 못하는 그림의 떡이다.
 모 아니면 도, 이것 아니면 저것을 선택할 수밖에 없다.
 그렇다고 무작정 막무가내로 덤벼든 것은 아니다. 구령마혼으로 검도자의 행동 방식을 추론한 결과, 어쩌면 잘하면 승부를 내지 않고도 그를 떼어놓을 수 있다는 판단이 섰다.
 그래서 싸움을 걸었다.
 검도자가 말했다.
 "도광도부를 마중하러 가나?"
 "……"
 "도광도부는 죽는다. 이미 살령(殺令)이 내려진 상태다."
 당우는 마른 가지를 집어서 모닥불에 던져 넣었다.

"화천은 멸살된다. 역시 살령이 떨어졌다."
'역시!'
당우는 눈빛을 빛냈다.
검련이 뇌인을 좋은 감정에서 찾는 게 아니었다. 어느 정도 예상은 했지만, 역시 죽음이다. 뇌인 한 명만 죽이는 게 아니라 화천의 뿌리를 뽑아버리고자 한다.
검련은 도광도부 곁에 누가 있는지 안다.
뇌인이 있고, 추포조두와 묵혈도가 있다. 그들의 능력이 어느 정도인지, 특기가 무엇인지, 가장 잘 쓰는 수법이 무엇인지도 이미 파악해 놨다.
추포조두는 검련제일가 사람이라고 해도 과언이 아닐 정도로 많은 일을 했다.
즉, 쌍방 간에 서로에 대해서 너무 잘 알고 있다는 뜻이다.
검련은 실수하지 않을 게다.
"거두절미하고 한 가지만……. 따라오지 마십시오."
당우가 단호하게 말했다.
하수가 상수에게 요구한다? 말도 안 되는 소리다. 하지만 그렇지 않으면 한 걸음도 움직일 수 없다. 그렇기 때문에 상수가 거절한다면, 하수는 목숨을 걸고라도 전력을 다해서 싸우지 않을 수 없다.
"후후! 따라간다. 넌 날 떼어놓을 수 없어."
"그럼 이야기는 끝났군."
당우가 일어섰다.

출행이 며칠 늦어지더라도 검도자만은 처리해야 한다. 그를 꽁무니에 매달고 가는 것은 말도 안 된다. 검련에게 찾아오라고 선전하는 것과 다를 바 없다.

검도자는 일어서는 당우를 쳐다보지도 않고 말했다.

"나와 검련을 연관시키지 마라. 내가 검련 사람이기는 하지만 너의 행적을 시시콜콜 보고할 정도로 풋내기는 아니다. 넌 내가 겨우 그 정도 일이나 하는 존재로 보였나?"

"……"

"후후! 난 네가 생각한 것보다 훨씬 거물이야."

"지금 그 말뜻은… 우리 일에 상관하지 않겠다는 뜻으로 들어도 되겠습니까?"

"그렇게 들어도 좋다."

"말 난 김에 물읍시다. 도대체 왜 따라다니는 겁니까?"

"너흴 보기 위해서."

"……"

"이유는 네가 생각하고. 너도 한 가지 알아둘 게 있다. 네가 화천과 어울리면, 쉽게 말해서 화액을 이용하기 시작하면 난 서슴없이 널 죽일 것이다."

'진심이다!'

당우는 검도자의 눈빛에서 칼로 내리치는 듯한 단호함을 읽었다.

"어울린다……. 이해하기 어려운 말이군요. 지금 그에게 도움을 주기 위해서 가는 길입니다."

"그것과 어울린다는 말은 다르다."

당우는 고개를 끄덕였다.

"알겠습니다, 무슨 뜻인지."

"다시 한 번 말한다. 화천과 어울리면 진심으로 내 검을 받아내야 할 게다."

검도자가 단호하게 말했다.

구령마혼이라는 절기는 순간적인 판단을 내려야 할 때 아주 유용하다. 사려 깊은 아홉 명이 머리를 맞대고 의논한 것 같은 효과를 단번에 불러온다.

당우는 검도자의 뜻을 읽었다.

그는 오직 무공만 본다. 무공 이외의 것은 보지 않는다.

검련은 그가 몸담고 있는 조직이다. 오늘의 그를 있게끔 만들어준 사문이다. 하지만 무공은 아니다. 화천 역시 무공이 아니다. 뇌인이 추구하는 모든 것이 무공과는 거리가 멀다.

무림은 화천을 용인하다. 암기, 화약, 함정……. 모든 수단과 방법을 받아들인다.

검도자는 아니다. 그는 오직 무공만 본다.

뇌인을 곁에 두는 것은 문제가 안 된다. 지인이 옆에 있는 것과 다를 바 없다. 하지만 그가 만든 화액을 사용한다면 그때는 검도자의 이상과 어긋난다.

검도자의 검이 피를 부를 때다.

'그랬단 말인가.'

당우는 눈썹을 찡그렸다.
그렇다면 검도자가 곁에 붙어 있는 것이 검련과는 아무런 상관도 없다는 말이 된다.
그는 자신의 무공을 지켜보고 있다. 왜?
투골조? 아니다. 그는 왜 따라다니냐는 질문에 분명히 답했다. 너흴 보기 위해서라고.
'너흴' …… 만정 마인들을 일컫는다.
그는 당우라는 일개인에게 관심이 있는 게 아니라 만정 마인들 모두에게 관심을 쏟고 있다.
사실 반혼귀성 중에 순수한 만정 마인은 신산조랑 한 명뿐이다.
홍염쌍화는 지배자의 위치에 있었고, 다른 사람들은 만정 생활을 한 이력이 너무 짧다.
검도자는 왜 반혼귀성을 지켜보고 있는 것인가? 그것도 검련과는 전혀 상관없다는 듯 홀로 움직이는 사람이 말이다.
검도자는 음모나 암계 같은 것과는 거리가 멀다. 그는 오로지 무공만 쳐다본다. 무공이 오염되었다 싶으면 아무리 아끼는 것이라도 단번에 잘라 버린다.
화천을 쓰면 당우를 죽이겠다고 한 말도 같은 의미다.
어쨌든 그는 반혼귀성의 뿌리를 알고 있고, 지켜본다. 만정과 깊은 연관이 있는 것만은 틀림없다.
만정에 갇혀 있으면서 많은 것이 궁금했다.
왜 만정 같은 곳을 만들었을까? 왜 식인을 허락한 건가? 왜 음식을 제공하지 않은 건가.

어쩌면 그 물음에 대답해 줄 사람을 만났다.

'그랬단 말이지.'

당우는 봇짐을 둘러메고 출행에 나서면서 중얼거렸다.

2

추포조두는 호광성(湖廣省) 도오산(道吾山)에서 오도 가도 못하는 신세가 되고 말았다.

검련의 이목은 늘 그들을 뒤쫓았다.

도광도부를 만나는 순간에도, 그들과 함께 사천성을 벗어날 때도 검련은 떨어지지 않았다.

아니, 실제로는 그들이 누군지 모른다.

검련은 자신의 손에 피를 묻히는 일이 드물다. 좋지 않은 일은 늘 다른 사람의 손을 빌린다.

그들을 뒤쫓고 있는 자들도 정말 검련인지, 아니면 검련의 사주를 받은 다른 자들인지 알지 못한다. 그나마 다행인 것은 어떤 행동을 취하지 않고 얌전히 지켜보기만 한다는 점이다.

그러던 그들이 도오산에서 갑자기 움직였다.

산을 돌아가는 길목이 차단되었다. 뒤로 물러설 곳도 없다. 그곳 역시 어느새 무인들로 빼곡하게 채워졌다.

갈 수 있는 곳은 오직 산, 하지만 산을 탄다는 것은 토끼몰이를 당하겠다는 것과 마찬가지다.

"당했군."

추포조두가 중얼거렸다.

그들에게는 지도가 없다. 길안내를 해줄 사람도 없다. 앞에서 벌어지는 일을 알려줄 사람이나 조직도 없다. 오직 이정표만 보면서 나아가던 중이다.

"이럴 때 삼십홀이 있었으면…… 쩝! 그래도 그놈들이 일은 참 잘했는데."

묵혈도가 아쉬운 듯 입맛을 다셨다.

"방법이 없나?"

도광도부가 담담하게 물어왔다.

그도 앞뒤를 가로막은 무인들을 봤다. 옆으로 빠져나갈 길도 없고, 오직 산 쪽만 비어 있다. 이것이 무엇을 의미하는가. 산으로 가라는 소리 아닌가. 길에서 잡는 것보다 더 쉽게 잡겠다는, 뱃속이 빤히 보이는 수작 아닌가.

그런 점을 알면서도 너무도 태연히 물어온다.

하기는 그는 처음 만났을 때부터 그랬다. 자신들이 불쑥 찾아갔을 때부터 전혀 놀라지 않았다. 마치 언젠가는 이런 일이 있을 것이라고 예상한 듯이 태연자약했다.

이번에도 마찬가지다.

빠져나갈 구멍이 전혀 없다. 무력으로 뚫고 나가지 않으면 안 될 상황인데, 무력이라면 저들도 만만치 않은 고수들이 준비되어 있을 게다.

이쪽 실력을 알고, 그러고도 잡겠다고 들이닥친 자들인데 그만한 준비가 없겠나.

도광도부는 아무것도 보지 못한 사람처럼 감정의 변화가 없었다.

'이럴 때는 꼭 당우 그놈 같군.'

추포조두는 혀를 내둘렀다.

당우는 절망밖에 없어 보이는 상황에서도 전혀 흔들림을 보이지 않는다. 감탄이 절로 나오는 부동심(不動心)이다. 아마도 이런 점들은 도광도부에게서 물려받은 유전이 아닐까 싶다.

"뚫고 나갈 생각입니다."

차앙!

추포조두는 말을 함과 동시에 검을 뽑았다.

"내가 왼쪽을 쓸죠."

차앙!

묵혈도도 검을 뽑았다.

단 한 마디에 불과했지만 그들이 어떤 행동을 취할지는 빤히 예상된다.

묵혈도가 왼쪽을 쓸어간다. 하면 추포조두는 오른쪽을 도맡는다.

공격하기 위한 공격이 아니다. 뚫고 나가기 위한 공격도 아니다. 오직 길을 열기 위한 공격이다.

검련 무인들의 공격이 자신들에게 집중되면, 한가운데로 길이 열린다.

도광도부와 뇌인은 그 사이로 빠져나가라.

얼마나 도주할 수 있을지는 미지수다. 하지만 이 순간만은 벗어날 수 있다.

"걱정 마십시오. 은자들 목숨을 취하기란 하늘의 별 따기니까. 그보다 최선을 다해서 빠져나가야 할 겁니다."

묵혈도가 검배(劍背)로 자신의 머리를 툭툭 치며 말했다.

'왜?'

추포조두는 대화에 끼지 못했다.

묵혈도가 무슨 말을 한 것 같은데, 귀에 들리지 않았다.

그의 온 신경은 전면에 틀어박혀 떨어질 줄 몰랐다.

뭔가 이상하다. 검련 무인들의 포위망이 정상을 벗어난다. 외통수 길을 막았으니 당연히 밀집대형을 유지해야 한다. 하면 뚫고 나가기가 상당히 곤란했을 게다.

검련 무인들이 산발적으로 드문드문 서 있다.

길을 가로막은 사람들치고는 적극적으로 틀어막겠다는 뜻이 보이지 않는다.

추포조두는 눈길을 돌려 산자락을 훑었다.

'궁… 수!'

부릅뜬 눈에 활을 든 무인들이 보였다.

이것 또한 뜻밖이다. 검을 긍지로 삼는 검련 무인들이 활을 들었다? 아니다. 그럴 리는 없고 활을 성명절기로 삼는 고수들, 혹은 문파를 끌어들였을 게다.

'호광에서… 활……. 혹시! 철궁문(鐵弓門)!'

두 눈을 찢어질 듯 부릅뜨고 까마득히 떨어져 있는 자들을 살폈다.

들고 있는 활이 하나같이 검다. 묵궁(墨弓), 아니, 철궁이다. 대궁(大弓)처럼 힘으로 쏘는 화살이 아니다. 석궁(石弓) 형태에서 위력을 한층 강화시킨 기계 활이다.

사로잡을 생각이 없다. 가능한 한 가장 빨리, 가장 신속하게 죽이겠다는 의사 표시다.

자신과 묵혈도가 길을 열려고 달려나가면 벌집이 되고 만다. 뒤따르는 도광도부와 뇌인도 같은 운명이다.

추포조두는 퍼뜩 고개를 돌려 뒤를 쳐다봤다.

뒤쪽 역시 같은 상황이다. 길을 가로막은 무인들은 신경 쓸 필요도 없을 정도다. 하지만 산자락에 깔린 궁수들은 나는 새도 통과시키지 않을 게다.

'산으로 가는 수밖에……'

고개를 들어 산을 쳐다봤다.

도오산을 타게 되면 어떤 결과가 일어날까? 겨드랑이에서 날개가 솟지 않는 한 빠져나가지 못한다. 지금이냐 나중이냐 하는 차이만 있을 뿐이지 잡히고 만다.

그래도 지금 잡힐 수는 없다.

"산으로, 산으로 갑시다."

추포조두는 서둘렀다.

"길을 뚫고 가기로…… 아! 저놈들!"

묵혈도는 이제야 궁수들을 찾아냈다. 그것도 추포조두가 서둘렀기 때문에 찾은 것이다.
"철궁문이다. 뚫고 나갈 수 없어."
"그렇다고 산을 타면 그야말로 포위망에 갇히는 건데……."
"당우를 믿어보자."
"예?"
"당우가 달려오고 있을 거야. 그때까지만 버터보는 거지."
"쳇! 다른 방법도 없으니까."
묵혈도가 먼저 산자락을 밟았다. 그때,
"뚫고 나가자."
도광도부가 멋으로 차고 다니던 만도(彎刀)를 뽑았다.
그는 임강부에서 도박꾼으로 살았을 때는 만도 같은 것을 휴대한 적이 없었다. 별호에 도부라는 말이 들어가 있지만 도법을 구사하는지도 의문시 되곤 했다.
그런데 지금은 만도를 차고 있다. 그뿐만이 아니라 장식품이 아니라는 듯 뽑기까지 한다.
도광도부의 무공은 어떤 것인가.
은자가 정통 무인들보다 한 수 아래로 취급받듯이, 그 역시 정통 무인들과는 상당한 차이가 날 것이다.
"뚫기로 한 거야?"
도광도부 곁을 졸졸 따라다니던 뇌인이 말했다.
"뚫지 않으면 죽어."
"저놈들은 어떻게 처리하고?"
뇌인이 철궁문 문도들을 가리키며 말했다.

"글세……."

도광도부가 고개를 갸웃거렸다.

"신법으로는 안 되겠지?"

"안 돼."

"얘들도?"

뇌인이 추포조두와 묵혈도를 곁눈질로 쳐다봤다.

"안 돼."

"쳇! 그럼 나보고 도맡으라는 거야?"

"그래야 될 것 같다."

"할 수는 있는데…… 그러면 세 알이 없어진다."

"죽는 것보다는 낫지."

도광도부가 만도를 단단히 움켜쥐었다.

추포조두와 묵혈도는 그제야 두 사람이 무슨 이야기를 하고 있는지 깨달았다.

뇌인이 화액을 쓰려는 것이다.

세 알이 없어진다고 했나?

만정을 단숨에 무너뜨린 화액 덩어리를 세 알이나 소모시킨다. 적에게 철궁문이 있기 때문에 어쩔 수 없다.

철궁문은 검련 무인들 배후에 배치되어 있다.

추포조두가 그들 먼저 치는 것을 방지하려는 게다. 또한 철궁문도가 안심하고 활을 쏴대는 이상 접근하기가 쉽지 않을 것이라는 판단도 큰 몫을 했다.

"세 발이야, 세 발."

노인이 말했다.

'세 알'이라고 해서 작은 환단 같은 것인 줄 알았는데, 노인은 간장을 담는 작은 도기를 꺼냈다.

조심스럽게, 아주 조심스럽게.

"흐흐흐! 이놈들… 아주 깜짝 놀랄 거다."

"조심해!"

"겁은 많아가지고. 어련히 알아서 할까."

"검 든 놈 검에 죽고, 화약 만지는 놈 화약에 죽는다더라."

"하기는… 나도 이놈을 만질 때마다 섬뜩하기는 해."

노인은 손가락 길이의 작은 도기를 힘껏 내던졌다. 그리고 재빨리 땅에 납작 엎드렸다.

도광도부가 바로 뒤를 이어서 땅에 엎드렸다. 아니, 거의 동시에 엎드렸다.

그들은 무슨 일이 벌어질지 알고 있었다.

추포조두와 묵혈도는 한 걸음 늦었다. 두 사람의 이야기에 정신이 팔려 있다가 느닷없이 엎드리는 모습을 보고 자신도 모르게 같은 행동을 취했다.

꽈콰콰콰쾅! 꽈꽈꽈꽝!

엄청난 폭음이 귀청을 찢었다. 세상이 온통 암흑으로 변했다. 흙이 가는 모래로 변해서 안개처럼 뿌려졌고, 잠시 후에는 소나기처럼 전신을 뒤덮어왔다.

"훅!"

"우!"

두 사람은 숨도 제대로 쉬지 못했다.

숨을 쉬려고 하면 코와 입으로 흙더미가 마구 쏟아져 들어왔다. 입을 꾹 다물고, 고개를 최대한 가슴 쪽으로 끌어당기고, 두 손으로 얼굴을 가린 채 간신히 숨통만 열어놓는다.

뜨거운 열기도 덮쳐 왔다.

화약이 터지면 약간 뜨겁다는 정도의 열기를 느낀다. 그런데 이건 어찌 된 영문인지 살을 익혀 버릴 듯 뜨겁다. 끓는 기름이 등줄기를 타고 지나간 듯한 느낌이다.

"가자!"

도광도부의 음성이 고막을 후려쳤다.

추포조두와 묵혈도는 반사적으로 몸을 일으킨 후, 도광도부의 꽁무니를 쫓아서 부지런히 움직였다.

뭐가 어떻게 돌아가는 상황인지 알 길이 없다.

차분한 이성은 사라지고 살아야 한다는 본능만 남는다.

얼마쯤 달렸을까?

"두 개!"

뇌인의 음성이 벼락처럼 울렸다.

두 사람은 볼 것도 없이 납작 엎드렸다.

도광도부는 화액의 위력을 안다. 뇌인과 함께 머물면서 수십 번도 더 봤을 게다.

추포조두와 묵혈도는 단순한 화약보다 조금 더 강한 정도라고 생각했다. 화액의 폭발력이 엄청나다는 소리는 들어왔지만 현실적으로 와 닿지 않았다.

처음 견식한 화액의 폭발력은 상상 이상이다. 아니, 깜짝 놀라서 뒤로 넘어갈 지경이다.

쫘앙!

작은 폭발이 일어난다. 그리고,

쫘쫘쫘쫘쾅! 쫘아아아앙!

큰 폭발이 바로 뒤따라 일어난다.

엄청난 폭발, 천지를 무너뜨리는 폭발, 황소 수십 마리를 단숨에 날려 버릴 것 같은 대폭발!

'초토화!'

아무것도 생각나지 않는다.

화액의 폭발력이 어느 정도인지, 방원 몇 장이나 효력을 미치는지, 화액에 당하면 어떤 죽음을 맞게 되는지……. 화약을 생각하면 떠오르는 질문은 많지만 지금은 아무것도 궁금하지 않다.

"뛰엇!"

도광도부가 외치자, 두 사람은 벌떡 일어나 치달렸다.

화액이 터진 곳은 공사장을 방불케 한다.

길을 닦기 위해서 인부 수십 명이 산허리를 마구 헤집어놓은 듯한 형상이 펼쳐졌다.

길이 움푹움푹 파였다. 커다란 나무가 뿌리째 뽑혀서 날아갔다. 불붙은 나무는 거세게 타오르고, 부서진 돌가루에서는 아직도 진한 화약 냄새가 풍긴다.

쐐엑! 쐐에에엑!

철시가 날아왔다.

철궁문 문도들 중에도 강심장을 가진 위인이 있는지, 어느새 고개를 쳐들고 화살을 쏘아댄다.

"해?"

뇌인이 망설여지는 듯 급히 물었다.

"해!"

도광도부가 급하게 외치며 허리를 바싹 숙였다.

쒜에에엑!

철시가 아슬아슬하게 등허리를 훑으며 지나갔다.

뇌인도 더 이상 망설일 수 없는지 손을 휙 휘둘렀다.

"셋!"

마지막 도기가 날았다.

콰앙! 꽈꽈꽈꽈꽈꽝!

천지가 개벽할 듯한 굉음이 온 세상을 뒤흔들었다.

'맙소사!'

묵혈도는 낯빛이 하얗게 질린 채 할 말을 잃었다.

'이건… 세상에 존재해서는 안 돼.'

추포조두는 무서운 눈길로 뇌인을 노려보았다.

두 사람은 반응은 각기 달랐지만 결국 한 가지 생각으로 좁혀졌다. 뇌인을 세상에 풀어놓으면 행(幸)보다는 불행(不幸)이 더 많을 것이라는 점이다.

만정을 붕괴시켰을 때부터 무섭다는 건 알고 있었지만, 직접 눈으로 보니 꿈에 나타날까 봐 두렵다.

 길을 가로막았던 검련 무인들이 피투성이가 되어서 나가떨어졌다. 사직육신도 성하지 못하다. 팔다리가 떨어져 나간 것은 예사고, 형체를 알아볼 수 없을 정도로 짓이겨진 시신도 태반이다.

 화살을 쏘아대던 철궁문 문도도 성치 않다.

 그들은 검련 무인들 후미에 배치되어 있었다. 활이라는 병기의 특성상 가까이에 붙어 있을 이유가 없어서 멀찍이 떨어진 곳에 자리를 잡았다.

 그런 그들까지도 몰살당하다시피 했다.

 그들을 처리하는 데는 화액 한 개면 족하다.

 뇌인이 화액을 세 개씩이나 쓴 것은 활의 공격거리를 빼앗기 위해서다.

 폭발로 시야를 가리고 이동한다.

 삼십여 장의 거리를 폭발 두 번으로 가려 버린다. 그리고 마지막 세 번째 폭발로 주위를 말끔히 청소한다.

 화액은 공포스럽다.

 장애물을 순식간에 제거했다고 해서 하는 말이 아니다.

 검련은 앞뒤를 가로막았다. 위험이 앞뒤로 존재했다. 하지만 뒤에 포진해 있던 검련 무인들, 철궁문 궁사들은 화액의 위력을 본 후 다가올 엄두를 내지 못한다.

 화액은 좋게 쓰면 만인을 이롭게 할 선물이다. 하지만 이런 류의 물건들은 대체로 좋게 쓰이지 않는다. 반드시라고 해도 좋을 만큼 나쁜 곳에 쓰인다.

뇌인은 순수한 의미에서 화액을 연구한 것이 아니다.

그는 화천 문도의 일원이다. 화천이라는 뇌문의 명예를 걸고 화액을 연구한 것이다. 즉, 화액이 완성되면 무림에 이만한 화약이 있다고 알릴 의무가 있다. 그리고 그러한 공포를 기반으로 화천에 뇌문제일이라는 명예를 안겨야 한다.

도광도부 역시 순수하지 못하다.

그가 뇌문을 발전시키고자 그 고생을 했겠나? 가족도 거둬먹이지 않은 손으로 뇌인을 거들어주었는데, 그것을 순수한 마음의 발로로 봐야 하는가.

그는 목적이 있어서 뇌인을 도와주었다.

다시 말해서 무림 어느 곳엔가 화액을 쓸 곳이 있다는 뜻이다.

그곳이 어디인가?

천검가는 아니다. 자식을 죽음으로 몰아넣었지만, 그것은 자식을 내줄 때부터 예상하던 바이다.

천검가 이외에 어느 곳이든 가능하다.

검련이 뇌인을 죽이려고 한다.

이 말을 뒤집어 생각해 보면 검련은 도광도부가 화액을 어디다가 쓰려고 하는지 짐작하고 있다는 뜻이다. 그리고 그런 생각에 반대하고, 제지하려고 한다.

도광도부는 당우의 아비다. 하지만 그를 계속 보호해야 할지에 대해서는 확신이 서지 않는다.

도광도부와 뇌인을 살려둠으로써 얼마나 많은 사람들이 죽어갈까.

　두 사람은 그런 것까지 생각하지 않았다.

　반혼귀성은 정의 문파가 아니다. 생존을 위해서 만든 작은 모임일 뿐이다. 의혈(義血)이라면 죽고 못 사는 사람들도 아니다. 그런 점보다는 이해관계가 더 앞선다.

　그들이 뇌인을 우려의 눈으로 쳐다보는 것은 이들을 데려가는 것이 자칫 기름 곁으로 불을 끌어당기는 게 아닐까 생각되어서다.

　반혼귀성은 무림에서 환영받지 못한다. 언제 무슨 일이 벌어질지 모른다. 아마도 좋은 쪽보다는 나쁜 쪽 일이 더 많이, 더 빨리 벌어질 게다.

　거기에 뇌인까지 끌어들이면…….

　"화액을 천검가에 쓰지는 않을 것 같습니다만……."

　추포조두가 어렵게 입을 열었다.

　"주위나 살피게."

　"원수가 많습니까?"

　"저놈들이 정신을 차리면 무섭게 공격해 올 거야. 숨 쉴 틈도 주지 않고."

　"그래서 물어본 겁니다. 때에 따라서는 이 자리에서 같이 죽는 것이 나을 성싶어서."

　추포조두의 눈빛이 진지했다.

　농으로 하는 말이 아니라 진심으로 하는 말이다.

검련 무인들은 화액의 단점을 금방 찾아낼 것이다. 아니, 그것은 찾고 자시고 할 것도 없다. 놀란 정신만 수습하면 곧바로 해답이 찾아진다.

화액은 폭발력이 강하다. 살상 반경도 터무니없이 넓다.

이것이 단점이다.

화액을 터뜨릴 수 없게끔 만들면 된다. 지근거리 안으로 바짝 파고들기만 하면 끝난다. 하면 동귀어진(同歸於盡)을 생각하지 않는 한 화액을 터뜨릴 수 없다.

그런 일은 곧 벌어진다.

화액에 의존하지 않고 온전히 본신 무공만으로 싸워야 할 시간이 다가온다.

싸움 예상은 역시 비관적이다.

중과부적(衆寡不敵)인 상태에서 검련 무인들을 상대로 싸운다는 건 자살행위다. 섶을 지고 불속으로 뛰어드는 것보다 더 확실한 죽음이 기다린다.

그때가 되면 당신들을 어떻게 할까?

추포조두는 진지하게 말하고 있다.

"당신이 그걸 어디에 쓰든 상관할 바는 아닌데 반혼귀성에 해가 되는지 묻고 있는 겁니다. 당신들을 죽이려는 자가 많다면… 그러잖아도 우리도 어려운데, 당신 짐까지 떠맡아서야 되겠습니까?"

"후후! 우리를 끌어낸 건 너다."

"압니다. 하지만 그때는 화액을 보지 않았을 때이고 지금은 다르죠. 이만한 폭발력이면… 욕심내는 자도 많고 죽이려는 자도 필사적일 겁니다."

"그래서 꽁꽁 숨었던 거지."

"……."

"지금이라도 늦지 않았어. 손 떼고 싶으면 떼도록 하게. 분명한 건 우리와 함께 있으면 손에 피 마를 날이 없다는 거지. 잠을 편히 자기도 틀린 게고."

추포조두는 도광도부와 뇌인을 번갈아 쳐다보았다.

당우는 왜 이런 사람을 데려오라고 했을까? 아비이기 때문에? 아니다. 그가 아는 당우는 혈육 때문에 주변인을 위험에 빠뜨릴 사람이 아니다.

그러면 왜?

이유가 있으리라.

당우와 신산조랑의 두뇌가 합쳐지면 세상사를 꿰뚫어 본다. 그런 머리로 판단을 내린 것이다. 데려오라고.

"먼저처럼 넌 왼쪽, 난 오른쪽. 두 사람을 가운데에 끼고 최대한 빨리 이동한다."

추포조두가 검을 고쳐 잡으며 말했다.

第八十五章
박빙(薄氷)

梅田梅軒

1

　당우는 옛일을 떠올렸다.
　아무것도 몰랐을 때, 추포조두와 삼십홀이라는 추적의 달인들에게 쫓겼다.
　그때, 삼십홀의 움직임이 어땠나?
　추포조두는 은자이지만 삼십홀은 검련 무인들이다. 검련에서 추적에 관한 부분만 특별하게 사사했다.
　지금 그런 자들이 아버지 주위를 맴돈다.
　'필살(必殺)! 불문곡직 필살.'
　한 번의 부딪침으로 해서 검련이 아버지와 뇌인을 어떻게 처리할 생각인지 확연해졌다.
　추포조두는 버틸 수 없다는 전서를 보내왔다.

전서구로는 시간에 대지 못할 것 같아서 당우가 일러준 특송전서(特送傳書)를 사용했다.

사구작서 중 소서(巢鼠)가 남긴 유산은 이번에도 큰 역할을 했다.

개방(丐幫)의 연락망으로도 사흘은 족히 걸릴 거리를 단 두 시진 만에 주파해 냈다. 봉화(烽火), 오색연(五色煙), 화탄(火彈)……. 소식을 전하는 데 사용되는 모든 도구가 동원된 결과다.

당우는 역으로 전서를 보냈다. 전서가 전해진 방법 그대로 다시 돌려보냈다.

하루만 견뎌라!

적성비가의 은신술을 사용한다면 하루쯤은 견딜 수 있을 것 같다.

문제는 자신들이다. 하루만 견디라고 전서를 보냈지만, 도저히 하루 만에 당도할 거리가 아니다. 잠을 자지 않고, 쉬지도 않고 내쳐 달리기만 해도 사흘은 걸린다.

사흘을 하루로 좁혀야 한다.

그러나 그런 일은 적토마를 빌려 타도 일어나지 않는다. 혹시 하늘에서 날개 달린 천마(天馬)라도 내려주면 모를까.

그렇다면 반대 방법을 쓴다.

이쪽에서 빨리 갈 수 없다면 상대방으로 하여금 공격할 수 없는 입장을 만들어야 한다.

"검련제일가주의 문장(紋章)을 아세요?"

"파악할 수는 있을 겁니다."

"가명(假命)을 전했으면 합니다."

"그건 문장을 파악하는 것과는 좀 다른 문제입니다. 검련 쪽에서 어떤 명령체계를 사용하는지 알 수 없으니……."

"그걸 알아내는 데는 얼마나 걸릴까요?"

"글쎄요? 운 좋으면 한 달?"

"할 수 없군요. 문장만 찍어서 급히 보내죠."

"내용은?"

"공격 중지. 감시 철저. 이 정도면 되겠죠."

"그 정도의 명령이라면 먹힐 겁니다. 지금까지 '감시 철저'라는 명령만 하달되었으니까요. 화액의 위력이 상상 이상이니……. 약간 준비할 것이 있다거나 알아볼 게 있다는 투의 어조를 넣어주는 것도 좋겠군요."

"알아서 해주세요."

"그러죠. 한데……."

"네. 말씀하세요."

"이것으로 열 번째 부탁입니다."

"벌써 그런가요?"

"하하! 그렇게 됐습니다."

"알았습니다. 이번 일이 끝나면 알려 드리죠."

당우와 이름도 밝히지 않은 유생(儒生)과의 대화가 끝났다.

이제 유생은 당우 앞에 나서지 않는다. 앞으로도 급한 일은 계속 생기겠지만 소서의 유산은 쓰지 못한다.

열 번의 부탁, 그리고 소서가 남긴 장보도(藏寶圖)의 교환.

편마와 함께 만정으로 잡혀 들어간 소서가 세상에 남겨놓은 마지막 비책이 이것이다.

인심은 변한다.

아무리 충직한 수하라도 십 년, 이십 년의 세월이 지나면 마음이 바뀌게 마련이다.

처지가 달라지기 때문에 더욱 그렇다.

상전을 모실 때는 주는 밥만 얻어먹으면 된다. 하지만 자신이 모든 것을 주물럭거리는 위치에 서게 되면 생각이 달라진다. 손아귀에 틀어쥔 권력을 쉽게 내놓겠는가.

그래서 금은보화를 다량 숨겼다.

어떤 자라도 혹하고 달려들 수밖에 없을 만큼 상당한 재화를 숨겨놨다.

이것은 진실이다. 많은 수하들이 지켜보는 앞에서 재화(財貨)를 빼돌렸다. 훗날 열 번의 부탁이 끝남과 동시에 장보도를 건네주겠다는 말을 남기고.

숙식을 제공해 주고, 배를 대주고, 의원을 준비해 주었던 모든 일들이 열 번의 부탁 속에서 행해졌다.

당우가 말한 마지막 열 번째 부탁은 검련제일가주의 명령서를 위조해서 전달하라는 것이다.

'명령의 진위 여부를 확인하려면 전서구가 날아야 하니… 아무리 빨라도 닷새……. 그동안 조우를 해야 한다. 가급적 빨리. 빠를수록 몸을 빼기도 좋을 테니까.'

가짜 명령서는 전달되었다. 그와 동시에 추포조두에게도 한 장의 밀서가 전달되었다.

검련은 공격하지 않을 것이다. 철저한 감시로 돌아섰으니, 이 기회를 놓치지 말고 최대한 이동하라. 다시 한 번 말하거니와 검련 무인들의 공격은 티끌만치도 염려하지 마라. 온 신경을 도주하는 데만 쏟아라.

추포조두는 말뜻을 알아들었다. 그렇기에 삼사십 리 길을 눈 깜짝할 사이에 이동한 게다.

검련이 공격하지 않는다.

이러한 조건만 붙는다면 못할 게 없다. 추포조두는 말을 빌렸고, 오로지 앞만 보며 달렸다. 매복하기 좋은 장소도 숱하게 나왔지만 곁눈질조차 주지 않았다.

당우 일행도 질주에 질주를 거듭했다.

위에서 내려오고, 아래에서 마중 나간다. 서로가 전력을 다하면 하루 정도는 시간을 줄일 수 있다. 이를 악물고 죽을힘을 다해서 하루만 달리면 만난다.

"저, 공자님. 도광도부, 아니, 아버님을 만나시게 되면 설득할 묘안은 갖고 계신지."

신산조랑이 말을 달리며 말해왔다.

"묘안 같은 게 있을 리 없잖아."

"화액을 넘겨주지 않을 분입니다. 은혜를 갚기 위해서 혈육도… 던지신 분이니."

"그럴 거야."

당우는 순순히 고개를 끄덕였다.

아버지는 화액에 관심이 없다. 적어도 자신이 천검가에 들어가기 전까지는 관심이 없었다. 화액은 고사하고 불을 켜는 부싯돌조차도 신경 쓰지 않은 분이다.

그런 분이 화액에 관심을 가졌다는 건 분명히 누군가로부터 지시나 하명 혹은 부탁을 받았다는 말이 된다.

아버지는 그가 누구인지 누설하지 않는다.

그 일에 자식 목숨이 걸려 있다고 해도 입을 열지 않을 분이다.

화액을 넘겨주는 일 같은 건 더더욱 기대할 수 없다.

고집불통……. 아버지에게 딱 맞는 말이다.

"괜찮으시다면 뒤로 빠지시는 게……."

신산조랑이 조심스럽게 말했다.

"아냐. 그래도 내가 하는 게 낫지. 끼럇!"

당우는 말고삐를 힘차게 잡아당겼다.

양쪽 인마는 원주부(袁州府) 선춘(宣春)에서 조우했다. 꼬박 하루 동안 말을 달려온 끝이다.

'아버지……'

'당우, 이놈!'

두 부자가 얼굴을 마주했다.

한데 만나면 하려고 했던 수많은 말들이 목구멍에서만 빙빙

돌 뿐 입 밖으로 새어 나오지 않는다.

"잘 컸구나."

도광도부가 먼저 말했다.

"무사하시군요. 어머님은 출가하셨다고 들었습니다."

"출가는 무슨… 잠시 절에 의탁하고 있다."

"그렇습니까."

"……."

몇 마디 말 뒤에 또 침묵이 흘렀다.

"왜 따라오셨습니까?"

이번에는 당우가 먼저 말했다.

"저 친구 눈가에 살기가 흐르더군. 무심한 살기. 따라나서지 않으면 죽일 기세던데. 그러라고 한 게냐?"

그런 명령을 내렸다.

정말로 죽일 생각이 있어서 그랬던 것은 아니다.

최고의 밀마해자라면 인심수람술(人心收攬術)에도 능통해야 한다. 얼굴 표정을 보고 마음을 읽어내는 정도는 눈 감고도 할 수 있어야 한다.

아버지는 추포조두의 결의를 읽었을 게다.

따라나서지 않으면 죽을 것이다.

추포조두가 단호한 결의를 보여주면, 아버지는 어쩔 수 없이 따라나설 것이다.

여기까지 내다보고 내린 명령이다.

당우는 피식 웃었다.

"그래서 따라오신 겁니까?"

"무정해졌구나."

"부자 간 회포를 풀자고 여러 목숨 위험에 던진 건 아닙니다."

"화액을 얻고 싶은 게냐?"

당우는 고개를 가로저으며 물었다.

"누구의 부탁을 받았는지 알고 싶습니다. 말해주시겠습니까?"

이번에는 도광도부가 고개를 저었다.

"사내의 입은 천금 같아야 하나니."

"후후! 됐습니다. 여전하시군요."

당우는 빙긋 웃었다.

이제 곧 도광도부와 뇌인이 반혼귀성의 손아귀에 들어갔다는 소문이 퍼질 게다.

그것이면 된다.

아버지에게 사주를 넣은 자가 누구인지 모르지만, 매우 다급해질 것이다. 검련 또한 죽자 사자 달려들 게다. 그들에게는 반혼귀성도 죽일 자들이요, 뇌인도 죽일 자다. 모두 다 찍어 눌러야 하는 자들이니 아주 날카로운 검을 준비할 게다.

이로써 투골조 사건을 누가 벌였는지, 어떤 자들이 관계되었는지 알아낼 수 있는 단초가 마련되었다.

뇌인에게 화액을 요구한 자, 도광도부에게 화액 제조를 부탁한 자, 그자는 어떤 식으로든 투골조와 연결되어 있다.

모두가 다급해질 것이다.

"푹 쉬십시오. 풍찬노숙이 마음에 들었으면 좋겠습니다."

당우가 먼저 일어섰다.

투골조…….

이것은 엄밀히 말하면 당우의 개인적인 사건이다.

신산조랑이나 홍염쌍화는 누가 투골조 사건을 일으켰든 아무 관심이 없다. 그런 일이 있었구나 하는 귀동냥으로 전해 듣는 정도에 지나지 않는다.

그들은 만정이 왜 그토록 혹독해야 했는지가 더 궁금하다.

굳이 현실을 보자면 생존을 모색해야 한다는 사실이 당장 발등에 떨어진 불이다.

그 외의 일로 싸움을 하는 것은 강 건너에서 일어난 불 속으로 직접 뛰어든 것과 다름없다.

천검가와의 싸움이 그랬다. 홍염쌍화가 왜 세요독부와 싸워야 했나. 검련과의 싸움이 그렇다. 산음초의가 무슨 억하심정이 있다고 검련 무인들을 독살해야 했단 말인가.

그들에게는 아무 상관도 없는 싸움이었다.

반혼귀성이라는 집단도, 생존을 모색한다는 구실도 이 모든 것이 당우의 개인사를 해결하기 위해 남의 힘을 빌렸다고 해도 할 말이 없을 것이다.

하지만 간과하지 못할 사실이 있다.

반혼귀성 귀신들의 가슴속에는 분노의 절규가 흐르고 있다.

만정에 갇힌 자들 중 대다수는 지옥에 떨어지는 걸 당연히 여길 게다. 자신이 지옥에 가지 않으면 누가 가겠냐고 말할 마인 중의 마인들이다.

그러니만치 만정에 갇히는 것도 당연하게 여겼다.

하지만 인육은 아니다. 사람을 먹을 수밖에 없도록 만든 악심(惡心)이 두렵다.

차라리 음식을 제공하지 않았다면 오히려 이해할 수도 있다.

검련은 음식을 제공했다. 사람으로, 뜯어 먹힐 수밖에 없는 상태로 들이밀었다.

다른 것은 몰라도 이 부분만은 반드시 캐물어야 한다. 도대체 왜 그랬냐고.

그럼 누구를 잡고 물어야 할까?

당연히 검련제일가다. 만정은 검련제일가에서 구축했고, 관리해 왔다. 옥주와 옥졸들이 검련제일가 사람이다. 그러니 힐문할 사람도 검련제일가주가 되리라.

반혼귀성 사람들은 오직 그 한 가지 소망을 안고 살육전에 뛰어든 것이다.

함께 움직인다.

서로에게 공통된 목적이 있지 않은가. 흩어지면 죽는다. 서로가 한 몸처럼 똘똘 뭉쳐야 산다.

지옥에서 함께 생활한 자들이 아니면 그들의 결속력을 이해하지 못할 것이다.

그들은 당우를 위해서라면 활활 타오르는 불 속이라도 뛰어들 수 있다. 당우 역시 반혼귀성 식솔들에 관한 것이라면 자신의 모든 것을 내던질 수 있다.

갈 곳이 없어서 모여 있는 것이 아니다. 흩어지면 죽기 때문에 떨어지지 않는 것도 아니다. 그들은 이미 한 가족이다. 죽음도 갈라놓지 못하는 혈육이다.

"검도자는?"

추포조두가 신경 쓰이는 듯 물었다.

어느 순간부터 그가 보이지 않는다. 아예 떨어져 나간 것인지, 아니면 잠깐 볼일이 있어서 다른 곳에 들른 것인지 모르겠으나 주변에는 없다.

"그 사람은 신경 쓸 것 없어요."

당우가 무심히 말했다.

"검도자와 맞대면한 이야기는 들었는데, 그렇다고 검련 무인들이 앞에서 죽어나가는데 가만있을 수 없잖아? 그때를 대비해야 하지 않을까?"

"대비할 것도 없어요."

당우의 무심한 말에 추포조두는 신산조랑을 쳐다봤다.

그들은 구령마혼의 위력을 안다. 찰나 만에 수만 가지의 방책을 떠올릴 수 있게 만든다. 평범하던 당우를 묵비 비주도 감탄할 정도의 귀재로 만들어놓았다.

반혼귀성에는 구령마혼을 익힌 여인이 있다.

그녀는 만정에서 살아남았다. 여인의 몸으로 악귀들 틈에서 견뎌냈다. 그뿐만이 아니다. 그녀는 단순히 견뎌낸 것이 아니라 백마(百魔)의 비기를 훔쳐 냈다.

마인들이 자발적으로 일러주었든, 훔친 것이든 절기가 전달된 사연은 각기 다르겠지만 만정 마인들의 무공이 고스란히 그녀의 머릿속에 옮겨진 것은 사실이다.

그녀야말로 만정의 괴물이 아니던가.

추포조두의 눈길을 받은 신산조랑이 고개를 가로저었다.

검도자가 달려들면 방법이 없다. 반혼귀성 전부가 검을 뽑아도 상대할 수 없다.

너무 비관적인가?

아니다. 당우가 직접 몸으로 겪어봤다. 그의 빠름을 봤고, 반응속도를 계산했다. 모두가 감탄하는 구령마혼으로 치밀하게 힘의 균형을 살폈다.

약간이라도 승산이 있었다면 출행 전에 결행했으리라.

검련의 검도자가 뒤에 붙어 있다는 사실은 아무래도 찜찜하다.

그러나 방법이 없는 이상 아예 그를 생각하지 않는 것도 마음 편해지는 방책이리라.

"쯧! 그럼 언제든지 죽을 수 있다는 거네."

"발악이나 최대한 해보는 거지."

치검령이 검을 살피면서 말했다.

거짓 명령은 효과가 오래 가지 않는다. 기껏 해야 하루 정도 시간을 벌어준 것에 불과한데 그 하루가 반혼귀성 마인들에게 천금 같은 시간이었다.

스웃! 스웃! 스스슷!

바람도 없는데 나뭇가지가 흔들린다.

검련 무인들이 미숙한 자들이라서 기척을 흘리는 게 아니다. 자신들의 존재를 숨길 필요가 없기 때문에 마음 놓고 편한 움직임을 보이는 게다.

"백? 이백?"

치검령이 사방을 훑어보며 말했다.

"아니. 더. ス 정도면 적어도 삼백은 되겠지."

추포조두가 눈살을 찌푸렸다.

적이 많아서 인상 쓰는 게 아니다. 마음에 걸리는 게 있는데, 무엇인지 콕 집어낼 수 없어서 미간을 찌푸린 게다.

"그래 봤자 화액 하나면 끝나는데."

묵혈도가 추포조두의 마음을 읽었다는 듯 말했다.

두 사람은 화액의 위력을 봤다. 뇌인이 화액 한 병만 터뜨리면 저들 중 절반은 나가떨어질 게다.

적들도 화액의 위력을 안다.

이미 한 번 견식해 봤기 때문에, 직접 보지 못한 자라도 폭발이 일어난 흔적만 살펴보면 화액의 위력을 대충 짐작할 수 있다.

그런데 검련은 화액을 무시하고 있다. 지난 아픔은 아랑곳하지 않고 무인을 대거 투입시켰다. 그것도 화액을 던지기 딱 좋게 밀집 대형을 이뤘다.

추포조두가 중얼거렸다.

"이건 마치 한 번 더 터뜨려 달라는 것과 마찬가지인데."

당우는 화액의 위력을 눈으로 보지 못했다. 하지만 추포조두에게서 말을 들었다. 만정을 천지개벽(天地開闢) 시키듯 뒤집어엎은 위력도 잊지 않고 있다.

검련 무인들의 움직임은 누가 봐도 비정상이다.

"저건 굳이 화액까지 들먹일 필요도 없잖아. 쓸 만한 화탄 한 방이면 끝나겠는데."

어화영이 말했다.

"조용히 해. 생각 중이잖아."

어해연이 눈을 흘기면서 말했다.

당우는 생각 중이었다. 신산조랑도 침묵을 지켰다.

구령마혼을 맹렬히 운기하고 있다. 하지만 아직 적당한 해답을 찾아내지 못했다.

화액이 있는 걸 안다. 그런데 마치 던져 보라는 듯이 밀집해서 다가온다. 미친 척하고 정말 던지면? 그 부분에 대한 대응책이 없을 리 없다.

'비산(飛散)!'

'경공(輕功)!'

당우와 신산조랑은 거의 동시에 서로를 쳐다봤다.

"검련에서 가장 빠른 자들 같습니다."

신산조랑이 먼저 말했다.

"안공(眼功)에 뛰어난 자도 있을 거야. 벌써 뇌인을 지켜보고 있을 거고……."

"낄낄낄! 손으로 던지는 것보다 더 빨리 피할 수 있다는 자신감이 풀풀 피어납니다. 삼십 장 정도는 순간에 움직일 수 있다. 뭐 그거 아니겠어요?"

"재미있는 싸움이 되겠군."

당우가 입가에 잔소(殘笑)를 띠웠다.

누군가와 싸우기 전에는 늘 진중했는데 처음으로 떠올린 웃음이었다. 그리고 그 웃음은 등골이 서늘할 정도로 섬뜩했다.

2

눈앞에 있던 나무들이 안개에 휩싸인 듯 흐릿해졌다.

"후후후! 연무혼기! 풍천소옥이군."

검련 무인은 일말의 흔들림조차 보이지 않았다.

쉿!

흐릿하던 나무에서 점 하나가 불쑥 튀쳐나왔다. 아니, 창처럼 쭉 찔러왔다.

"일촌비도!"

검련 무인이 상반신을 살짝 틀어 피했다.

스으웃!

흐릿하던 나무들이 어느새 제 색깔을 찾았다. 나무껍질까지도 뚜렷하게 보인다.
"은형비술. 후후후! 풍천소옥, 이놈들… 참 재미있는 놈들이야. 치고 빠지는 데는 도가 텄어."
검련 무인은 풍천소옥의 절기를 한낱 잡기로 치부해 버렸다.
쒜엑! 깡깡깡!
옆에서는 쇠붙이끼리 마찰을 일으키며 불똥을 튀겨냈다.
사람은 보이지 않았다. 검련 무인이 허공에 대고 검을 휘두를 때마다 빨간 불똥이 터져 나왔다.
"뭐야?"
"십자표."
"적성비가? 후후! 그놈들은 천검가의 수족 노릇을 하고 있는 줄 알았는데."
"이놈들하고 배 맞은 놈들이 있잖아."
"아! 추포조두?"
"추포조두는 개뿔. 적성비가를 똥통에 빠뜨린 놈이 무슨. 무슨 낯짝으로 무림을 기어다니는지 몰라."
"왜 그놈뿐이야? 방금 일촌비도를 날린 놈도 풍천소옥을 똥통에 빠뜨린 놈이잖아. 아! 두 계집도 있지? 홍염… 그다음이 뭐지? 꽃이라고 불러주기에는 나이가 너무 많잖아?"
"하하하!"
검련 무인들이 농담을 주고받았다.

은자들이 자신들의 무대인 숲에서 자신들의 특기인 은신술로 공격을 시도하고 있다.
　검련 무인들은 은자들의 공격을 태연히 받아낸다.
　한 수, 두 수, 세 수……. 초수가 늘어가지만 실수로라도 검상을 입는 무인은 발생하지 않았다.
　검련 무인들은 은자들의 공격을 완벽하게 차단했다.

　"방어는 완벽한데, 공격은 하지 않는군요."
　"공격을 하면 틈이 생기는 거야. 그걸 저들도 알지."
　당우는 매처럼 날카로운 눈으로 숲을 뚫어지게 지켜봤다.
　숲에서 벌어지는 싸움이 일목요연하게 보인다. 검련 무인들은 여유있는 것처럼 웅대하지만 거짓이다. 그들은 좀처럼 대형을 흐트러뜨리지 않는다. 공격자를 잡을 수 있는 기회가 생겨도 그로 인해서 대형이 유지되지 않을 것 같으면 공격을 포기해 버린다.
　"숲에서 유지할 수 있는 진법……."
　"삼라팔진(森羅八陣)."
　"아! 삼라팔진이군요."
　"신산조랑……. 이젠 놀리는 취미까지 생긴 거야?"
　"낄낄! 그럴 리가요."
　"낮에는 승부가 나지 않을 싸움이야. 밤이 되면 둘 중 한쪽은 끝장나겠지. 음식이나 준비해 줘. 따뜻하게."
　"그러죠."

신산조랑이 웃으면서 돌아섰다.

밤의 싸움……. 낮에 비등하다면 밤의 싸움은 은자가 절대적으로 유리하다. 진법에 의지하여 진퇴(進退)를 결정해야 하는 경우에는 더욱 그렇다.

그들 중 한 명이라도 무너지면 진형 자체가 분해된다.

당우는 진형 이름을 알아냈다. 구성 원리는 물론이고 운용 방식까지 그려내고 있을 게다.

밤의 싸움? 만약 밤에도 싸움이 지속된다면 그건 싸움이 아니라 일방적인 살육전이 될 게다.

한데 검련 무인도 그 정도는 안다.

처음부터 저들을 투입시킨 것은 저들이 강해서가 아니다. 화액이 터질 것에 대비해서 가장 신법이 빠른 자들만 추렸다. 그리고 그들에게 은자를 상대할 수 있는 진형을 가르쳤다.

검련 무인들이 가진 것은 그것뿐이다.

밤이 되면 삼라팔진의 운용 방식을 모른다고 해도 무너질 수밖에 없는 상황이 된다.

날이 어두워지기 무섭게 검련 무인들이 물러날 게다.

밤…… 휴식, 평화다.

한낮에 열심히 움직인 몸을 푹 쉬어줄 때다.

하나 그것은 검련 쪽에서 원하는 바다. 내일 날이 밝으면 검련은 또 다른 공격을 가해올 게다. 그러니 이쪽에서는 밤을 이용하여 포위망을 빠져나가야 한다.

초저녁에 식사를 넉넉하게 하고, 푹 쉬었다가 밤이 깊어지면 야음을 틈타서 도주한다.

당우와 신산조랑은 그림을 거기까지 그렸다.

물론 도주할 방도도 생각했다.

지금 현재 반혼귀성은 천검가와 앙숙이 되어 있다.

옛날 일, 투골조 사건이 반혼귀성과 천검가를 끊지 못할 앙숙으로 만들어놨다.

시작은 반혼귀성이 먼저 했다.

당랑(螳螂)이 달리는 수레바퀴를 향해 달려든 격이다.

그런데 위세가 하늘을 찌르던 천검가가 한낱 당랑에 불과하던 반혼귀성에게 당했다.

천검가 정통 무인이 아니라고 하지만 류명이 내세우던 천검 십검 중에서 세 명이 목숨을 잃었다.

물론 그들은 천검가 정통 무인이 아니다. 적성비가의 무인들을 임의로 쓴 것에 불과하다. 마사와 혼인한 기념으로 그 정도는 해줄 수 있지 않나.

좋다. 그러면 당우가 천검가를 월담하여 류명의 거처까지 들락거린 사실은 어떻게 변명할 것인가.

당우는 천검가의 안면에 주먹을 날렸다.

천검가로서는 씻지 못할 치욕이다. 더군다나 당우를 죽이겠다면서 직접 검을 들었던 류명마저 빈손으로 돌아왔다.

천검가 쪽에서 이를 갈고 있다.

반혼귀성도 계속 천검가를 두드려야 할 입장이다. 어떻게든 투골조 사건의 진상을 알아낼 생각이고, 그러기 위해서는 관런자들을 끊임없이 끌어내야 한다.

도광도부와 뇌인을 수중에 넣은 것도 투골조 사건을 건드리기 위한 전주곡.

도광도부가 아버지라서 찾은 것이 아니다.

투골조 사건이 벌어진 직후 도광도부의 행적이 눈에 확 띌 만큼 기묘하다.

누구라도 의심하지 않을 수 없다. 그러니 반혼귀성이 임강부에서 벗어난다는 건 생각할 수 없다.

그 점을 역으로 건드린다.

포위망을 뚫는 즉시 남으로 내려간다.

임강부로 들어가려면 서남쪽으로 나아가야 하지만 비슷하면서도 어긋나게 움직인다.

검련의 이목을 따돌리는 방법? 그런 건 생각하지 않는다. 생각할 필요도 없다. 은신술, 추적술이라면 타의 추종을 불허하는 사람들이 모여 있다. 걱정할 필요가 없다.

"낄낄낄! 밥 짓는 냄새를 맡으면 배에서 꾸르륵 소리가 날 텐데… 저놈들 불쌍해서 어쩌누. 히히!"

신산조랑이 연신 웃음을 흘렸다.

모두 말없이 식사를 즐겼다.

검련 무인들은 해가 떨어질 기미를 보이자마자 썰물 빠지듯 물러났다. 농담을 하면서 여유를 보였지만 밤의 싸움에서는 승산이 없다는 것을 알고 있었다.

하루 종일 신경을 곤두세운 탓에 피곤함이 몰려왔지만, 한편으로는 이겼다는 생각에 뿌듯하기도 했다.

가장 불만인 사람은 홍염쌍화다.

"살수는 왜 쓰지 말라고 한 거야?"

"그건 나도 이해 못하겠어. 말해줘. 왜 살수를 쓰지 말라고 한 거야? 옆에서 보니까 모두들 살수를 쓰던데."

어화영과 어해연이 입을 맞춘 듯 말했다.

다른 사람들은 밥을 먹다 말고 무슨 소리냐는 듯 일제히 고개를 쳐들었다.

살수를 쓰지 말라고? 그런 말을 했다고?

모두의 표정에 의문과 궁금증이 가득 피어났다.

"쯧! 제가 말씀드려도……."

신산조랑이 나섰다.

"할멈도 알고 있었던 거야?"

어화영의 말투가 곱지 않았다.

신산조랑은 밥을 살며시 내려놓으며 말했다.

"검련은 우리 무공을 소상하게 파악하고 있습죠. 우리들 중 대부분이 은자인 것은 물론이고, 사문이 어디인지까지도."

"그건 됐고. 다음."

"그러니 그에 대한 준비도 했을 거라… 이 말입니다. 단지 하나, 저들이 잘 모르는 건 저와 두 분 마님의 무공 정도죠. 저는 무공을 쓴 적이 거의 없고, 두 분 마님도 천검가 후레자식들과 싸우기 전까지는……."

"그래서 우리 무공을 숨겼다?"

"두 분이 나서면 필히 피를 본다는 것이 주공과 저의 공통된 소견이었습니다. 그랬다면 지금쯤 저 숲은 아주 난장판이었겠죠. 피가 강을 이뤘을 겁니다."

"그러니까 답답하단 말 아냐!"

"저들 뒤에는 누가 있을까요?"

"저놈들 뒤……."

어화영의 말문이 막혔다.

저들 뒤에는 검도자가 있다. 그는 신경 쓰지 않아도 좋다고 했지만 검련 무인들이 죽어나간다면…….

당우가 말했다.

"검천자(劍天子), 검광자(劍光子), 검해자(劍澥子). 이들 중 한 명이 있을 거예요."

"뭐라고! 검도자가 아니고?"

"검도자는 신경 쓰지 않아도 되는데… 다른 사람들은 신경 써야죠. 우리가 살수를 전개했다면 하하! 아마도 지금 이 식사는 하지 못할 겁니다. 맛있게 드세요."

"검도자에 이어서… 검에 미친 네 괴물 중 한 명이 있다고? 저기에?"

"식사하세요."

"세상에! 밥이 들어가?"

"검에 미친 사람들도 은신술로는 은가를 뛰어넘지 못해요. 오늘 밤에 그 사실을 알려주려고요. 그러니 식사 든든히

하세요."

 모두들 당우가 무슨 말을 하는지 알아챘다.

 "좀 쉬려고 했더니… 오늘 밤은 삭신이 뻐근하겠네."
 비주가 중얼거렸다.

 은신술이라고 다 같지 않다. 은가마다 자신만의 독특한 방식이 있다. 은포(隱布)를 사용하는 문파가 있는가 하면 오로지 육신의 수련으로 극복해 내는 문파도 있다.

 중원에서 이름을 드높인 은가는 후자다.

 귀영단애의 신무신법, 적성비가의 암행류, 풍천소옥의 은형비술이 그와 같은 경우다.

 스웃! 스으웃!

 인영은 보이지 않고 바람 가르는 소리만 들린다.

 바람 소리조차도 뚜렷하지 않다. 귀를 기울여서 자세히 들어야만 간신히 미풍 정도 흘러가는 소리를 들을 수 있다.

 스웃! 퍽!

 둔탁한 소리와 함께 멀쩡하게 서 있던 무인이 쓰러졌다. 그리고 그 뒤를 재빨리 낯선 바람 소리들이 채웠다.

 삼가(三家)의 은신술이 제각각 제일을 다투지만 밤의 제왕은 누가 뭐래도 당우다.

 보이지 않는 곳에서 무기지신을 당할 수는 없다.

 검도자 같은 검귀도 등 뒤에 바싹 다가설 동안 전혀 눈치채지 못했다. 공격이 시작되기 전에 자연적으로 형성되는 살기만 제어할 수 있다면 그 누구라도 암살할 수 있을 게다.
 단 한 순간의 살기!
 검도자와 당우의 차이다. 그리고 그 차이를 좁히지 못하는 한 당우는 검도자를 넘어서지 못한다.
 이 숲에는 얼마나 많은 검도자가 있을까?
 한 명? 두 명?
 스으읏!
 어둠이 어둠 속으로 흘러들었다. 그리고 멀쩡하게 서 있던 경계 무인이 모래성 무너지듯 풀썩 쓰러졌다.

 숲을 빠져나온 다음에는 전력 질주.
 도주하는 사람은 거의 같은 생각을 한다. 경계망에서 벗어났다 싶으면 가장 빨리, 가장 멀리 사라지고 싶어 한다.
 역에 역을 짚는다. 그곳에 병법이 있다.
 제일 먼저 떠올릴 수 있는 발상은 땅속이나 동굴 같은 곳에 숨어서 한 계절을 난다는 것이다.
 그 정도만 침묵하면 검련의 경계망은 상당 부분 느슨해진다.
 당우는 그럴 필요가 없었다. 검련의 경계망이 칼끝 같아도 상관없었다. 어차피 반혼귀성은 터지기 일보 직전의 화약이다. 너무 울고 싶어서 누가 때려주기만 기다리는 아이와 같다.
 빠를 필요도, 느릴 필요도 없다.
 경계망을 벗어나기까지는 은밀했지만, 길을 갈 때는 숨지 않는다. 행적을 뚜렷하게 드러내서 당황스러움을 유도해 낸다.

저놈들이 미쳤나? 뭘 믿고 저리 당당해?

그런 의문이 잠깐이라도 든다면 성공이다.

반혼귀성이 믿을 것이라곤 화액밖에 없다. 또한 반혼귀성 악귀들이라면 동귀어진이라는 수법도 얼마든지 구사한다.

그런 위압감만 풍기면 된다.

아무 거리낌 없이 마음 놓고 공격하는 것과 이번에는 화액을 쓸지도 모른다는 공포감을 안은 채 공격하는 것은 큰 차이가 있다.

그러나 포위망은 곧 형성될 것이다.

화액이 있다는 것을 알고 다가온 자들이니 절대적인 위협거리는 되지 않는다.

그때는 또다시 밤을 이용해서 빠져나온다.

지루한 싸움이 되겠지만 검련 쪽에서 결정적인 한 수⋯⋯ 검도자 같은 무인만 투입되지 않는다면 견딜 수 있다.

견디면서 나아간다.

당우의 설명은 은자들의 동의를 이끌어내지 못했다.

그냥 냅다 도주하면 될 상황인데, 무엇하러 일부러 상황을 비비 꼬는가.

당우는 두 가지를 간과했다.

두 번째 형성되는 포위망은 먼저보다 훨씬 강력할 것이다. 요행히 두 번째를 벗어났다고 해도 그다음에 펼쳐지는 포위망은 더욱 치밀해진다.

실패를 바탕으로 진화하는 포위망은 당할 수 없다.

같은 싸움이 아니다. 점점 더 힘들어지는 싸움이다.

또 하나, 당우가 간과한 점이 있다.

검련 쪽에는 당우가 말했듯이 검도자와 버금가는 검귀 한두 명 정도가 준비되어 있다는 점이다.

그들은 언제든 다가올 수 있다.

포위망을 한 번 뚫고, 두 번 뚫는 게 중요한 것이 아니라 언제든 토벌당할 수 있다는 점이 중요하다.

지금은 무작정 도주해야 할 때다.

이것이 은자들의 본능적인 생각이었지만 그들은 당우의 생각에 동조했다. 가장 타당하게 생각되는 자신들의 생각을 입 밖에 내지 않았다.

당우를 믿는다.

그 한마디면 모든 게 족했다.

당우는 독자적으로 결정하지 않는다. 그는 생각한 바를 신산조랑과 상의한다. 어느 한쪽이 다른 쪽을 설득하는 게 아니라 가장 적합한 행동을 찾아내서 시행한다.

당우의 돌파법은 확실히 상식 밖이다. 하지만 신산조랑과 상의해서 결정한 것이라면, 자신들이 읽지 못하는 깊디깊은 수가 내포되어 있는 것이다.

무조건 따른다.

"키키! 걸려들까요?"

신산조랑이 누룽지를 오독오독 씹어 먹으며 말했다.

"걸려들어."

"요즘 주공을 가만히 보자면… 이런 말을 해도 될지 모르겠지만 너무 오만하다는 생각이 듭니다."

"무슨 말을 하고 싶은데?"

"자신있어도 없는 척, 없어도 있는 척. 사람이 그 '척' 이라는 것도 할 줄 알아야 해요."

"그런 거 싫어."

"쯧! 하나마나 한 소린 줄 알았다니까."

오도독!

누룽지 씹는 소리가 구수하게 들렸다.

"그래도 그 척이라는 것이 얼마나 좋으냐 하면……."

"걸렸어."

"틀림없이 걸려들 것이라는 결론은 이미 내린 것이고……. 거, 걸, 걸렸다고요!"

신산조랑이 누룽지를 확 뿜어내며 말했다.

당우가 우뚝 멈춰 섰다.

창공은 푸르다. 날씨는 맑다. 바람 한 점 불지 않는 들판에 어른 허리 높이로 자란 풀들이 무성하다.

고요한 한낮이다.

하지만 신산조랑은 피부 깊숙이 찔러 들어오는 칼날을 감지했다.

이 수풀 어딘가에 반혼귀성 은자들이 숨어 있다. 또 검련 무인들도 숨어 있다.

그들은 일촉즉발의 상태에서 서로를 노려보고 있다.

눈에 보이지는 않지만 충분히 읽어낼 수 있다.

모습을 환히 드러내고 있는 사람도 있다.

이쪽에서는 당우와 신산조랑이 그랬다. 그들은 숨을 생각을 하지 않았다. 여기 있으니 빨리 찾아오라는 듯 당당하게 모습을 드러낸 채 활보했다.

그리고 이제 저쪽에서도 모습을 드러낸 자가 있다.

한 자루의 검.

그가 어떻게 생겼는지 알 필요가 없다. 키가 얼마나 되고, 체중이 얼마나 나가는지, 어떤 무공을 쓰는지 등등 한 사람에 대해서 말할 수 있는 모든 요소가 불필요하다.

그는 검이다.

다른 생각은 일절 나지 않는다. 말을 나눌 생각조차도 들지 않는다. 마치 잘 갈아놓은 검 한 자루가 심장을 겨누고 있다는 공포감만 팽배해진다.

"짐작 가는 사람 있어?"

"있죠. 검련에 저런 사람이 딱 한 사람 있죠."

"검해자?"

"이미 짐작하고 계셨네요."

"음!"

당우는 침음했다.

네 명의 검귀 중에서 가장 만나기 싫은 사람을 만났다.

검도자는 무슨 이유에서인지 살검을 뽑지 않는다. 몇 번을 공격해도 제지하는 선에서 그친다.

그는 위협거리가 아니다.

검천자는 인의(仁義)롭기로 유명하다. 무공으로 사람을 살상한 적이 없다는 풍문이다. 그의 검은 제압용이지 살상용이 아니라는 소문까지 있다.

검광자도 같은 부류다.

'용서하지 못할 인간은 없다' 라는 말을 세 번 읊은 후에야 검을 뽑는다고 한다.

검해자는 부류가 완전히 다르다.

그의 검에는 아침이슬이 묻어 있다. 정확히 말하면 아침 이슬 같은 맑고, 타협하지 않고, 투명할 만큼 청초한 기운을 머금었다. 그래서 해(瀣) 자(字)를 쓴다.

그에게 마인은 척살의 대상이다. 타협이나 용서의 대상이 아니다. 자신에게는 마인들을 이 세상에서 지워 버려야 할, 그래서 맑은 세상을 유지시켜야 할 임무가 주어졌다고 생각한다.

그의 검은 살검이다.

"두렵습니까?"

"두렵지."

"키키! 주공께서 자처하신 일입니다. 정 두려우시면 지금이라도 무를 수는 있습니다만."

신산조랑이 농담 삼아 말했다.
 아니다, 농담이 아니다. 검련과 싸워서 일어나게 될 수많은 경우를 추정했다. 그중에 피치 못해 도주하게 될 경우도 생각했는데, 검해자 같은 고수를 떨쳐 내고 도주하기 위해서는 은자 서너 명의 목숨이 필요하다.
 반혼귀성 중 서너 명이 목숨을 버려야 한다.
 결코 사용하지 않을 방법이지만 도주할 수 있는 길은 있다.
 "엄노, 그런 말 두 번 다시 하지 마."
 "만일의 경우, 생각해 보시라고……."
 "엄노!"
 "알았습니다. 히히! 말하지 않죠. 말 안 하면 될 거 아닙니까."
 신산조랑이 두 손을 휘휘 저으며 너스레를 떨었다. 그렇게라도 해서 검해자가 풍기는 위압감을 떨쳐 내야만 했다.
 "검해자라……. 좋아."
 당우는 검해자를 향해 걸어갔다. 무방비 상태, 두 손을 밑으로 축 늘어뜨리고.

第八十六章
임자(臨者)

戯曲
海鈴

1

검이 말했다.
"사람을 내놔야겠다."
"누구를 말이오?"
"긴말 않겠다. 놓고 가든가, 모두 죽든가. 선택해라."
검의 음성은 잔잔한 호수처럼 평온했다.
살심(殺心)? 그런 건 없다. 공포? 전혀 엿보이지 않는다. 협박? 말의 내용은 협박이지만 음성은 시를 읊는 듯 아름답다.
아름답다……. 그렇다. 검은 아름답다.
당우는 이제야 검해자의 특징을 찾아냈다.
그는 아름다움의 결정체다. 용모를 보면 아름답다는 말이 나오지 않는다. 날카롭고 매서운 인상이다. 한데 그런 용모가 부담스럽다거나 무서워 보이지 않는다.

　몸가짐은 어떤가?

　그는 한 손에 검을 들고 있다. 다른 손은 할 일 없이 밑으로 축 늘어뜨린 상태다.

　두 발을 보자.

　어깨넓이보다 조금 좁게 벌린 두 발에 안정감이 깃든다.

　싸움에 임하는 무인의 몸가짐이 아니라 길을 가다가 경치를 보기 위해 문득 멈춰 선 여행자의 몸가짐이다.

　그래도 아름답다.

　그의 용모, 음성, 몸, 풍기는 체취까지 아름답다.

　어째서 이런 느낌이 드는 것일까? 적으로 만나기 싫다. 벗으로, 선배로 지냈으면 좋겠다. 이런 아름다움을 가진 사람과는 사흘 밤낮 동안 술을 마셔도 취하지 않을 것 같다.

　환청(幻聽)? 환각(幻覺)?

　아니다. 그는 환각을 불러일으키는 마공을 상당수 알고 있다. 만정 마인들의 무공 중에서 사람의 이목만 전문적으로 흐려놓는 마공을 찾아보면 십여 가지가 훌쩍 넘는다.

　검해자는 무공을 사용하지 않는다.

　신공이나 마공으로 자신을 포장하지 않는다. 있는 그대로 자신의 모습을 보여주고 있다. 그리고 그런 모습이 어떠한 꽃보다도 아름답게 보인다.

　'이 사람!'

　당우는 마른침을 꿀꺽 삼켰다.

검해자가 아름답게 보이는 것은 그의 모든 것이 검에 집약되어 있기 때문이다. 몸짓이 검과 연결된다. 음성이 검이다. 눈빛이나 표정도 검이다.

그는 검을 사랑한다. 검과 하나가 되었다.

그의 내면이 검으로 가득 차 있기 때문에 외면도 검으로 보인다. 내면이 아름답기 때문에 외면도 아름답다. 내면이 깨끗하기 때문에 외면도 깨끗하다.

검도자도 넘기 힘든 벽이었지만 검해자는 한층 더하다.

당우가 차분히 말했다.

"모두 죽이셔야겠습니다."

당우의 대답에 검해자는 별반 놀라지 않았다. 당연히 이런 말이 나올 줄 알았다는 듯 무심히 검을 뽑았다.

"오늘 애 좀 써줘야겠다."

검해자가 시퍼런 검광을 뿜어내는 애검(愛劍)에게 한 말이다.

애완동물을 어루만지듯 아주 사랑스런 눈길로 검을 쳐다본다. 아끼고 사랑한다.

'죽음!'

검이 뽑히자 당우는 죽음을 봤다.

검해자는 여러 말을 하지 않는 자다. 놓고 가든가, 죽든가. 이것이 그가 한 말 중 가장 긴 말이다. 더 이상의 말은 들을 필요도 없다는 태도다.

스릉!

당우도 검을 뽑았다.

물론 상대는 되지 않는다. 기습을 가해도 상대가 되지 않는데 정면승부로 뚫고 나갈 수 있는 자가 아니다. 하지만 부딪칠 수밖에 없는 상황이지 않나.

"그전에… 한 가지만 여쭙죠."

"……."

"만정 마인들이 뭘 먹고 버틴 줄 압니까?"

검해자는 일절 반응을 보이지 않았다.

그가 검날을 손으로 부드럽게 쓸었다.

사람 기름이 검에 묻기 때문에 검날을 만지는 일은 하지 않는 편인데 그는 아랑곳하지 않았다.

그 모습이 빌어먹을 만큼 고요하고 아름답다.

당우가 마른침을 다시 한 번 삼키며 말했다.

"인육입니다. 한데 더 재미있는 건 인육을 공급해 준 사람이 검련제일가라는 겁니다. 이 점… 검련에 단단히 따지고 싶은데, 누구에게 추궁해야 합니까?"

"그러려면 이 검부터 버텨내야겠지."

검해자가 애검에 진기를 실었다.

'이자는 아냐!'

당우는 적이 실망했다.

오래전부터 생각해 오던 게 있다.

검도자는 왜 반혼귀성을 지켜볼까? 일검에 쓸어버릴 수 있는 자들을 지켜보고 또 지켜보는 이유는 무엇인가. 검련십가에 포함되어 있는 천검가와 충돌을 일으키면서까지 반혼귀성 마인들을 지켜주는 이유가 무엇인가.

만정 때문이라는 결론을 얻었다.

사람들이 만정에서 살아남은 귀신들이기 때문에 지켜주고 있는 것이다. 만정에서 살아남은 마인들에게 아직도 볼일이 남아 있다고 봐야 한다.

그렇다면 쉽게 죽일 리 없다.

적어도 검도자가 살심을 품기 전에는 죽지 않는다. 위협은 당할 수 있지만 죽을 일은 없다.

검도자가 만정 마인들에게서 무엇을 보고자 하는지 모르겠지만 아직도 목적이 이루어지지 않은 것만은 분명하고 그럼 어떤 짓거리를 해도 무방하다.

당우가 당당한 행보를 보인 것은 이런 자신감이 밑바탕에 깔려 있었기 때문이다.

그런데 검해자는 살심을 품는다.

검해자는 만정 마인들과 전혀 상관없다는 뜻이다. 더불어서 검도자와는 의사소통마저도 단절되어 있다.

'할 수 없지.'

당우는 검을 들어 올렸다.

탁! 탁! 쒜엑!

왼발, 오른발……. 두 발의 용천혈이 땅을 치면서 지력(地力)을 얻어낸다. 그리고 뇌전십보의 숨 막히는 빠름이 육신을 삼 장 너머로 실어 나른다.

슈각!

삼 척 장검이 검해자의 심장으로 노린다.

도미나찰!

심장의 고동을 감지하라. 호흡을 자각하라. 바람을 느껴라. 물이 있으면 물도 느껴라. 일어나고 있는 모든 존재를 감지하라. 그저 보기만 해라. 그곳에 도(道)가 있다.

장검이 심장을 향해 쏘아져 간다. 검이 공기를 가른다. 공기의 균열을 느낀다.

왼손도 사용되었다.

헝겊 채찍이 땅을 휩쓸고 짓쳐 간다. 검해자의 두 발을 노리고 뱀처럼 스르륵 흘러간다. 소리도 없고, 기척도 없다. 형체를 드러내지 않고 무형의 기운이 되어서 쏘아져 간다.

녹엽만주.

당우는 한 번의 공격으로 자신이 퍼부을 수 있는 것은 모두 퍼부었다. 이 한 번 싸움 끝에 죽는다고 해도 후회하지 않을 만큼 전력을 다 쏟았다.

싸악!

제일 먼저 심장을 향해 쏘아져 가던 검이 잘렸다.

검해자는 눈부신 초식을 쓰지 않았다. 단순한 동작, 그저 검을 들어서 내려치는 직참(直斬)일 뿐이다.

그런 검에 삼 척 장검이 비켜 나갔다.

투욱!

헝겊 채찍도 내동댕이쳐졌다.
검해자는 막대기로 뱀을 쳐내듯이 스르륵 기어오는 채찍을 검끝으로 던져 냈다.
검과 채찍이 거의 동시에 밀려났다.
뇌전십보의 가공할 빠름, 순간이동이나 마찬가지인 빠름도 무용지물이었다.
턱!
세 번째 검이 목을 쳤다.
"흑!"
당우는 깊은 숨을 내뱉었다.
검해자의 검은 목에 찰싹 달라붙었다.
"놀라운 무공이군."
순간적으로 검해자의 미간이 꿈틀거렸다.
'이것인가……'
당우는 눈을 감았다.
패배는 아랑곳하지 않았다. 목에 검이 닿아 있지만 그것 역시 개의치 않았다.
즐겁다. 마음이 들뜬다.
그는 검해자의 검에서 진정한 도미나찰을 봤다. 자신처럼 임의적으로 일으키는 것이 아니라 자연발생적으로 일어났다.
눈을 감고 자신의 움직임과 검해자의 움직임을 비교해 보았다. 그러자 진짜 도미나찰과 이제 막 싹을 피우기 시작한 어린 도미나찰의 차이가 확연하게 드러났다.

검해자의 움직임이 곧 도미나찰이다. 그의 일거수일투족이 자연과 하나가 되어서 움직인다.

이런 사람은 이길 수 없다.

당우는 만족스런 웃음을 흘리면서 눈을 떴다.

"잘 봤습니다."

이런 말을 할 생각은 아니었는데, 자신도 모르게 불쑥 튀어나왔다.

"삼 년?"

뜬금없는 물음이다. 하지만 당우는 물음의 의미를 안다.

"그렇습니다."

"그전에는?"

"당우였습니다."

시골 마을이라면 어느 마을에나 있는 당우.

돈 몇 푼을 받고 온갖 허드렛일을 하는 순박한 놈.

"만정이 당우를 삼 년 만에 고수로 만든 것인가."

"……."

"불가능."

검해자의 눈이 날카롭게 전신을 후벼 팠다.

"불가능!"

그는 같은 말을 반복했다.

당우라는 촌스러운 이름으로 불리는 자가 무공 같은 것을 수련했을 리 없다. 또한 무공을 전혀 모르던 자가 삼 년 만에 절정무인으로 탈바꿈할 수도 없다.

정상적인 경우라면 두 경우 모두 불가능하다.

하지만 당우는 도광도부라는 기이한 자를 아비로 두었다. 당우라고 불리면서도 알게 모르게 무공 기초를 닦았을지 모를 일이다.

거기까지는 이해한다. 하지만 삼 년이다. 삼 년 만에 자신과 필적하는 고수가 될 수는 없다.

당우의 무공은 자신과 필적한다.

진기가 없다는 점을 감안하면 훨씬 더 뛰어나다고 볼 수도 있다.

순간적인 타격으로 지기를 빨아들여서 진기로 응용한다? 무리(武理)도 특이할 뿐만 아니라 직접 수련하여 시전한다는 점이 놀랍기 그지없다.

당우의 무공 성취는 어디에 기반을 두고 있나?

'투골조……'

검해자의 눈빛이 반짝였다.

당우의 무기지신이 투골조 때문이라는 사실을 알 사람은 거의 알고 있다. 투골조 일단공은 백석산에서 수련했고, 그 이후로는 만정에 갇혀 있는 바람에 수련하지 못했다. 동굴 속에서 동남동녀를 구한다는 자체가 불가능하니까.

일단공이 극성에 이르러 무기지신이 되었다.

그것이 기반이다. 무기지신 때문에 만정 어둠 속에서 살아남을 수 있었다. 그리고 살아남은 이상 그가 할 수 있는 건 많다. 무공을 수련할 수도 있고, 갈취할 수도 있다.

검해자는 당우의 지난 삼 년간을 단숨에 훑어냈다.
"인육이라고 했나?"
"살아 있는 사람을 내려보내면 마인들이 뜯어먹죠. 먹을 게 없으니까. 먹지 않으면 죽으니까."
"만정 마인들을 먹여 살리려면 상당이 많은 사람이 필요했겠군."
당우의 검미가 꿈틀거렸다.
검해자는 아무것도 모르고 있다. 알고 묻는 것과 모르고 묻는 것은 전혀 다른데, 검해자는 만정이라는 뇌옥 자체에 대해서 흥미가 없었던 듯싶다.
"굶어 죽지 않게끔 정기적으로 공급되더군요."
"마인이 아니었더냐!"
"제가 만정에 들어갔을 때, 열넷에 불과했습니다. 열네 살짜리가 천인공노할 짓을 저지르면 얼마나 저지르겠습니까? 그럼 제가 마인입니까? 열네 살짜리가 백 명의 동남동녀를 납치하고, 원정진기를 흡취해서 죽였다는 사실이 믿어집니까?"
검해자가 목에서 검을 치웠다.
"만정 이야기… 더 듣고 싶지 않습니까?"
순간, 검해자의 안광이 번뜩였다.
그는 주위를 쓸어보았다.
스스스스스……!
바람도 없는데 풀잎이 나부낀다. 수많은 사람들이 이리저리 갈 길 모르고 뒤적인다.

"약은 놈!"

당우는 웃었다.

검련 검자가 검을 들면 누구도 상대하지 못한다. 하지만 죽지 않을 자신은 있다. 그러기에 검자와 싸우는 동안 반혼귀성은 슬그머니 자리를 피한다.

풀잎이 들썩이는 것은 검련 무인들이 반혼귀성 은자들을 찾지 못했다는 증거다.

그들은 계속 뒤적인다. 은자들은 벌써 멀리 사라졌는데, 아직도 인근에 있다고 생각한다. 당우와 신산조랑이 버젓이 서 있기 때문에 그리 생각했을 게다.

"앉아라. 말 나온 김에… 만정 이야기나 들어보지."

검해자가 풀밭에 털썩 앉았다.

검해자는 아름답다.

만정의 지독한 이야기를 들으면서도 그의 시선은 항상 검에 닿아 있다. 검의 숨결을 느끼고, 검의 사랑을 듣는다. 자신의 사랑을 검에 쏟아붓는 것이 아니라 검의 말을 듣기만 한다.

검신일체(劍身一體)의 진수다.

그는 만정에서 벌어진 일을 들었다.

지하 백 장 깊이에서 마인들이 서로를 어떻게 뜯어먹었는지, 그리고 사구작서가 무엇 때문에 광명을 포기하고 어둠 속에 시신을 뉘였는지 낱낱이 들었다.

인육에 길들여져서 밝은 세상을 보지 못한 사람들.

검해자는 인상을 찡그렸다. 때로는 분노를 보이기도 했다. 하나 그 모든 행동이 결국은 검으로 귀결되었다.
 그의 모든 감정 변화가 검에 닿는 순간 봄눈 녹듯 사라진다.
 희로애락(喜怒哀樂) 같은 감정까지도 완전히 검에 묻어버렸으니 그야말로 진정한 검인이다.
 그는 더 바랄 게 없다.
 더 높이 추구할 이상도 없다. 천하제일검 같은 것이 눈에 들어올 리 없다. 그의 검법보다 훨씬 고명한 검법을 눈앞에 내놔도 거들떠보지 않을 것이다.
 그에게 검법이란 의미가 없다.
 그가 정말로 그런 마음인지는 알 수 없지만, 당우가 느끼기에는 그랬다.
 모든 걸 이룬 사람, 검의 끝에 다다른 사람, 검이 곧 삶인 사람.
 '행복할 거야.'
 무인을 보고 행복할 것 같다고 느낀 것도 이번이 처음이다.
 당우의 이야기를 모두 들은 검해자가 애검을 쓰다듬으며 일어섰다.
 "만정은 검광자 소관이다. 한 번은 만나야 할 듯… 하지만…… 애석하구나."
 검해자의 마지막 말은 이해하기 힘들었다.
 하나 이것으로 좋다. 만정의 책임자가 검광자라는 사실을 안 것만으로도 족하다. 그것은 이제 반혼귀성이 어떤 식으로 움직여야 할지 방향이 설정되었다는 뜻이다.

"절 보내주시겠습니까?"

"오늘만."

"한 가지만 더. 제가 어른이라면 무림을 떠날 것 같습니다. 검련에 몸담고 계신 이유를 말씀해 주시겠습니까?"

당우는 '어른'이라는 소리를 스스럼없이 했다.

검해자는 모든 걸 이룬 사람이다. 무공으로 얻을 수 있는 최고봉에 서 있는 사람이다. 무공을 행복으로 연결시킨 무림사 초유의 인물이 아닐까 싶다.

검법을 논하는 게 아니다. 검공으로 따지면 그보다 강한 사람도 있을 수 있다.

검(劍) 도(道).

당우는 검의 길을 봤고, 존경한다.

검해자가 말했다.

"처처검(處處劍)인데 어디로 간단 말이냐?"

'처처검. 처처검. 처처검……'

당우는 같은 말을 외고 또 외웠다.

검해자의 말뜻을 이해하지 못하는 바가 아니다.

검을 마음에 품은 사람은 거처하는 모든 곳에 검을 둔다. 속세에 머물면 속세에 검이 있고, 심산유곡으로 숨으면 또 그곳 자연 속에 검을 둔다.

눈에 보이는 모든 곳에 검이 있다. 다시 말해서 마음이 닿는 곳이면 어느 곳이나 검이 존재한다. 그러니 마음을 죽이지 않는 한 몸만 속세를 떠나는 것은 의미가 없다.

검해자 같은 고수도 그런 고민을 하는가. 아니면 고민을 넘어선 것인가.

"검광자…….. 그래도 다행 아닙니까. 난 검련제일가주를 건드려야 되는 줄 알았는데. 검광자라면 불행 중 다행이죠."

신산조랑은 당우가 검광자 때문에 심란한 줄 안다.

사실은 전혀 심란하지 않다. 검광자니 만정이니 하는 말도 잊었다. 지금은 검해자와의 만남을 즐긴다.

그와 언제 또 만날 수 있을까? 아마도 이것이 이승에서는 마지막 만남이 아닐까?

만정 이야기를 들은 검해자는 상당히 심사가 복잡해 보였다.

그의 마음이 검광에 용해되어서 겉으로 드러나지는 않았지만, 당우는 심란한 느낌을 받았다.

그는 만정 일에 개입하지 않는다. 그러기에는 그의 검이 너무 깨끗하다. 만정 사건이 너무 지저분해서 얼씬거리는 것조차 구역질을 할 분이다.

뇌인도 상관하지 않는다.

그는 떠난다. 그의 입으로 처처검이라고 했으니 무림을 떠나지는 않을 것이다. 아니, 무림이건 어디건 상관할 필요가 없다. 그를 붙잡을 수 있는 문파나 사람은 없다.

검련과의 첫 싸움에서 그와 만난 것은 대단한 행운이다.

만약에 다른 사람과 부딪쳤다면 이번처럼 요행을 바라지는 못했을 게다.

검해자가 떠나면 남은 사람은 검천자와 검광자다. 둘 중 한 명이 뇌인을 잡기 위해 찾아온다.

그쪽 일은 흐르는 강물에 몸을 맡기듯 순리에 맡긴다.

지금은 검해자와의 만남에서 벗어나고 싶지 않다.

'처처검, 처처검……. 검해자는 처처검인데 나는 상유검(常有劍)이군. 얼마나 미숙한가. 후후!'

당우는 실없는 사람처럼 피식피식 웃었다.

2

무림에서 검련의 이목을 따돌릴 수는 없다.

은가의 은자들이 뿔뿔이 흩어져서 제각각 움직인다면 한두 해 정도 숨어 사는 것은 가능하지만, 반혼귀성처럼 무리지어서 움직이는 경우에는 필히 발각된다.

그래서 반혼귀성은 당당하다.

"목적지가… 천검가?"

어해연이 불안한 표정으로 물어왔다.

"곧 만정에 대한 전모가 밝혀질 겁니다. 밝혀지지 않고 유야무야 넘어갈 수도 있죠. 우리가 몰살당한다면 어디서 무슨 일이 있었는지 아무도 모를 겁니다."

"그래서 하는 말이야. 검련도 상대하기 벅찬데, 천검가까지 건드리는 건 자살행위잖아."

'처처검!'

당우는 검해자가 남긴 말을 생각했다.

그가 말한 처처검은 그 자신에게 한 말이기도 했지만, 당우에게 남긴 말일 수도 있다.

누가 어떻게 듣느냐에 따라서 처처검의 해석은 분분해진다.

모든 곳에 검이 있다. 그러니 피할 곳이 어디인가? 피할 곳을 찾다 보면 살인만 늘어간다.

여건은 상당히 좋다. 결코 나쁘지 않다.

내적으로는 전력이 증강되었다. 다행히도 뇌인을 손에 넣지 않았나. 천지를 함몰시킬 수 있는 화액이 있다. 그가 화액을 사용할지 말지는 모르지만 어쨌든 강력한 무기가 있다.

외적 요인도 좋다.

다른 때 같으면 검련 전부 혹은 검련제일가 전부를 상대해야 한다. 벌떼들의 습격에 고스란히 몸뚱이를 내줘야 한다.

지금은 아니다. 그들 중 지극히 일부만 쫓아온다. 검천자, 검광자……. 그들이 쉽다는 것은 아니지만 그들 전부를 상대하는 것에 비하면 말도 못하게 쉽다.

천검가는 밖으로 나설 처지가 아니다.

류명이 검도자에게 패했다. 그가 내세운 천검십검이 우르르 무너졌다. 집안에 외인이 들어와서 천검십검을 죽이고 나갔는데도 잡지 못했다.

집안 망신도 이만저만이 아니다.

그들은 집안 단속하기에도 급급하다. 반혼귀성이 영역 안으로 들어와도 쉽게 쳐나오지 못한다.
이보다 더 좋은 여건이 어디 있겠나.
이번 기회에 숙제를 풀지 않으면 두 번 다시 풀지 못한다. 아예 풀 생각조차도 갖지 말아야 할 게다.
당우는 어해연을 부드럽게 쳐다보며 말했다.
"전 결코 자살하지 않아요."

도광도부는 뇌인 곁에 바싹 붙어 있다. 여차하면 화액을 폭사시켜서 생을 마감하겠다는 의지가 역력하다. 자식이 눈앞에 있는데도 따뜻한 말 한마디 건네지 않고 오직 뇌인만 주시한다.
뇌인도 도광도부와 뜻을 같이한다.
그들은 오래전부터 알고 지냈던 사이인 듯 허물없이 말을 주고받는다.
"거봐라. 내가 죽을 자리라고 했잖아."
"신의는 지켜야지."
"빌어먹을 신의."
"그것마저 없으면 인두겁을 쓴 짐승이지."
"난 차라리 짐승할란다."
"너도 짐승은 못 돼. 내가 하자는 대로 했잖아. 후후후! 덕분에 화천의 숙원도 풀고 좋지 뭐."
"나야 잃을 게 없으니까."

도광도부가 뇌인의 말을 받았다.
"나도 잃을 게 없어."

'잃을 게 없어!'
아버지의 말이 아프게 쑤셔온다.
아버지에게 처자식은 어떤 존재일까?
무덤덤한 존재는 아닌 것 같다. 그렇지 않았다면 만정을 폭파시키는 일은 없었을 게다.
폭발로 무너진 만정을 또 한 번 폭파시킬 일이 무엇이었을까?
만정 마인들의 확실한 죽음? 아니다. 그럴 정도로 한가하지 않다. 화액의 존재를 숨겨야 하는 입장에서는 더더욱 그렇다. 피치 못해서 화약을 써야 할 때도 화액만은 숨겨야 한다.
그런 화액을 써서 만정을 폭파시켰다.

"작은 파도에 막힌 개미굴은 큰 파도로 뚫어야 한다."

아버지에게서 몇 번쯤 들은 말이다.
그것이 아니었을까? 폭발로 무너진 만정을 더 큰 폭발로 뚫은 게 아닐까? 어차피 모두 죽었다고 생각되는 사람들이니 밑져야 본전이라는 심정에서 터뜨린 것은 아닐까?
그렇다면 아버지에게도 가족이라는 개념은 존재한다.
당우는 아버지의 속을 짐작하기 어려웠다. 그리고 지금은 아버지에게 신경 쓸 시간이 없다. 검련의 공세에 온 신경을 곤두세워야 한다. 그러나 듣지 않으려고 해도 무심히 들리는 아버지의 말이 비수가 되어서 가슴을 날카롭게 찌르는 것은 사실이다.

'아버지는 잃을 게 없으시겠지만… 전 많군요. 너무 많아서 지켜야겠습니다, 반드시.'

당우는 어금니를 꽉 깨물었다.

쒜엑! 쒜엑!
좌우의 숲에서 돌개바람 소리가 울린다.
"왔다!"
치검령이 부지불식간 고함질렀다.

소리를 질러서 경각심을 높일 필요도 없었다. 낯선 돌개바람 소리에 무공이 가장 약한 산음초의까지도 바싹 긴장한 후이다.

쒜에엑! 타타타탁! 쒜엑! 타탁!
우박처럼 거세게 쏟아지는 화살이 전후좌우(前後左右), 사방을 빼곡히 메웠다.
"웃!"
"이놈들! 철궁문 맞지? 이제 아예 검련의 개가 되었군."
바깥쪽을 맡았던 추포조두와 비주가 앞으로 나아가지 못하고 뒤로 물러섰다.

저들은 은자들의 움직임을 소상히 안다. 그래서 처음부터 나아갈 길을 봉쇄한다. 길이가 어른 허리까지 오는 장대 화살로 사방에 벽을 쌓아버린다.

"탁! 타타탁! 타탁!

수십 개의 화살이 나란히 꽂히면 벽돌로 쌓은 담보다도 튼튼한 벽이 형성된다.

사방에 삼 장 두께의 벽이 생겼다.

"고슴도치를 만들 생각은 없나 보네."

어화영이 하늘을 올려다보며 말했다.

사방이 화살 벽으로 가로막혔는데, 허공만 뻥하니 뚫렸다. 그곳으로 화살 무더기가 쏟아지면 피할 곳도 없는데, 요행히 집중 공격을 하지 않는다.

당우는 화살벽 사이로 검자를 봤다.

등 뒤로 비스듬히 검을 멘 무인이 팔짱을 끼고 느긋하게 화살벽을 쳐다보는 중이다.

"저자가 누굽니까?"

옆에 있던 어해연에게 물었다.

"검광자."

"검광자!"

"만정은 검광자에게 물어보라고 했지? 제대로 만났네. 한데 어떻게 물어볼 거야?"

"물어봐야죠."

당우의 눈빛이 파랗게 번들거렸다.

파아아앗!

구령마혼이 온 힘을 다해서 휘돈다. 이번 공격의 진의가 어디에 있는지 살핀다.

다행히도 죽음은 가까이에 있지 않다. 만약 검련이 살심을 품었다면 화살벽 같은 것은 필요없었다. 벌집을 만들어놓듯이 온 세상을 화살로 뒤덮으면 그만이다. 물론 그때는 이쪽도 그에 상응하는 대응책을 썼겠지만 죽일 생각이 없다.

'생포……'

당우는 검자의 눈에서 득의의 미소를 봤다.

그것은 승리자의 웃음이었다.

쒜에에에에엑!

철시(鐵矢)……. 말이 철시지 창이나 다름없는 굵직한 화살 두 대가 날아들었다. 화살은 어느 화살과 다르다. 꼬리에 촘촘한 그물을 달고 난다.

촤아악!

화살벽 위로 그물이 덧씌워졌다.

"이대로 잡히고 마는 거야?"

어화영이 그물을 뚫을 기세로 말했다.

그물은 철시처럼 철사로 짜여 있다. 쇠그물이다. 하지만 그물막이 가늘어서 전력을 다해서 뚫으면 갈라질 것 같다.

당우가 고개를 저으며 말했다.

"잡힙시다."

"뭐?"

"왜 밥을 주지 않았는지… 궁금하지 않아요?"

은자들의 눈에 귀기(鬼氣)가 번뜩였다.

만정 이야기는 입 밖에 내는 것만으로도 소름끼친다. 살이 뜯기고, 피를 빨리고, 뼈마디까지 병기로 내놓아야 하는 피맺힌 절규가 귓전을 울린다.

"저놈인가?"

치검령이 검광자를 노려보며 말했다.

검광자는 화살벽을 사이에 두고 빙빙 돌았다.

우선은 전원 생포한 것을 즐기는 듯했고, 두 번째는 어떻게 처리할까 고심하는 듯했다.

당우는 검광자를 보면서 희한한 느낌이 들었다.

검련제일가 사대검자는 성취도가 정말 특이하다. 어느 한 사람 공통점이 없다. 같은 검문에서 같은 검법을 수련한 사람들인가 싶을 정도로 특성이 다르다.

검도자는 조용하다. 그런 면만 보아서 그런지 몰라도 아주 고요한 검을 쓴다. 그러다가 검광이 폭발할 때면 누구보다도 빠르고, 강하며, 현묘하다.

검해자는 아름답다. 검을 자신의 삶 속에 녹여 버렸다.

이 두 사람의 검은 한 사문의 것이 아니다. 각기 다른 사문의 검이다. 자신만 그렇게 생각하는 게 아니다. 그들을 본 사람이라면 누구라도 같은 말을 할 게다.

검광자는 어떤가?

그와 손속을 부딪쳐 보지 않아서 진검은 알 수 없으되, 행동

거지로 미루어 짐작할 수는 있다.

검광자는 패도(覇道)를 추구한다.

거침없는 기상, 구부러지지 않는 기개, 뚫고 나가지 못하면 부러지고 말겠다는 결의.

검해자가 검을 사랑하듯이, 검광자는 패도를 사랑한다.

이런 결의는 의식에서 나오지 않는다.

인간의 의지는 의식을 조종할 수 있어도 저 깊은 곳에 있는 무의식은 조종하지 못한다. 인간의 표면에 달라붙었다가 억센 고난이 닥치면 무너진다.

인간의 의지란 이토록 초라하다.

하지만 무의식에 뿌리내린 의지는 내면의 빛으로 발산된다. 본인이 의도하지 않아도 결의, 결단, 패력, 독선, 오만이 의식 밖으로 뿜어져 나온다.

검광자가 뿜어내는 결의는 상처받지 않았다.

아직까지 그 누구에게도 패도 추구를 방해받지 않았다.

검도자는 넘지 못할 장벽이다. 검해자는 넘지 못할 산이다. 그렇다면 검광자는 뚫고 나가지 못할 바위다.

검련제일가 사대검자의 무용이 이렇다.

당우가 화살벽 너머에 대고 말했다.

"밥을 왜 주지 않았는지… 이유를 말해주시오."

검광자의 발걸음이 뚝 멈췄다.

"그것만. 다른 것은 묻지 않겠소. 밥을 주지 않은 이유만 말해주면 어떠한 질문도 하지 않겠소."

"존장에 대한 예의가 없군."

"존장이 아니니까."

"애송이……. 건방이 하늘을 찌른다는 소리는 들었다."

"말해주시오. 여기 있는 사람들 모두 그 말 한마디 듣고자 화살받이도 마다하지 않았소."

검광자가 화살벽 사이를 뚫어지게 쳐다봤다.

그의 눈길이 반혼귀성 마인들 얼굴에 꽂혔다. 한 명, 한 명……. 얼굴에 핀 기미라도 찾아낼 듯이 뚫어지게 노려보았다.

"너희는……."

그가 말을 하다 말고 입을 다물었다.

"후후후! 검도자……. 후후! 이렇게 한 방 먹이는군. 뭐야, 아무것도 아닌 놈들이잖아."

검광자의 말은 죽음을 의미했다.

얼굴을 쳐다본 것에 어떤 의미가 담겨 있기에 반혼귀성에 대한 흥미가 완전히 가셔 버렸는가.

"너!"

검광자의 손가락이 신산조랑을 가리켰다.

"몇 년이나 있었나?"

"키키키! 그런 건 알아서 뭐하게?"

"인육을 먹은 얼굴이 아니라서 하는 말이다."

"……!"

이 순간, 모두들 깜짝 놀랐다. 경악이 지나쳐서 숨이 콱 막힌다.

 인육을 먹은 얼굴은 다르다? 이건 또 무슨 해괴한 말인가. 인육을 먹었다고 어떻게 얼굴이 달라지나. 달라질 수 있다. 사람을 들여보낼 때 수작을 부려놓았다면 달라진다.

 구령마혼이 재빨리 전후사정을 파악해 냈다.

 당우는 재빨리 어해연에게 눈짓을 보냈다. 눈짓을 받은 어해연은 슬그머니 자리를 옮겨 산음초의 곁으로 다가갔다.

 "인육을 먹어서 얼굴색이 변할 수 있어요?"

 "나도 지금 막 그 생각을 하던 참인데… 내 의술로는……."

 산음초의가 고개를 갸웃거렸다.

 반혼귀성의 소용돌이를 아는지 모르는지 검광자가 태연히 말했다.

 "적어도 십 년 이상 썩은 것 같은데, 인육을 먹지 않고 버텼다니……. 역시 신산조랑. 후후! 사실은 편마 고룡매보다도 네가 더 위험한 여자였군."

 검광자의 입가에 살소(殺笑)가 매달렸다.

 "인육을 먹여서 뭘 바란 거요?"

 "그것까지는 알 필요 없지. 안 그래? 곧 죽을 놈들이. 후후후! 난 네놈들이 인육을 먹은 줄 알고 기다렸지. 검도자 이놈……. 하기는 이런 일을 그놈에게 맡긴 것부터 잘못이라면 잘못. 누구를 탓하랴. 후후! 모두 내 잘못인데."

 스릉!

 검광자가 검을 뽑았다. 순간,

쒜엑!

검을 쳐내는 것도 보지 못했는데, 화살벽이 싹둑 잘려 나갔다.

좌, 우, 뒤는 여전히 굳건한 장벽을 유지한 채 전면만 환히 길이 뚫렸다.

검광자가 검끝을 까딱거렸다.

빠져나가라. 한 놈씩 빠져나가도 좋고, 단체로 우르르 빠져나가는 것도 용인한다. 능력껏 벗어나 봐라.

검광자의 검이 살기를 토해냈다. 뱀의 혓바닥처럼 날름거리면서 피를 바라본다.

"방법은?"

어화영이 물었다.

"검해자에게는 통하지 않았는데."

"바보야, 그럼 이놈한테도 안 통하잖아."

"그래도 해봐야죠."

스릉!

당우가 검을 뽑았다. 순간,

"숨바꼭질 해보자!"

어화영이 버럭 고함을 지르며 냅다 달려나갔다.

'엇!'

깜짝 놀라고 자시고 할 틈도 없다. 이미 어화영과 검광자가 맞부딪치고 있다.

쒜엑! 파앗!

어화영의 신형이 흐릿해지더니 결국 사라져 버렸다. 검에서는 몽롱한 연기가 피어올랐다. 신무신법과 환무검이 어울리면서 몽환적인 분위기를 연출해 냈다. 그러나,

쒜엑!

검광자는 모든 장애를 단호히 거부했다.

검이 위에서 아래로 벼락처럼 떨어진다. 비스듬하게 사선을 그으면서 후려친다.

쩌어억!

안개가 갈라진다. 그리고 그 틈으로 붉은 선혈이 확 피어난다.

당우가 신형을 날린 것은 이때였다.

어화영의 고함을 듣자마자 용천혈을 후려쳤건만 이미 너무 늦고 말았다. 아니, 두 사람의 접전이 너무 빨랐다.

"검련의 검은 내가 잘 알아!"

당우의 옆에서 버럭 일갈이 터지며 검은 그림자가 번뜩였다.

비주다. 그가 당우와 어깨를 나란히 하며 신형을 쏘아냈다. 장검을 수평으로 뉘고, 두 팔을 팽이처럼 빙글빙글 돌리면서 전력을 다해 쏘아나간다.

"한 수 뒤로!"

비주가 부딪치기 전에 마지막으로 한 말이다.

당우에게 시간차를 두고 공격하라는 뜻이다. 자신의 뒤를 바로 이어서 공격하라는 언질이다.

쒜에엑!

그를 천검십검과 같은 반열에 올려놓은 천유비비검이 상쾌한 바람 소리를 흘리며 뻗어나갔다.

류명에게 멸시받은 천유비비검, 하지만 묵비를 이끌 만큼 무림에 정평이 난 천유비비검이다. 더군다나 그는 어화영이 만들어놓은 피보라를 이용했다. 신무신법, 환무검, 그리고 붉은 피보라……. 그 속을 뚫고 검이 날아갔다.

쒜액!

어화영을 갈라 버린 검이 빙글 돌려지더니 곧장 쳐올려졌다.

"검련의 검은 안다 했거늘!"

"이따위 천유비비검으로!"

검의 부딪침은 두 사람의 고함 소리보다 훨씬 빨랐다.

카칵! 카카칵!

검이 얽혔다. 부딪친 것이 아니라 서로 얽힌 채 내력 싸움으로 들어갔다.

어떻게 이런 일이 벌어질 수 있을까?

비주의 무공은 뛰어나다. 하지만 당우에 비해서도 한 수 처진다. 그는 뇌전십보를 받아내지 못한다. 그런 무공으로 검광자와 평수를 이룰 수 있다는 게 믿어지지 않는다.

당우는 망설이지 않고 비주의 뒤를 이었다.

비주는 오래 버티지 못한다. 어떻게 해서 평수를 이뤘는지 모르지만, 내력이 현저하게 달릴 것이다.

쉿!

뇌전십보가 터졌다. 헝겊 채찍은 검광자의 두 발을 옭아갔고, 검은 비주를 휘돌아 검광자의 옆구리를 찔렀다.

검광자의 입장에서는 비주의 등 뒤에서 보이지 않는 검이 느닷없이 불쑥 튀어나온 것처럼 보였으리라.

물론 이것도 당우의 바람이다. 검광자의 무공이라면 이미 급습을 알아차리고도 남는다. 문제는 일검이 작열할 때까지 비주가 검광자의 검을 옭아맬 수 있느냐이다.

슈욱! 촤라락!

파육음이 기분 좋게 터져 나왔다. 헝겊 채찍도 검광자라는 거목의 밑동을 칭칭 휘감았다. 그 순간,

푸욱!

검광자의 몸에서 또 다른 파육음이 흘러나왔다.

어해연이다. 그녀가 눈물 머금은 눈으로 검광자의 복부를 깊이 찔렀다.

"큭! 큭큭! 큭!"

검광자는 기묘한 웃음을 흘리더니 고개를 푹 떨어뜨렸다.

일대검호와 맞상대할 비결, 그것은 고육책(苦肉策)이다.

비주는 검광자의 검을 막지 못했다. 옆구리로부터 심장까지 치올리는 검에 고스란히 노출되었다.

퍽!

검이 옆구리를 파고든다. 그 순간, 그가 준비한 비밀이 전개

되었다.

 검이 검을 막았다. 그래서 더 이상 위로 올라서지 못하게, 심장은 베지 못하게 버텼다. 또 다른 손은 검광자의 검호(劍護)를 움켜잡았다. 위로도 아래로도 빠지지 못하게 꽉 움켜잡았다.

 그가 버틸 수 있는 시간은 찰나다. 하지만 당우라면 찰나 만에 일검을 날릴 것이라고 확신한다. 자신이 직접 뇌전십보를 봤기 때문에 자신할 수 있다.

"왜?"

"널 만정으로 밀어 넣은 놈이 나다."

"그렇다고 이렇게까지."

"이렇게 하지 않으면 모두 죽으니까. 검광자의 검을 막을 수 있는 유일한 방법이니까."

 이런 방법은 구령마혼도 계산해 냈다.

 은자 서너 명이 목숨을 버리면 다른 사람은 몸을 빼낼 수 있다. 검해자를 상대로 그림을 그려보았을 때도 그랬다.

"가라!"

"비주!"

"철궁문……. 한 수 더 막아주마."

 비주가 사력을 다해 몸을 일으켰다.

 그동안 어해연은 어화영의 시신을 수습했다.

 그녀는 즉사했다. 정통으로 심장이 갈려서 굉장히 빠른 죽음을 맞이했다. 그나마 고통이 덜했을 터이니 그것으로 위안을 삼아야 할까? 아니면 비통해서 울어야 할까?

어해연은 울지 않았다.

"계집애……."

계집애라는 말은 어화영이 잘 썼다. 어해연은 그런 비속한 말을 쓰지 않는다. 하지만 이번에는 쓴다. 잘 가라고, 그만 마음 편히 쉬라고 기도한다.

"와랏!"

비주가 벌떡 일어나더니 창공 높이 날았다.

쒜엑! 쒜에엑!

검광자의 죽음으로 당황해하던 검련 무인들이 곧바로 제정신을 찾았다.

철궁문 무인들이 화살을 쏘아냈다.

가장 먼저 눈에 띄는 자, 가장 난리를 치는 자, 허공에 떠 있는 자, 비주를 향해서 장대 같은 화살을 퍼부었다.

스스스슷!

그 순간, 은자들의 비행(飛行)이 시작되었다.

그들은 가문의 은신술로 몸을 숨겼다. 그리고 검련 무인들을 향해 질풍처럼 달려들었다.

"죽엇!"

어해연이 독초(毒招)를 전개했다.

은자들은 절명에 이르는 순간에도 비명을 지르지 않는다. 고함을 치지도 않는다. 하지만 그녀는 이 악물고 고함을 질렀다. 한 손에는 어화영을 부둥켜안고, 다른 손에는 검을 들고 맹

럴히 쳐냈다.
 퍼퍼퍼퍼퍽!
 허공으로 신형을 날린 비주의 육신이 고슴도치가 되어 나뒹굴었다. 그 순간,
 쉐에에에엑! 쉐에엑!
 은자들의 검도 분노의 화염을 뿜어냈다.

第八十七章
구정(舊情)

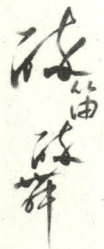

1

턱! 스읏! 턱! 스읏……!

목발을 짚은 세요독부가 천곡서원의 폐허 속에 모습을 드러냈다.

옛날에는 수많은 유생들이 들끓었을 서토(書土)에 이름없는 잡초들만 무성하다.

세요독부는 무너져 내린 담을 돌아서 안채로 들어섰다.

많은 사람들이 죽어나간 곳이라서 그런지 서원 곳곳에 귀기가 어려 있다.

'버려진 곳.'

세요독부는 세월의 흐름을 읽었다.

세월은 인위적인 것들을 자연 상태로 되돌려 놓는다. 아름다웠건 추했건 지난 아픔이 무엇이었건 아랑곳하지 않는다. 이것은 절대 불변이다.

만약 세월에 역행하는 것이 하나라도 있다면, 그것은 사람 손을 탄 게 틀림없다.

그가 찾는 게 그런 것이다.

세월이 묻어버린 것은 무심히 지나친다. 하지만 조금이라도 역행했다 싶으면 두 눈 부릅뜨고 세밀하게 살핀다.

모래사장에 떨어진 바늘을 찾는 것보다 더 어려운 작업이다. 하지만 끝내는 찾아낸다. 적성비가 은자들은 어렸을 때부터 이런 일을 겪으면서 자라왔다.

마음을 차분히 가라앉히고 주위를 쓸어봤다.

인위적인 흔적은 남아 있지 않다. 아무리 못 잡아도 삼여 년 전에 사람 손길로부터 벗어난 곳이다.

이곳에는 아무것도 없다.

예상은 하고 왔지만 역시 그렇다. 그렇다면 좋지 않다. 무엇이 있으면 자신이 주도권을 잡은 게 되겠지만, 아무것도 없다면 미끼가 된 것이다.

'마사. 이것이!'

요즘 들어서 마사의 행동이 무척 변했다.

예전에는 적성비가가 우선이었다. 동문들이 최우선이었다. 천검가는 적성비가를 위한 디딤돌 정도로 여겼다. 적성비가를 모두 내던져서 천검십검을 만들어낼 때만 해도 그랬다.

그러던 마사가 천검십검이 당우에게 나가떨어지기 시작하

면서부터 급변했다.

   보신(保身)? 아니다. 마사는 그렇게 맥없는 여자가 아니다. 당하면 당할수록 공격적으로 나가는 여자다.

   이번이 공격일 게다.

   자신을 아무도 없는 곳에 던져 놓고, 미끼로 던져놓고 무엇인가 나타나기를 기다린다.

   '어느 정도 예상은 했지만… 마사, 이런 식으로 나오면 곤란해. 후후! 세요독부를 뭐로 보고. 나 세요독부야!'

   턱! 스읏! 턱! 스읏!

   목발을 짚어대는 속도가 빨라졌다.

   함정이란 걸 파악했으니 재빨리 피해야 한다. 마사에 대한 충성심이 절절이 끓어오르는 것도 아니고, 목숨을 내던져서 미끼가 될 만큼 중요한 일도 없다.

   텅 빈 곳에 들어섰다 싶은 순간 몸을 빼낸다. 그런데,

   스읏! 스으읏!

   무너진 흙벽이 생명력을 얻어서 되살아났다. 사기(死氣)만 풀풀 날리던 곳에서 생기가 솟는다.

   '제길!'

   세요독부는 투덜거렸다.

   이럴 걸 예상해서 함정에 빠졌다 싶으면 재빨리 도주하려고 했건만 적은 자신보다 더 빠르다.

   세요독부는 주위를 둘러봤다.

   아무도 보이지 않는다. 토담에도, 지붕 위에도, 절반쯤 떨어

져 나간 문짝 너머에도 인기척은 없다.

아니, 있다. 마사가 보낸 자가 있을 게다. 자신을 잡아먹고자 하는 자도 있을 게다.

많은 사람들이 주위에 있건만 한 명도 찾아내지 못했다.

'훗! 나도 은퇴해야겠군. 이래서야 어디……'

세요독부는 목발을 꽉 움켜잡았다. 아랫배에도 힘을 꾹 줬다. 그리고 말했다.

"나오지."

"……"

"그만하면 됐어. 나와."

텅 빈 허공은 말을 하지 않는다.

"호호호! 사람 치사하게 만들지 말라고. 그래도 이 세상에서 이름 정도는 남겼다고 생각하는데, 대접은 해줘야 할 거 아냐. 죽을 땐 죽더라도 누구 칼에 맞는지 얼굴이나 봐야지."

슥!

토담 너머에서 인기척이 울렸다.

이건 더욱, 더욱 안 좋다. 자신이 세요독부인 줄 알면서 당당하게 모습을 드러내는 놈이라면 자신 정도는 잡아먹을 자신이 있다는 뜻이다.

척! 사박! 사박! 사박!

여인, 여인이다. 여인이 걸어온다. 긴 치마로 풀밭을 쓸면서 사뿐사뿐 걸어온다.

'여자?'

세요독부는 머릿속을 빠르게 뒤졌다.

사십 전후의 중년 여인, 특징없는 무미건조한 얼굴, 뱃살이 좀 나오고, 허리둘레도 상당하고. 무림에 이런 여인이 있었나?

세요독부는 여인의 정체를 짐작해 내지 못했다. 그가 알고 있는 사람 중에는 여인과 흡사한 사람이 없었다. 하다못해 별호마저도 생각해 내지 못했다.

"호호호! 누구쇼?"

"누구 칼에 맞는지 얼굴이나 본다고 해서."

"얼굴은 봤는데, 누구쇼?"

"그것까지 알려줄 필요는 없지."

여인은 작은 쇠꼬챙이를 꺼내 들었다.

'무, 무면월(無面月)!'

세요독부는 쇠꼬챙이를 보자 퍼뜩 한 여인을 떠올렸다.

당금 무림에서 작은 쇠꼬챙이를 병기로 사용하는 사람은 딱 한 명밖에 없다.

귀영단애의 가주, 무면월!

도대체 누가 귀영단애를 움직였는가! 도대체 무엇을 제공했기에 가주가 직접 나섰는가! 자신이 귀영단애 가주의 사리추(傽利錐)를 받을 만큼 중요한 인물인가?

세요독부는 너무 혼란스러워서 생각을 정리하지 못했다.

아무리 생각해도 소 잡는 칼로 닭을 잡고 있다. 누군가 살수가 나타날 것이라고는 생각했지만 귀영단애의 가주는 아니다. 귀영단애의 은자가 나타났다고 해도 놀랄 판인데 가주라니.

"호호호! 영광이군요."

세요독부가 목발을 더욱 힘있게 움켜잡으며 말했다.

"누구한테 죽는지 알았고, 얼굴도 봤고."

"호호호!"

쒜엑!

사뿐사뿐 걸어오던 여인이 번뜩! 하는 순간 사라졌다.

'위험!'

세요독부는 목발로 땅을 쿡 찍고, 그 반동을 이용해서 뒤로 쭈욱 빠졌다.

예전의 그가 아니다. 적성비가의 세요독부라면 상대가 안 될지 몰라도 천검가 천검십검 세요독부라면 얼마든지 상대해 줄 수 있다.

차앙!

목발에서 검이 튀어나왔다. 그리고 전상방(前上方)을 향해 힘차게 베었다.

탁!

둔탁한 소리가 울렸다.

무엇을 베어낸 소리가 아니다. 나무 같은 것에 틀어박히는 소리다.

'뭐……?'

세요독부는 궁금증과 위험을 동시에 느꼈다. 그리고 이번에도 뒤로 물러섰다. 한데,

푹!

짧고 강렬한 느낌이 복부를 관통했다.

세요독부는 숨을 깊이 들이쉬었다. 그래도 천유비비검을 수련한 몸인데 창피하게 비명 같은 걸 지르면 쓰겠나.

'그놈……. 그놈만 아니었으면…….'

세요독부의 눈에 당우가 스쳐 갔다.

놈에게 걸려들어서 발목을 자른 게 천추의 한이다. 그 순간부로 무인으로서의 생명은 끝났다.

그래도 미련이 남아서 무림을 떠나지 못했다. 마사의 심부름이나 해주면서 천검십검의 영광이나 누리자는 생각이 없지 않았다. 어떻게든 물러서기는 싫었다.

그 끝이 죽음이다.

오래 버티지도 못했다. 잘린 발목이 낫지도 않았는데, 벌써 죽음이 찾아왔다.

"호호! 호호호! 당신… 운이 좋군."

세요독부가 무면월을 쳐다보면서 씩 웃었다.

"다치지 않았다면 이길 수 있었다는 말로 들리는데?"

"호호! 호호호! 큭!"

세요독부는 고개를 떨궜다.

명치를 뚫고 들어온 송곳이 심장을 후벼 팠다. 그리고 방향을 틀어서 간을 난자했다.

상처에 비하면 몇 마디라도 하고 죽은 게 용하다.

쓰윽!

무면월은 쇠송곳, 사리추를 뽑았다.

"다리만 잘리지 않았으면 한 판 겨룰 수 있었다……. 좋은 생각이긴 한데 류명의 천유비비검은 미완성이라는 사실을 알아야지. 더 강해진 게 아니라 더 약해진 거야. 무공이란 빠르고 강하다고 능사가 아니지. 그걸… 곧 보게 될 거야. 저승 문턱을 넘어가지 말고 잠시만 기다려. 보게 해줄게."

무면월의 안면에 미소가 어리는 듯했다.

'무면월!'

놀라운 일이다. 천검가주의 수족이 무면월이었나? 적성비가도, 풍천소옥도 아니고 귀영단애였나? 사실이 그렇다면 이건 보통 일이 아니다. 모두가 천검가주의 손아귀에서 놀아난 게다.

스으읏!

불호독수는 슬그머니 몸을 일으켰다.

세요독부의 시신이 보이지만 묻어줄 생각은 없다. 적성비가 시절이었다면 울분 정도는 가졌을 게다. 하지만 지금은 천검십검이다. 자기 살길은 자기가 찾아야 한다.

'멍청한 놈. 이용만 당하다가…….'

그러는 자신도 마사의 꼭두각시인 점은 다를 바 없다.

마사에게서 해독약을 얻어야 한다. 해독약만 얻어내면 그 후에는 이 치욕을 모두 되돌려줄 생각이다. 머리 좋은 마사가 그 정도 읽지 못할 리 없으니 철저히 본심을 숨겨야겠지.

스읏!

불호독수는 막 신법을 전개하려고 했다. 한데 그러지 못했다. 돌아가려던 발길이 뚝 멈춰 세워졌다.
"가주께서 그러시더군. 뱀 두 마리가 있는데 잡아오라고. 너! 죽어줘야겠다!"
불호독수 앞에 건장한 사내가 나타났다.
만만한 자가 아니다. 전신에서 풍기는 패기가 하늘을 뒤덮고도 남는다.
세요독부에게는 무면월이 나타났다. 그러면 이자도 귀영단애의 일원일 게다.
'사천왕(四天王) 같이 생긴 놈. 귀영단애에 이런 놈이라면… 마수신장(魔獸神將)!'
당우와 함께 다니는 홍염쌍화보다 위 배분의 은자다. 아마도 무면월의 오른팔인가 왼팔인가 될 게다.
불호독수는 검을 뽑았다.
예전 같으면 기가 질릴 놈이지만 지금은 다르다. 자신이 어떻게 변한지 모르고 나타난 게 잘못이다. 은자는 무인의 상대가 안 된다는 무인들의 자존심, 이번에는 그 자존심을 자신이 부릴 차례다.
"후후후! 마수신장인가?"
"입 열기도 귀찮다. 넌 죽어주기만 하면 돼."
"죽어줘? 하하하! 너 어디 모자란 놈이냐? 아니면 겁을 상실한 놈이야?"
"……."

"무면월이 직접 와도 안 될 판에 네까짓 놈이……. 쯧! 귀영단애도 현판 내릴 때가 됐군."

스릉! 스릉!

불호독수는 쌍검을 뽑았다.

자신있다. 이런 놈에게 허리를 굽히던 불호독수는 죽었다. 지금 쌍검을 들고 있는 자신은 천검십검이 아니던가.

"하하! 미련한 자식!"

쒜엑!

그는 언덕에서 굴러 떨어지는 눈덩이처럼 위압적으로 쏘아갔다.

마수신장도 검을 뽑고 마주쳐 왔다.

까앙! 깡깡깡! 까앙!

불호독수의 쌍검이 쉴 틈을 주지 않고 쏟아졌다. 왼손, 오른손, 왼손, 왼손, 오른손……. 연이어지는 공격에 마수신장은 방어하기에도 급급해 보였다.

"훗!"

급기야 마수신장의 입에서 거친 숨이 쏟아져 나왔다.

"거봐, 안 된다고 했잖아! 자식아!"

쒜엑! 쒜에엑!

쌍검은 찰나라는 시간을 열로 쪼갠 것처럼 빨랐다.

순간, 마수신장의 눈가에 검은 빛이 맴돌았다.

"무류적멸(無溜寂滅)? 하하! 그런 거 안 통한다니까!"

불호독수는 완전히 마음을 놓았다.

검을 부딪치기 전에는 일말의 두려움이 없지 않았지만 막상 접전을 벌여보니 정말로 상대가 안 된다.

그는 무인들이 왜 은자를 가볍게 보는지 이해했다.

은자……. 가문의 비술을 쓰지 않는 한 평범한 삼류무인일 뿐이다. 그들이 배운 공부는 무인들도 수련한다. 그걸 훨씬 뛰어넘어 도의 경지에까지 이른다.

츠웃!

마수신장의 신형이 흐릿해졌다.

귀영단애가 자랑하는 신무신법이다.

검끝에서는 희뿌연 연기도 피어난다. 물론 환각이다. 환무검의 연기는 실제가 아니다. 이런 것에 넘어가기 시작하면 자신도 모르는 사이에 외통수에 걸려들고 만다.

"끝!"

쒜엑! 쒜에엑!

불호독수는 쌍검을 내려쳤다. 그 순간,

푹!

아주 간단하게, 아주 손쉽게 등을 꿰뚫고, 척추 뼈를 으스러뜨리면서 쇠꼬챙이가 파고들었다.

'무, 무면월!'

어찌 된 영문인지 퍼뜩 정신을 차렸지만 무면월은 기회를 주지 않았다.

푹! 우두두두둑!

사리추가 척추를 거슬러 올랐다. 뼈란 뼈는 모두 으스러뜨리면서 뒷머리까지 올라선 다음 뇌를 푹 찔렀다.
"다리가 멀쩡해도 안 되잖아. 미련한 놈……. 은자였다는 놈이 기습에 대비가 없어서야. 괜찮아?"
"괜찮습니다."
마수신장이 포권지례를 취했다.
"전서를 띄워줘."
"이놈들… 전서 말입니까?"
"그래. 마사라는 그 여자, 궁금해서 미칠 거 아냐. 사형들이 어떻게 되었는지는 알아야지. 사망전서를 띄워."
"득 될 게 없습니다."
"띄워."
"알겠습니다."
마수신장이 즉시 허리를 숙여 꼴사납게 널브러진 불호독수의 품을 뒤졌다.
지필묵을 꺼내기 위해서다.
적성비가 은자들은 자신들만의 먹을 사용한다. 자신들만 맡을 수 있는 향을 먹에 풀어놓는다.
"내려가서 전서를 띄우겠습니다."
마수신장이 포권지례를 취한 후, 산 밑으로 신형을 날렸다.

무면월은 천곡서원을 떠나지 않았다.
해가 진다. 피 냄새도 짙어진다. 불호독수의 주변에는 주검 냄새를 맡고 온 까마귀들이 새까맣게 모여 있다.

"휴우!"

무면월은 긴 한숨을 내쉬었다.

세상에는 노력으로 쟁취할 수 있는 게 있고, 아무리 노력해도 안 되는 게 있다.

아무리 노력해도 안 된다.

죽어라고 발버둥 쳐봤지만 결국은 제자리다.

늘 후회하면서 그러면서도 미련을 버리지 못하고 일이 생길 때마다 달려든다.

적성비가의 몰락은 한순간의 판단 착오 때문이다.

가주의 판단 착오가 어떤 결과를 불러오는지 적성비가가 좋은 사례를 남겼다.

그나마 마지막 순간에 정신을 차려서 농자라도 남겨놓았으니 천만다행이지 않은가. 농자라도 없었으면 적성비가의 대는 완전히 끊어졌을 게다.

'농자……. 농자…….'

귀영단애에 농자 같은 인물이 누구일까?

차분하고, 냉정하고, 욕심부리지 않고…….

무면월은 홍염쌍화를 떠올렸다. 홍염쌍화 중 어해연이라면 귀영단애를 잘 이끌어 나갈 것이다.

무면월은 품에서 작은 소도(小刀)를 꺼냈다.

젊었던 시절, 꿈이 많던 시절, 천검가주가 영원히 변치 않겠다는 맹세와 함께 건네준 혼례품이다.

이 조그만 소도 한 자루 믿고 평생을 달려왔다.

극섬문이라는 검문도 만들어봤다. 극섬이라는 초고의 검술로 검련을 뒤흔들었다.

천검가주가 뒤를 받쳐주었기 때문에 가능한 일이었지만 극섬문이 제대로 정착하면 귀영단애를 버리고 극섬문으로 갈아탈 생각도 해봤다.

은자!

어둠 속에 숨겨진 그림자.

은자의 비애는 은자가 되어보지 않은 사람은 모른다. 부귀와 영광을 도외시하고 살아야 하는 운명을 모른다.

칠마를 죽이기 위해 많은 은자를 희생시켰다.

그 공로는 어디로 갔나? 그들을 죽이고 얻은 무공비급은 어디에서 무엇을 하고 있나.

소도 한 자루.

변심하거든 심장에 박으라던 가주.

그 약속 하나를 믿고 평생을 달려왔건만 남은 건 후회뿐이다. 귀영단애조차 제대로 이끌지 못했다는 미망(迷妄)만 남는다.

일원검문이 검을 뽑았다.

그것은 귀영단애로서도 어쩔 수 없다. 그들을 막으려다가는 귀영단애도 적성비가 꼴을 면치 못한다.

이제 가주의 일은 가주 스스로 해결해야 한다.

가주를 위해서 해줄 일은 두 명의 은자를 죽이는 것으로 끝났다. 그는 다시 돌아올 것이라고 생각하겠지만 돌아갈 수 없다. 귀영단애의 은자들을 위해서라도.
 푹!
 무면월은 소도를 심장에 꽂았다. 그리고 심장에서 흘러내리는 피를 찍어 어해연 석자를 적었다.
 '할 일…… 다 했어.'
 무면월은 눈을 감았다.

 마수신장은 가녀린 시신 앞에 무릎을 꿇었다.
 그는 내려가지 않았다. 전서를 날리는 게 무에 그리 급한가. 가주가 유명을 달리하는 마당인데, 남의 일을 해주는 게 뭐가 그리 급한가 말이다.
 가주의 일생은 한 남자의 인생과 함께 했다.
 그가 극섬문을 만들어 달라고 하면 그렇게 했다. 칠마를 죽이라면 그렇게 했다. 동남동녀를 납치해 달라는 부탁도 순순히 들어주었다. 모두 다했다.
 그래도 안 된다. 검련의 벽은 너무 높다.
 검법에 치중하는 문파는 성장하지 못한다. 검도를 추구하는 문파만이 생존한다.
 검련에는 검도를 추구하는 진정한 검호가 너무 많다.
 검 한 자루에 온갖 명예를 걸었으되, 검을 얻고 난 후에는 명예를 버린 자들이 너무 많다.
 그런 자들과 어떻게 싸운단 말인가.
 천검가주는 잘못 생각했다. 그가 생각을 잘못했기 때문에 귀영단애까지 나락 속에서 헤맸다.

이제 다 끝났다. 끝났다.

주르륵!

두 줄기 눈물이 볼을 타고 흘러내렸다.

가주는 차기 가주로 어해연을 지목했다.

타당한 지목이다. 무공은 강한 편이 아니지만 판단력만큼은 누구보다도 뛰어나다.

특히 그녀 곁에는 당우가 있다. 신산조랑도 있다.

무림은 그들을 거두지 못한다. 무림과 섞이기에는 너무 이질적인 존재들이다.

반혼귀성……. 그들은 딱 은자다.

어해연이 그들과 함께 귀영단애를 맡는다면, 세상은 오히려 은자를 두려워할지도 모른다.

"편히 가십시오. 평생… 모시게 되어 영광이었습니다."

마수신장은 무면월의 시신에 재배(再拜)를 올렸다.

2

소호성에서 청강(淸江)을 따라 남쪽으로 내려가면 신감(新淦)이 나오고 조금 더 남쪽으로 내려가면 옥사산(玉筲山)에 이른다. 정상이 창처럼 봉긋 솟아 있어서 한눈에 알아볼 수 있는 산이다.

"여긴가?"

"모두 여든한 명이다."

"모두 죽여?"

"그래야지."

"쯧! 죽으면 염라대왕에게 뭐라고 말하지? 이래서야 극락 가기는 틀린 노릇 아닌가."

"이 일 아니면 극락은 갈 수 있고?"

"이 일만 아니면 갈 수 있지, 왜! 넌 내가 인생을 어떻게 살 았다고 생각하는 거야!"

"착각도 자유다. 검 든 놈이 극락에서 설쳐대면 착하게 살다 가 죽은 놈들이 얼마나 억울하겠냐?"

"그럴까?"

"그렇지. 그걸 말이라고. 검 든 순간부터 극락과는 인연이 끊어진 거야."

천검사봉은 농담을 주고받았다.

그들의 얼굴은 자신감으로 팽배해 있다. 또한 짙은 그늘도 드리워져 있다. 많은 사람을 죽여야 한다는 사실보다도 저들 을 정말 죽일 수 있을까 하는 염려가 더 크다.

여든한 명.

상당히 많은 수다. 천검사봉이 일인당 스무 명씩 죽여도 한 명이 남는다.

하물며 저들은 절정고수다. 일대일의 승부를 벌여도 결과가 어떻게 될지 염려되는 자들이다.

불행 중 다행인 점은 여든한 명이 각기 흩어져 있다는 거다.

저들은 사자 무리가 아니다. 사자보다도 호랑이 쪽에 가깝다. 자신의 영역을 정하고, 타인의 접근을 불허한다.

옥사산에 여든한 개의 구역이 설정되어 있는 셈이다.

"이놈들이 무림에 쏟아져 나왔다면 대단했을 텐데."

"얌전히 죽치고 있는 걸 다행으로 생각해야지."

"무공은 정점이 없는 것인데 말이야. 도대체 어느 선까지 이르러야 만족할 생각이지?"

"좌우지간 각오 단단히 해."

그들은 다시 한 번 마음을 다잡았다.

네 명이 여든한 명을 친다는 것은 어불성설이다. 천검사봉의 무공이 하늘에 닿았다고 해도 상대 역시 미지의 무공이 정점에 이르러 폭발 직전에 있는 자들이다.

그래서 비겁하지만 이인일조로 습격한다.

비무를 하자는 것이 아니다. 죽이겠다는 거다.

삼 년 전에 이들이 천검귀차를 쓸어버릴 때 사용했던 방법이 기습이다.

그때 그대로 돌려준다.

"다시 한 번 말하지만 목숨보다 귀중한 건 없다. 사정이 조금이라도 어려워지면 물러서라. 죽이는 데까지 죽이고 빠지는 거야. 우리가 합격(合擊)까지 취하는 마당에 후퇴를 창피해해서야 말이 안 되지. 안 그래?"

류정이 산기슭을 노려보며 말했다.

꾸르르르릉!

거대한 구렁이가 꿈틀거리면서 기어온다. 화살보다 빠르게 날아와 가슴을 후벼 판다.

파아아아!

지척까지 다가온 구렁이가 열한 개의 변검(變劍)으로 화(化)했다.

"검마 사마량!"

"후후! 이 친구야! 이 검법은 전에 한 번 본 적이 있다네!"

주준강이 열한 개의 변검 중 일곱 개를 차단했다. 강준룡은 네 개의 변검을 차단함과 동시에 뱀의 몸통을 반으로 갈랐다.

쒜에엑!

새로 변형시킨 천유비비검이 구렁이보다 배는 빠른 속도로 터졌다.

까악!

구렁이가 괴성을 질렀다.

변검이 하나로 모아지면서 강준룡의 검을 맞이했다. 정면에서, 강력한 힘으로 마주쳐 왔다.

하나 두 사람은 검을 부딪치지 않았다.

검과 검이 부딪치려는 순간, 강준룡은 천유비비검의 예정된 변화를 풀어냈다.

쒜엑!

십성 진기를 실은 검이 구렁이 밑으로 흘러서 검 주인의 목을 가격했다.

한데 상대도 예정된 변화가 있었다. 강준룡과 마찬가지로 꿈틀! 검신을 일으키더니 미간을 곧게 찔러왔다.

서로가 피할 만한 시간이 없다.

'제길!'

강준룡은 순간적으로 자신의 실수를 깨달았지만 이미 어쩔 수 있는 상황이 아니었다.

쒜에엑!

그는 검에 마지막 숨결까지 불어넣었다.

상대가 동귀어진의 수법을 써온 이상 피할 수 없다. 이 순간에 잠깐이라도 머뭇거린다면 자신만 당하게 된다. 그럴 바에는 상대가 걸어온 싸움에 응해주는 게 그나마 낫다.

처억!

검이 상대의 목에 걸렸다.

살을 파고드는 감촉, 뼈를 가르는 느낌이 검을 통해서 어깨까지 전달되어 온다.

'이제는 통증을 느낄 차례.'

순간적으로 머릿속을 스쳐 간 생각이다.

그런데 통증은 치밀지 않았다. 대신 상대의 목에서 솟구친 뜨거운 피가 분수처럼 뿜어지면서 얼굴과 옷을 적셨다.

까앙!

뒤늦은 검음이 고막을 울렸다.

"빚진 거야."

어깨를 툭 치면서 말하는 주준강의 음성도 들렸다.

"쳇! 그래. 한 번 빚졌다."

강준룡이 무너지는 상대를 보면서 말했다.

삼 년 전, 흑조는 천검귀차를 무너뜨렸다. 확실히 강했다. 하지만 강하다는 측면보다는 기습을 가해서 이득을 본 측면이 더 강했다.

지금은 완전히 달라졌다. 이들이 무림에 나선다면 굳이 기습을 가할 필요가 없을 만큼 강해졌다.

"그런데 이놈들… 뭐하는 놈들이야?"

"글쎄. 이만한 무공이면 능히 일파를 세우고도 남는데. 흑조란 조직이 새삼 궁금해지는데."

"가자. 다투는 소리를 들었으니 벌집을 쑤셔놓은 것 같을 거야."

강준룡이 침중한 낯빛으로 말했다.

가급적이면 조용히 처리하고 싶었다. 기습에 기습을 이어가면 얼마나 좋은가. 그래서 자존심도 버리고 두 명이 한 조를 이뤄 공격을 시작한 게 아니던가.

시작부터 틀어졌다.

두 사람은 앞으로 치달리며 생각했다.

'어렵게 됐어.'

일단의 무리가 앞을 가로막았다. 그리고 또 다른 무리들이 뒤를 에워쌌다.

흑조의 반응은 매우 민첩했다.

아니, 이것은 민첩하고 자시고 할 게 없다. 다투는 소리를 들었으니 경각심을 높이는 것은 당연하다.

"착각했군. 철저히 개인적으로 움직이는 줄 알았는데."

두가환이 말했다.

"조직적이야. 그것도 매우."

류정이 고개를 끄덕이며 대꾸했다.

"그렇다면… 후후! 우리가 오히려 함정에 빠졌다는 말이군."

"가환, 아무리 너라도 어머님을 욕되게 하는 말은 용서치 않는다. 사과해."

"사과."

"됐다."

"하지만 그 책자에는 조직으로 움직인다는 말은 없었잖아."

"그동안 바뀐 모양이지."

두 사람은 진기를 끌어올려 검에 집중시켰다.

주위를 에워싼 자들은 각양각색의 병기를 들고 있다.

검도창편(劍刀槍鞭)을 비롯해서 철추며, 만도(卍刀)까지 그야말로 병기의 집합처다.

칠마의 무공이 총동원되었다.

무공을 세상에 내놓은 적이 없는 편마 고룡매의 편법까지 쓰는 모양이다.

이들은 칠마의 무공을 어떻게 수집했을까?

휘이이익!

류정이 손을 입에 넣고 길게 휘파람을 불었다.

응답은 없었다. 하지만 이미 움직임은 시작되었다. 삼 년이란 세월 동안 손발을 맞춰온 사이이기 때문에 바람에 섞인 냄새만으로도 존재를 느낄 수 있다.

"가잣!"

류정이 쾌속하게 신형을 쏘아냈다.

적은 많다. 무공은 감히 방심할 수 없을 정도다. 이런 자들이 왜 궁핍한 곳에 숨어 있는지 알 수 없지만, 지금 당장은 가장 치열하게 싸워야 한다. 한데,

"멈춰!"

느닷없이 적 쪽에서 노성이 버럭 들려왔다.

류정과 두가환은 힘껏 쏘아가다 말고 우뚝 멈춰 섰다.

"류정 공자 아니시오?"

적이 그를 알아봤다.

류정은 당황하지 않았다. 알아볼 줄 알았다. 아니, 당연히 알아봐야 한다.

"흑조⋯⋯. 뿌리 뽑는다."

류정이 검을 쳐들었다.

"천검사봉이 모였군. 하하하! 그동안 천유비비검을 새로운 경지까지 끌어올렸다는 소리는 들었소. 하지만 겨우 네 분이서⋯ 되겠소?"

상대가 여유있게 말했다.

류정은 놀란 표정을 애써 감췄다.

어머니는 이들을 감시했다. 일거수일투족을 상세히 관찰했고, 조그마한 책자에 기재해 놓았다.

그런데 이들도 자신들을 관찰해 왔다.

천유비비검을 새로운 경지로 끌어올린 사실은 자신들 네 명을 제외하고는 아무도 모른다. 하다못해 끊임없이 연락을 주고받은 어머니까지도 성취도에 대해서는 알지 못한다.

무공에 관한 한 일절 함구해 왔다.

비밀을 지키기 위해서는 아니다. 굳이 비밀로 할 만큼 중요한 사안도 아니다. 다만 성취도에 대해서 자신이 없었기 때문에 말하지 않을 것이다. 수련은 하고 있지만 올바른 방향으로 나아가고 있는 것인지 확신이 서지 않았다.

그런 것은 다 이룬 후에 말해도 늦지 않는다.

그런데 이들은 알고 있다. 새로운 성취?

"놀랍군. 눈이 매우 밝은가 본데……."

"눈이 밝기만 하겠소? 많기도 하지."

"어쨌든… 흑조는 오늘 이 세상에서 사라진다."

"대부인의 뜻이오? 아니면 공자의 뜻이오?"

"다를 게 뭔가?"

"많이 다르지."

대도를 어깨에 걸머멘 사내가 말했다.

"공자의 뜻이면 좋게 설득해 볼 용의가 있고, 대부인의 뜻이면……. 후후! 인생 끝내자는 이야기 아닌가. 서로가 심장에 검을 겨눈 꼴이니 널 죽이고 나아가서 대부인까지 죽여야지."

"죽여보도록!"

류정은 안색을 차갑게 굳혔다.

이들의 무공이 예상외로 상당하다. 주준강과 강준룡이 바깥쪽에서 벌써 치고 들어왔어야 하는데 아직까지 소식이 없다. 격전을 벌이는 소리조차 들리지 않는다.

들어올 틈을 발견하지 못했다는 뜻이다.

그렇다면 안쪽에서부터 틈을 벌려줘야 하는데 하나, 둘, 셋…… 아무리 못 잡아도 스무 명은 넘어선다. 천검귀차 귀주를 죽일 수 있을 정도의 무공을 지닌 자들이 스물을 넘는다.

일대일의 승부라면 얼마든지 싸워줄 수 있지만 이건 힘들다.

"어쨌든 길은 열어야지?"

"열어야지."

"그럼 내가 먼저."

쒜에엑!

두가환이 봄날 제비처럼 유연하게 신형을 쏘아냈다.

검은 벌써 앞서 나간다. 검이 공기를 가르는 소리보다 훨씬 빨리 적을 쳐간다.

류정도 재빨리 공격에 합류했다.

하나보다는 둘이 낫다. 한 사람이 공격하는 것보다는 양쪽에서 둘이 공격하는 게 훨씬 낫다.

카칵! 차앙! 퍽! 퍽!

검이 얽힌다 싶었다. 서로가 병기를 맞대고 내력 대결로 들어가는가 싶었다. 한데 아니다. 검과 병기가 부딪치는 순간, 검이 산산조각나면서 비산했다.

"컥!"

상대하던 적은 느닷없이 깨져 버린 검편(劍片)에 얼굴을 난타당했다.

"후후! 천유비비검이 패검으로 변신한 건가?"

대도를 든 사내가 웃으면서 말했다.

두가환의 검에는 막강한 내력이 담겨 있다. 자신도 주체하지 못할 정도로 엄청난 진기가 검 한 자루에 흠뻑 담겼다.

그런 검은 장애물을 용납하지 않는다. 무조건 뚫고 나가려고 한다. 힘으로 밀어붙인다. 일명 패검이다.

한데 상대가 자신과 비슷한 내공을 지녔고, 그만한 진기를 병기에 쏟아붓고 있다면 패검은 가로막힌다. 나아가지 못하고 주춤한다. 여기서 내부 균열이 일어난다. 나아가려는 힘과 저지하는 힘이 순간적인 격돌을 일으키면서 폭발하고 만다.

검이 깨진 것은 패검의 상징이다.

"패검뿐인가!"

류정이 버럭 고함을 지르며 검을 쳐냈다.

쒜엑!

검음이 날카롭게 울렸다. 하나 검은 이미 한 사람의 목을 베어내고 지나간 후였다.

"쾌검(快劍)! 하하하! 쾌검에 패검이라……. 좋군. 천유비비검이 진일보했다는 점을 인정해야겠어."

대도를 든 사내는 조금도 당황하지 않았다. 소리보다 빠른 검을 보면서도 낯빛 하나 변하지 않았다.

류정은 대도를 든 사내에게 지쳐 갔다.

그는 수두(首頭)다. 무리의 기선을 제압하려면 수두부터 처리하는 게 낫다.

"나? 하하!"

쒜에엑! 파파파팡!

대도를 든 자가 거칠게 팔방풍우(八方風雨)를 쳐냈다.

순간 거센 해일이 밀어닥쳤다. 성난 파도를 온몸으로 맞이하는 기분이 든다.

쒜엑!

류정은 침착하게 파도를 갈랐다. 그리고 안으로 쭉 파고들어 갔다. 대도든 사내의 몸통이든 걸리는 대로 부숴 버리겠다는 기세로 힘차게 밀어붙였다.

그러자 사내도 도법을 변화시켰다.

도와 검 중 패력(覇力)에서 강한 것은 단연 도다. 도는 후려치는 병기이고, 검은 찌르는 병기이다. 주요 용도가 그러하니 병기의 모양도 그에 맞춰서 설계된다.

거한이 힘들게 들어 올려야 할 대도와 시중에서 흔히 볼 수 있는 삼 척 장검.

패력 면에서 단연 차이가 난다.

한데 사내의 대도는 류정의 검을 막지 못했다.

사내가 일으킨 파도 같은 경기(勁氣)는 천유비비검 앞에 아주 간단히 베어져 나갔다.
스웃!
대도가 움직임을 멈추더니 천장(天將)이 지팡이를 들고 있는 듯 우뚝 세워졌다.
'부명도(不明刀)!'
류정의 눈빛에 광채가 맴돌았다.
부명도법은 아주 강력한 환도(幻刀)다. 진기로 끊임없이 움직이고 있는 실체를 감추고, 움직이지 않는 허상만 보여준다.
보이는 대로 치고 들어가면 낭패당한다.
그러나 류정은 거침없이 치고 들어갔다.
카앙! 캉캉! 카앙!
대도와 삼 척 장검이 어울렸다.
눈이 따라가지 못할 속도로 순식간에 수십 합의 교전을 이끌어냈다.
'빠르다!'
류정은 솔직히 감탄했다.
천유비비검을 극상으로 끌어올린 후, 방만한 마음이 든 것은 사실이다. 무인이니 항상 진중한 마음을 가져야 한다고 다짐하면서도 '누가 이 검을 상대하랴' 하고 오만한 마음이 고개를 쳐드는 건 어쩌지 못했다.
그런데 이름도 없는 사내가 거침없이 막아낸다.

부명도법이 이토록 뛰어난 것이었나? 아니다. 숨겨진 진체(眞體)만 파악해 내면 단숨에 깨뜨려 버릴 수 있다.

환(幻)이란 모를 때 강력하다. 변화를 읽고 있는 사람에게는 오히려 자살행위다.

그러나 상대는 빠름으로 견문을 눌렀다.

천유비비검과 견줄 수 있는 빠름은 머릿속에 들어 있는 지식까지도 무력화시켰다.

부명도법의 변화를 안다. 하지만 아는 노선을 그리는 데도 역으로 칠 수가 없다. 너무 빠르기 때문이다.

천유비비검을 극상으로 수련하지 않았다면 오히려 당할 뻔했다.

누군가? 누구이기에 이런 무공을 지니고도 깊은 산속에 숨어서 지낸단 말인가.

류정은 이내 생각을 접었다.

한가하게 생각이나 하고 있을 때가 아니다. 자신은 대도를 든 자와 싸우고 있는 관계로 다른 자들이 개입하지 않고 있다. 역시 생각한 대로 대도를 든 자가 수두다.

두가환은 다르다. 그에게는 무려 십여 명이 붙어 있다. 숨 몇 번 쉴 동안에 온몸이 피투성이가 되었다. 그가 쓰러뜨린 자는 겨우 서너 명, 그는 움직이기도 곤란할 정도로 중상을 입었다.

나머지도 같은 입장일 게다.

들개 떼가 호랑이를 잡아먹고 있다.

'무리였나…….'

약간의 후회도 치민다.

흑조에 대해서 조금 더 소상히 파악하는 건데 옛날 생각을 너무 했다. 천곡서원의 향암 선생을 칠 때, 이들의 무공은 강하기는 해도 두려워할 정도는 아니었다. 더군다나 자신들은 천유비비검을 극상으로 수련한 상태다.

이들을 치는 것은 생각할 문제가 아니었다.

"후후! 공자, 이제 알겠소? 지금이라도 우릴 건드린 게 공자 생각이라고 하면 돌려보내 줄 용의는 있소만."

사내가 대도를 윙윙 휘두르며 말했다. 그때,

"이건 내 생각이네."

잔잔한, 그러면서도 위엄이 가득 깃든 여인의 음성이 들려왔다.

대도를 든 사내가 두 눈을 부릅뜬 채 뒤로 훌쩍 물러섰다.

류정도 뒤돌아섰다.

"어머님! 어머님이 어떻게?"

등 뒤에 대부인이 서 있었다, 족히 사십여 명에 이르는 검호들을 대동한 채.

'일원검문!'

류정은 그들이 누구인지 대번에 알아봤다.

검호들 중에 외삼촌이 있다. 사촌 형, 사촌 동생도 있다. 그러니 알아보지 못할 리 없다.

'일원검문이… 본격적으로 나섰단 말인가…….'

류정의 얼굴은 복잡 미묘해졌다.

지금 상황에서 일원검문이 와준 것은 고맙기 이를 데 없다. 하지만 이들이 무림에 대한 패권 때문에 나선 것이라면 흑조의 멸망은 피바다의 시작에 불과하다.

일원검문은 단합한 적이 없다. 둘이, 셋이 모여서 행동하는 것도 용납하지 않는다. 문규로 용납하지 않는 것이 아니라 그들의 검도가 용납하지 않는다.

그런데 모였다.

류명은 어머니를 내쫓지 못했다. 대부인을 내쫓고 그 자리에 삼부인을 모셨다고 생각하겠지만, 틀린 생각이다.

어머니는 천검가를 나오고 싶었다. 누가 내쫓아주기만 바랐다. 그래야 자연스럽게 움직일 수 있기 때문이다. 남의 이목을 잡아끌지 않고 하고 싶은 일을 할 수 있다.

류명은 어머니를 도와주었을 뿐이다.

천검가를 나선 어머니가 한 일이 이것, 일원검문을 하나로 모은 것이다.

왜? 어디까지 가려고 하시는가?

대부인이 말했다.

"자네 도법을 보아 하니… 천유비비검의 검리가 많이 섞였군. 부명도법에 천유비비검의 검리를 섞을 수 있는 사람은 그 사람뿐이지. 훗! 괴팍한 사람 같으니."

류정은 어머니의 말에 또 한 번 충격을 받았다.

이번 충격은 너무 커서 쇠망치로 뒤통수를 얻어맞은 것 같다.

천유비비검……. 그 사람……. 어머니가 말한 그 사람은 바로 아버지, 천검가주다. 그럼? 흑조는 아버님이 만들었단 말인가? 아버님이 흑조를 이용해서 천검귀차를 몰살시켰단 말인가? 왜?

그 일 때문에 천검가는 풍비박산 났다.

천검사봉이 출문해야만 했다.

천검십검으로 대변되는 천검가의 위세가 대번에 사 할이나 깎여 나갔다.

천검사봉뿐인가? 류과와 오송패도 자진 출문했다.

육 할……. 전쟁을 치러도 입지 않을 상처를 입었다.

천검가는 장자가 이어받기로 내정되어 있었다. 그랬다면 태평했다. 아무 분란도 없었다. 하나 장자가 출문하자 이부인과 삼부인의 소생들 사이에서 권력다툼이 일어났다.

삼 년……. 그 짧은 세월 동안에 천검십검은 모두 출문했다.

지금 천검가에 남아 있는 사람은 천검십검이 아니다. 그 당시에는 어린애에 불과하던 류명이 천검십검의 수두가 되었다. 그가 만든 열 명의 고수, 무림으로부터 인증받지 못한 고수들이 천검십검이랍시고 버티고 앉아 있다.

이 모든 일의 시초가 흑조 때문인데 이 단체를 만든 장본인이 아버님이라.

머릿속이 텅 비어왔다.

"대부인……. 다 아시고 계시니 문답(問答)은 무용(無用). 죄송하지만 없는 재주 펼쳐 보이겠습니다."
 대도를 든 사내가 기수식을 취했다.
 "쯧! 이보시게들. 수고 좀 해주셔야겠네."
 대부인이 뒤에 선 검호들을 돌아보며 말했다.

第八十八章

도화(導火)

1

　검광자를 죽였다. 검련 무인들을 도살했다. 반혼귀성의 악명은 강서성을 뒤흔들었다.
　뼈에 가죽만 붙어 있는 괴인들.
　눈에서 시퍼런 불을 뿜어내는 악마들.
　죽여도 죽여도 되살아나는 괴물들.
　반혼귀성에 대한 소문들은 상당히 나쁘다.
　검련 무인들은 백도(白道)를 추구한다. 검광자는 만인의 추앙을 받는 무인이요, 현자(賢者)다.
　반혼귀성은 그들을 죽였다. 백을 죽였으니 반혼귀성은 흑이 된다. 백도의 반대쪽이니 흑도(黑道)다. 선인의 반대쪽이니 악마다. 피에 굶주린 늑대들이다.

반혼귀성 괴물들에게는 쌀 한 톨 내주지 마라.
악마들에게 영혼을 파는 자가 있다면 만 대에까지 저주를 받으리라.
누구 입에서 나온 엄명인지 모르지만 입에서 입으로 전달된 민심은 고스란히 행동으로 나타났다.
당우 일행은 밥을 얻어먹지 못했다. 사먹지도 못했다. 차 한 잔, 물 한 그릇 대접받지 못했다.
길 가는 사람들은 고개를 돌린다. 그리고 멀찌감치 떨어졌다 싶으면 어김없이 침을 퉤! 뱉는다.
반혼귀성은 발붙일 곳이 없었다.

어화영과 비주는 부부인 양 바로 옆에서 나란히 잠들었다.
사람들이 파헤칠까 봐 봉분도 높이 하지 못하고 간신히 무덤 흉내만 낸 것도 심사를 울적하게 만든다.
"이럴 가치가 있는지……"
당우가 우울하게 말했다.
"그런 소리 하지 마."
어해연의 음성은 뜻밖에도 차분했다. 벌써 냉정을 회복한 듯 냉랭한 기운까지 풍겨냈다.
"네가 그런 소리를 하면 죽은 사람들이 억울하잖아. 끝까지 잘났다고 말해야 해. 이 수밖에 없었다고. 그래야 죽은 사람들이 편해져. 알았어?"
당우는 대답하지 않고 묵묵히 고개를 돌렸다.

어화영과는 만정에 있을 때부터 많은 정이 들었다. 거의 대부분이 나쁜 정이지만 좋은 정도 꽤 많았다.

그녀는 자유분방하다. 때로는 얼굴이 붉어지게 만드는 애정 공세도 많았다. 물론 장난이겠지만 그것만으로도 좋았다.

그런 여인이 죽었다.

그녀의 나이가 실제로 얼마가 되었든 상관하지 않는다. 그녀의 신분도, 그녀가 행한 과거사도 문제 될 게 없다.

그녀의 본래 마음이 깨끗하고 맑은데 무엇이 문제란 말인가.

눈물이 흐른다.

피할 수도 있는 싸움이었다. 당장 하지 않아도 될 싸움이었다. 하지만 만정에 대한 진실을 알아내기 위해서 무리수를 두었다. 그리고 그 결과, 두 사람이 목숨을 잃었다. 홍염쌍화라는 화려한 별호는 사라졌다. 어해연만 남았다.

과연 끝까지 밀어붙였어야 할 일인가 회의가 치민다.

그렇다고 검광자가 많은 말을 한 것도 아니다. 그가 준 단서라고는 인육을 먹으면 얼굴이 변한다는 것뿐이다.

이것은 너무 광범위하다.

얼굴 형태가 변할 수 있다. 피부색이 변할 수 있다. 반점 같은 것이 생길 수 있다. 탈모가 일어날 수도 있다. 코가 삐뚤어질 수도 있고, 장님이 될 수도 있다.

먹을 것으로 공급된 사람들에게 어떤 수작을 부렸느냐에 따라서 수만 가지의 증세가 나타난다.

분명한 것은 인육을 먹게 한 것이 실수가 아니었다는 점이다.

이제 만정 책임자인 검광자가 죽어버렸으니, 만정에 대한 단서는 어디서 찾을까?

찾을 곳이 있다. 검도자!

검광자는 검도자를 원망했다. 계속해서 뒤통수를 얻어맞았다고 분노했다.

검도자도 내막을 알고 있다는 뜻이다.

그런 점을 믿고 거침없이 검광자를 쳤다.

검도자와는 말을 섞을 수 있지만 검광자와는 싸움밖에 남은 것이 없기에 선수를 취했다.

검도자⋯⋯. 그와 만나야 한다.

그는 이쪽에서 찾을 수 있는 사람이 아니다. 찾으려고 해도 찾을 수 없다. 또 오지 않을 사람도 아니다. 그는 반혼귀성에 용건이 남아 있다. 그렇기에 기다리다 보면 그가 먼저 찾아온다.

또 한 사람, 만정에 대해서 아는 사람이 있다.

천검가주!

그를 잊고 있었다.

천검가주는 한낱 어린아이를 만정에 집어넣은 자다. 그만한 권력을 지녔다. 자신이 관할하지도 않는 뇌옥에 어린아이를 툭 떨어뜨려 놓을 수 있었다.

그냥 떨어뜨려 놓은 게 아니다. 일정 기간 동안 보호해 달라는 명과 함께 집어넣었다.

　나중 조건은 비주가 말해줘서 안 것이지만…….

　그 정도로 만정을 움직일 수 있다면 인육에 대해서도 알고 있을 가능성이 높다.

　천검가주는 여러 가지 문제에서 최중심처에 있다.

　투골조 사건에서 그를 빼놓을 수 없다. 만정과도 연관되어 있다. 아버지와도 끈끈한 관계를 유지한다.

　류명을 만날 게 아니라 천검가주를 만났어야 한다.

　궁금증을 풀어줄 사람은 많다.

　당우는 만정에 대한 일을 잊었다.

　지금은 어화영의 죽음을 애도하자. 비주의 죽음을 잊지 말자. 두 사람의 죽음 덕분에 자신이 살아 있다는 점을 분명히 알고, 차후에는 이런 일이 없도록 검광자 같은 자와 만나더라도 승부를 낼 수 있도록 준비를 하자.

"검련은 계속 공격해 올 겁니다."

"그렇겠지."

묵혈도가 고개를 크게 주억거렸다.

이것은 누구나 쉽게 생각할 수 있다.

　검광자까지 당해 버렸다. 검련 무인들이 죽은 것은 차치하고라도 검광자가 죽은 것은 간과할 수 없다. 검련의 모든 것을 총동원해서라도 복수라는 것을 해줘야 한다.

　검련은 반혼귀성을 내버려 둘 수 없게 되었다. 검련의 체면을 위해서라도 반드시 징치해야 할 입장이 되고 말았다.

지금까지는 '공격해 올 수도 있다' 였는데, 지금부터는 '반드시 공격해 올 것이다' 로 바뀌었다.

"화액은 여전히 봉함(封函)입니까?"

아버지, 도광도부를 쳐다보며 물었다.

이런 이야기는 사적으로 조용히 할 수도 있다. 하지만 많은 사람들 앞에서 공개적으로 묻는다.

첫째, 아버지는 절대로 화액을 내놓지 않는다. 반혼귀성이 몰살당해도, 자식이 죽어도, 그것 때문에 자신의 목숨까지 떨어져 나간다고 해도 내놓지 않는다.

화액은 아버지가 신의를 지킬 그 사람에게만 건넬 것이다.

그러므로 화액에 대해서 미련을 갖는다는 건 오지 않을 원군을 기다리는 것처럼 속절없다.

화액에 대한 미련을 버려야 한다.

두 번째로 아버지와의 관계를 정립하기 위해서다.

혈연은 끊을 수 없다. 하지만 반혼귀성에서는, 다 같이 움직일 때만은 혈연을 떠나서 공적인 관계를 유지한다.

당우는 아버지와 그 점을 분명히 하고 싶었다.

"네 물건이 아니니 언급하지 마라."

도광도부도 뜻을 분명히 했다.

"좋습니다. 그럼 지금 이 순간부터 두 분은 인질입니다. 제 허락 없이 반혼귀성을 떠날 수 없습니다. 이해하시겠습니까?"

"임의로 떠난다면?"

"그러지 마십시오."

"말이나 해봐라. 떠난다면 어찌할 테냐?"

"아버지가 그분에게 신의를 지키듯이, 저도 반혼귀성에 신의를 지켜야 합니다."

"말뜻이 심오해서 모르겠군. 쉽게 말해봐라."

"묵혈도, 뇌인을 맡아줘요. 임의로 도주할 시 선참(先斬) 후보고(後報告)합니다. 약간이라도 도주할 기미가 보이면 망설이지 마시고 즉각 손을 쓰세요."

당우는 그런 말을 뇌인이 듣는 앞에서 했다.

"허! 날 죽여? 허허허!"

뇌인이 어처구니없어했다.

당우는 뇌인의 말을 무시하고 벽사혈을 쳐다봤다.

"나? 난……. 아! 도광도부?"

당우는 고개를 끄덕였다.

아버지의 물음에 대한 간접적인 답변이다.

도광도부의 눈가에 이채가 번뜩였다. 하지만 뇌인처럼 어처구니없어한다거나 분노를 터뜨리지는 않았다. 그저 남의 일을 들을 때처럼 담담했다.

하지만 명을 받은 벽사혈은 인상을 찡그렸다.

지금 이런 말을 할 때가 아닌데 가만 놔둬도 도광도부나 뇌인은 도망가지 않는데 검련이 근본적으로 죽이고자 하는 사람은 이 두 사람인데, 그들이 도망갈 리 있나. 그리고 또 설혹 도망간다 치자. 그래도 아버지인데 어찌 아버지를 죽이라는 명을 내릴까. 어화영과 비주가 죽은 게 도광도부 때문은 아닌데.
 그녀의 생각은 모두의 생각이다.
 어해연, 묵혈도, 치검령, 추포조두, 산음초의……. 그들 모두 같은 생각을 했다.
 그렇다고 이의를 제기하지는 않았다. 여느 때처럼 묵묵히 듣기만 했다.
 자신들의 생각은 단편적이다. 근시안적이다. 넓게 보지 못한 것이다. 당우는 신산조랑과 숙의를 거쳤다. 그리고 이 자리에서 발표하고 있는 게다. 즉, 두 사람의 행동 제약이 이 시점에서 가장 중요하다고 판단한 것이다.
 당우가 말했다.
 "지금부터는 이동을 달리합니다."
 이럴 줄 알았다. 예상하고 있었다.
 검련의 압박이 심해졌는데 예전처럼 움직일 수는 없다.
 날 밝은 대낮에 남 보란 듯이 모든 걸 환히 내놓고 이동하는 경우는 없을 것이다.
 "검도자와 만나기 전까지는 최대한 은밀히 이동합니다."
 '검도자와 만나기 전까지'라는 말이 추가되기는 했지만 은밀히 이동한다는 점에도 동의한다.
 "목적지는 천검가."
 '역시!'
 모두들 고개를 끄덕였다.
 도광도부가 화액을 넘겨줄 사람은 누구인가? 말은 하지 않고 있지만 짐작은 한다. 천검가주가 아닐까? 맞지 않나 싶다. 십 중 팔구는 천검가주일 게다.

그렇기에 두 사람의 행동을 제약한다.

천검가에 이르러서 자기 멋대로 행동하면 그들을 끌어낸 보람이 없어진다.

아버지를 만나기 위해서 찾은 게 아니다.

혈육을 찾자고, 회포나 풀자고 묵혈도와 산음초의가 목숨을 걸고 검련 무인들을 죽인 게 아니다.

만약 그렇다면 죽은 검련 무인들은 뭐가 되는가. 정말 그렇다면 당우는 이 세상에서 가장 나쁜 인간이다. 당우의 말에 목숨까지 건 묵혈도, 산음초의, 추포조두는 천하에 바보가 된다.

도광도부와 뇌인은 투골조 사건의 연장선상에 있다.

그래서 급히 찾았다. 따라나서지 않으면 차라리 죽여서 배후를 들쑤셔 놓겠다는 각오까지 했다.

지금도 마찬가지다.

당우는 혈육을 생각할 수 없다. 반혼귀성의 원한을, 만정에서 죽어간 마인 백여 명의 원한을 생각해야 한다.

사구작서를 생각하라.

그들은 나올 수 있었다. 행동을 같이하면 지금 곁에서 히죽히죽 웃으며 지낼 게다.

그런 사람들이 왜 죽었는가?

그들은 자진했다. 그들 스스로 죽음을 선택했다. 만정 마인들에게 살상당한 것은 자살하는 방법이었을 뿐이다.

왜 그런 행동을 했는가.

인육을 먹은 자, 인육의 습관에서 헤어 나오지 못한다. 인육에 길들여져서 영원히 저주를 벗어던지지 못한다. 습관 정도에 불과하다면 고칠 수 있겠지만, 어떤 식으로도 고칠 방법이 없다고 생각했기 때문에 죽음을 선택했다.

인육!

보통 인육이 아니었다. 사람으로 하여금 사람을 잡아먹는 괴물이 되게끔 만드는 지옥이었다.

그 한을 간직한 사람들이, 그 한을 풀어줄 사람들이 만정을 빠져나와서 반혼귀성을 만들었다.

혈육의 정이 끼어들 틈이 없다.

도광도부가 반혼귀성을 위태롭게 한다면⋯⋯ 죽인다.

당우의 명령은 괜한 공갈이 아니다. 반혼귀성을 위한 진심 어린 명령이다.

"두 분이 척후(斥候)로 나섭니다."

치검령과 추포조두에게 한 말이다.

사실 그 두 사람을 빼면 몇 사람 남지도 않는다. 척후니 뭐니 할 것도 없다. 두 사람이 위험부담을 안고 앞서 나가달라는 부탁에 지나지 않는다.

만약 검련이 매복을 걸어온다면, 검광자 같은 절대고수가 등장한다면, 철궁문 같이 상대하기 까다로운 문파와 만난다면 두 사람은 힘들 수밖에 없는 여러 가지 경우를 만날 수 있다.

그래도 이것이 최선이다.

"그런 건 어렵지 않네."
치검령이 웃었다.

당우는 산음초의를 한 구석으로 불러냈다.
"생각해 봤어요?"
"생각해 봤는데 범위가 너무 넓네."
산음초의가 머리를 긁적였다.
"우선 피부에 바르는 게 있을 수 있네. 약을 복용시켰을 수도 있고……."
"범위가 넓은 줄은 압니다."
"먹는 쪽은 아닌 것 같네. 뭘 먹으면 위장에서 소화시켜야 하고, 약효가 전신으로 퍼질 때까지 기다려야 하는데… 살점을 뜯어먹은 사람에게 변화를 일으킬 정도로 지독한 약이라면 복용한 자가 먼저 변하지."
"복용하는 약은 아니다?"
"피부에 바른 것 같네."
당우는 두 손을 들어서 햇볕에 손바닥을 비춰봤다.
그는 인육을 먹지 않았다. 하지만 만지기는 했다. 사구작서는 인골로 만든 병기를 사용했다. 아니, 마인들 중 상당수가 대퇴부처럼 널찍한 뼈를 갈아서 병기로 썼다.
만정에 있을 적에 당우도 그런 병기를 쓴 적이 있다.
나중에는 굳이 쓸 필요가 없어서 손에서 놓아버렸지만 한동안 타격력 강한 무기로 사용했다.

비판없이 만정의 모든 것을 흡수하던 시절의 이야기다.
약을 살갗에 발랐다……. 그렇다면 이 자리에 모인 사람들 중에는 당우가 제일 근접해 있다. 당우가 먹이로 던져진 사람들과 가장 가까운 거리에 있었다.
"이상있습니까?"
"자네 손? 없네. 뼈까지 침습하지는 않은 모양이지."
"사람을 만진 적도 있습니다."
"손은 괜찮네."
"살갗에 수작을 부린 게 아니라면… 다른 방도가 또 있을까요?"
산음초의는 또 머리를 긁적였다.
"기이한 처방이 많으니 있을 수 있겠지. 좌우지간 조금 더 생각해 봄세."
"검도자를 만나기 전까지 대충이라도 알아야 합니다."
"알겠네."
산음초의가 고개를 끄덕였다.
산음초의에게 맡긴 일은 대단히 중요하다.
살갗에 무슨 수작을 부렸는지 대충이라도 알아야 한다. 그래야 검도자를 압박하는 수단으로 쓸 수 있다. 아무 증거도 내놓지 못한다면 검도자는 발뺌을 할 게다. 자신은 모르는 일이라고 딱 잡아떼면 할 말이 없어진다.
대충은 알고 있다. 계속 조사할 것이다. 이만한 눈치는 주어야 입을 열게 할 수 있다.

"그런데 말이야."

산음초의가 어렵게 입을 열었다.

"도광도부… 자네 아버지 말이야. 속마음은 그게 아니야. 겉으로는 답답하게 말하지만……."

"알고 있습니다."

당우가 웃었다.

아버지는 만정에 화액을 뿌렸다. 상당히 많은 화액을 썼다. 산봉 하나가 폭삭 내려앉을 정도로 강력한 폭발을 일으켰다.

그 사건 때문에 화액의 존재가 세상에 드러났다.

만일 그 사건만 아니라면 아버지와 뇌인은 지금도 안전한 곳에서 화액을 연구하고 있으리라.

아버지는 자신과 뇌인과 화액의 존재가 누설될 것을 아랑곳하지 않고 구출부터 단행했다. 백 중 백 죽었을 상황인데도 포기하지 않고 시도했다.

그것은 분명히 사랑이다.

신의를 말한다. 절대로 화액을 내놓을 수 없다고 한다. 누가 부탁했는지 입도 벙긋하지 않는다.

그것은 그분 나름대로 신의를 지키는 방법일 게다.

신의는 지킨다. 하지만 그것으로 인해서 당우의 목숨이 위태롭다고 생각하면 본인 스스로 자진할 분이다. 신의가 자식을 향한 사랑을 앞서지는 못한다. 두 가지가 서로 공존하지 못한다면 자신의 목숨을 끊음으로써 양쪽을 모두 버릴 것이다.
 아버지를 안다. 왜 모르겠는가.
 "알고 있었군. 난 부자 간의 대화가 너무 삭막해서."
 "그게 우리 집안 내력입니다."
 "그랬나? 허허!"
 "천검가까지는 나흘 정도 걸릴 겁니다. 그 안에······."
 "알겠네. 내 머릿속을 박박 긁어보지. 쯧! 사람에게 장난질을 치다니. 왜 그랬을까?"
 "글쎄요."
 말끝이 흐려졌다.
 그 부분이 가장 궁금하다. 무엇을 어떻게 했느냐도 궁금하지만 왜 그런 짓을 했느냐가 가장 궁금하다.
 마인들에게 무슨 실험을 한 것일까? 왜? 무엇을 보고자?
 이 부분에서 생각이 막힌다. 구령마혼으로도 풀리지 않는 난관이다. 아니, 어느 정도 짐작되는 건 있다. 다만 정말 그렇다는 확신이 서지 않을 뿐. 조금 더 생각해 봐야겠다.
 당우가 일행에게로 걸어가며 말했다.
 "검도자를 만나면 다 풀릴 겁니다."

 저녁 무렵, 치검령과 추포조두가 먼저 길을 나섰다.
 "먼저 가지. 중간 중간에 벽사혈이 소식을 전해줄 거야."
 "길을 여는 것뿐입니다. 결코 충돌하지 마세요."
 "후후! 우리에게 충돌할 기운이나 있어 보이나?"

추포조두가 당우의 어깨를 툭 쳤다.

검도자, 검해자에 이어서 검광자까지……. 진정한 검련 고수들이 연이어 등장했다. 천검가에서는 천검십검에 이어 류명까지 압도적인 무공을 선보였다.

자신의 무공에 자부심을 갖고 있던 반혼귀성 무인들은 많이 흔들리고 있다. 겉으로는 태연함을 유지하고 있지만 속마음까지 태연할 수는 없다.

당우는 픽 웃었다.

웃는 수밖에, 웃어주는 수밖에.

2

푸드드득!

전서구가 날아왔다.

마사의 붉은 입술이 파르르 떨렸다.

좋지 않은 징조다. 전서구가 날아오면 안 된다. 불호독수가 직접 와서 보고를 해야 한다. 와서 보고만 하면 해독약을 준다고 했는데, 그걸 마다하고 전서구를 날릴 바보가 아니다.

불호독수가 오지 않고 전서구가 왔다.

불호독수가 잘못되었다. 그가 잘못되었다는 건 세요독부도 잘못되었다는 뜻이다.

'모두 당했어.'

천검가주의 반응을 살피고자 했다.

그녀는 지난 사건들을 들춰보다가 이상한 현상을 발견해 냈다.

흑조!

흑조는 유독 강서성 임강부와 연관이 깊다. 그리고 천검가의 주변을 떠나지 않는다. 그리고 흑조가 가장 크게 활동한 것도 천검가의 천검귀차를 몰살한 사건이다.

흑조의 성격이 어떻든 간에 천검가와 떼어놓을 수 없는 관계다.

천검가주에게 도광도부를 죽이겠다고 말했다.

자신의 움직임을 지켜보라는 뜻에서 한 말이다.

자신도 천검가주도 도광도부를 죽일 수 없다는 사실을 잘 안다. 그가 어디에 있는지 소재조차 파악하지 못하고 있는데 어떻게 죽이겠는가. 하지만 도광도부를 건드림으로써 '지금 당장 주시해야 할 여자'라는 인상을 심어줄 수는 있다.

그렇게 사전 공작을 한 후, 흑조를 찾는다.

흑조도 찾을 수 없다.

그녀가 동원할 수 있는 정보망은 묵비가 전부다. 하지만 묵비는 자신의 것이 아니다. 그들은 겉으로는 자신의 명을 받들지만 속으로는 천검가주의 직명(直命)을 따른다.

비주는 그녀가 내친 게 아니다. 천검가주가 내친 것이다.

가주는 교활하다. 그는 자신을 전면에 내세웠다. 자신이 마음껏 일할 수 있게 배려해 주는 척하면서 실은 자신이 하고 싶은 일을 주도했다.

그러니 가주의 눈과 귀로 어떻게 흑조를 찾겠는가.

하지만 움직이고 있는 자가 세요독부다. 적성비가의 은자 중 독자적 임무를 수행할 있는 고수다.

그가 천곡서원을 찾아간다.

목발을 짚고 이 사람 저 사람에게 천곡서원이 어디 있는지 묻는다.

그가 흑조를 찾지 말란 법이 없다.

때마침 주위의 분위기도 어수선하다. 서쪽에서는 당우가 검련과 충돌을 일으키고 있고, 남쪽에서는 축출된 류정과 천검사봉의 모습이 비쳤다고 한다.

자신이 천검가주라면 귀찮은 싹은 잘라 버린다.

세요독부……. 그는 당할 줄 알았다.

발 하나를 잃는 순간, 그는 모든 것을 잃었다. 그런 몸으로 천검가로 기어들어 온 게 수치다.

불호독수는 제 몸 하나는 간수할 수 있을 것으로 봤다.

그것도 착각이었나? 천검가주를 너무 가볍게 본 것일까? 적성비가의 비기를 한 몸에 습득했고, 천유비비검을 수련해서 검으로도 최강자 반열에 올라섰거늘 그래도 안 되는 건가?

마사는 떨리는 손으로 전서구를 잡았다.

세요독부가 죽었다. 불호독수도 죽었다.

전서는 날아왔다. 불호독수의 붓과 먹으로 깨알같이 쓴 글

씨들……. 하지만 불호독수의 필체는 아니다.

누군가 적성비가의 밀마를 알고 있다.

그들을 죽인 자가 은가라는 뜻이다.

'우리는 망했고. 풍천소옥? 치검령을 쓴 적이 있으니 풍천소옥일 수도……. 아냐. 불가능해.'

마사는 고개를 내둘렀다.

은가 중에서 두 사람을 칠 수 있는 곳으로 풍천소옥이 제일 먼저 떠오른다. 하지만 그곳에는 불호독수를 칠 만한 고수가 없다. 단언컨대 풍천소옥 가주가 나서도 불호독수를 베지 못한다.

적성비가의 모든 것을 내던지고 얻은 천유비비검이다.

그만한 가치가 있다. 사람들이 못나서 지리멸렬했기에 이리 된 것이지 무공이 좋지 않았던 건 아니다.

가주가 인정한 무공이다.

천검가를 밑거름 삼아서 도약하면 검련도 장악할 수 있다고 봤다.

그만한 무공을 꺾으려면 풍천소옥 이상이 되어야 한다.

'귀영단애!'

마사의 손이 부들부들 떨렸다.

귀영단애는 은가 중에서도 은가다. 은밀하고, 강하고, 소문을 흘리지 않는다.

그들은 분명히 은가 중에 최고의 자리를 차지하고 있건만, 사람들은 은가를 거론할 때 적성비가와 풍천소옥만 말한다.

그만큼 사람들 눈 밖에 서 있다는 뜻이다.

'귀영단애가 움직였어.'

마사는 확신했다.

귀영단애, 흑조, 도광도부, 뇌인…….

천검가주가 영향력을 행사하는 곳이 너무 많다.

천검가 깊은 곳에 누워서, 따뜻한 양광만 쬐면서 할 짓은 다 하고 있다.

'천검가주…….'

마사는 침음했다.

사박! 사박! 사박!

날이 밝지도 않은 이른 아침, 마사는 천검가주를 찾았다.

"기침하지 않으셨는데요."

시비가 허리를 조아리며 말했다.

"알고 있어. 여기서 기다릴게."

마사는 힘없이 말했다.

밤새도록 고민하고 또 고민했지만 천검가주의 의중을 풀어내는 데는 실패했다.

그는 무엇을 노리고 자신을 받아들인 것인가?

적성비가? 아니다. 목적이 적성비가였다면 은자들이 천유비비검을 가지고 도박을 할 때 말렸어야 한다. 천검십검의 탄생을 저지했어야 한다.

천검십검……. 그것도 부질없다.

천검십검이라는 자들이 당우 같이 형편없는 놈에게 당했다. 그러고도 무슨 천검십검인가.
류명이 자체적으로 만든 천검십검도 마찬가지다.
뭐? 사사검련? 지옥의 수련?
동료들의 죽음을 딛고 일어선 과정은 처절하지만 생각한 만큼 강하지 않다.
사사검련에도 방법이 있는 게다. 무작정 영약만 퍼붓고, 고절한 절기만 가르친다고 천검십검이 되는 게 아니다. 어느 정도 흉내는 낼 수 있지만 진짜는 되지 못한다.
가주는 그런 짓들을 빤히 보면서 웃고만 있었다.
이른 새벽, 가주를 찾았다.
그는 승자다. 여유로움을 한껏 누릴 수 있는 위치다. 그런 사람에게 무언가를 얻기 위해서는 치욕도 감수할 줄 알아야 한다. 하물며 몇 시진 정도 찬이슬 맞으면서 기다리는 것은 아주 조그만 성의 표시에 불과하다.
쿨룩!
방 안에서 잔기침 소리가 울렸다.
"기침하셨네요."
시비가 음용할 차를 들고 쪼르르 들어갔다.

차를 마시고, 세면을 하고, 옷을 갈아입고, 식사를 한다.
시녀 둘이 옆에 붙어서 일일이 시중을 든다.
마사는 장승처럼 서서 말 한마디 하지 않고 보기만 했다.

천검가주도 마찬가지다. 그녀가 서 있는 것을 봤으면서도 보지 않은 척한다. 말을 걸지 않을 뿐만 아니라 아예 쳐다보지도 않는다. 귀신으로 여기는 듯하다.

오랜 식사가 다 끝나고 차가 올려졌다.

후루룩!

뜨거운 차를 들이켜는 모습이 몹시 평화롭다.

"잘못했습니다."

마사는 그제야 입을 열고 사뿐히 무릎을 꿇었다. 머리도 깊게 조아렸다.

후루룩!

차 마시는 소리가 머리 위에서 울렸다.

천검가주는 꿈쩍도 하지 않는다. 마사라는 존재가 아예 없는 것처럼 행동한다.

"잘못했……."

마사는 더욱 깊이 머리를 조아렸다. 그 순간,

주루룩!

뜨거운 찻물이 그녀의 머리 위로 쏟아졌다.

'윽!'

마사는 벌레가 된 기분이었다. 노예가 된 듯하다. 목숨을 구걸하기 위해서 발버둥치는 벌레다. 그리고 천검가주는 작은 벌레가 손아귀에서 발버둥치는 모습을 즐긴다.

"오늘의 일… 잊지 마라. 결코…… 결코 잊어서는 안 될 것이야."

"다시는 이런 짓……."

"갈!"

천검가주가 노성을 쩌렁 질렀다.

수발을 들던 두 시비가 낯빛이 해쓱해져서 부들부들 떤다.

가주의 노성에는 분노가 담겨 있다. 살기가 배어 있다. 일장에 머리를 으스러뜨리고 싶다는 살인적 갈구가 담겨 나온다.

노성만 들어도 소름이 오싹 끼친다.

"오늘 일… 잊어서는 안 될 것이야."

'무슨 뜻?'

마사는 헷갈렸다.

천검가주의 말에 깊은 뜻이 포함되어 있는데 무슨 뜻인지 선뜻 짚이는 게 없다.

그녀가 혼란스러워하고 있을 때, 툭! 하는 소리와 함께 비급 한 권이 떨어졌다.

"넣어라."

"네."

거부할 수 없다. 비급에 무엇이 적혔는지, 어떤 용도인지 물을 수도 없다. 넣으라고 하니 공손하게 받아서 넣을 수밖에 없다. 다른 행동을 일절 용납하지 않는다. 그러나,

"웃!"

비급을 집은 손이 부들부들 떨렸다. 처음에는 단순한 격동이었지만 끝내는 삭풍에 흔들리는 사시나무가 되고 말았다.

바르르……!
떨리는 느낌이 전각을 가득 메운다.

천유비비검(天遊悱悱劍) 심해(心解).

천유비비검의 검보다. 그것도 천검가주가 평생을 수련하면서 깨달은 바가 적혀 있는 최고의 검보다.
"주기는 준다만 수련할 수 있을지……."
천검가주의 음성은 담담했다.
"수, 수련하겠습니다. 꼭! 수련……."
"명이는 그릇이 못 된다."
"……!"
"너도 그릇은 아냐."
마사는 얼어붙었다.
천유비비검 심해는 그들 것이 아니다. 누군가에게 전해주라는 말. 전달자 역할만 하라는 뜻이다.
부르르!
또다시 몸이 떨렸다.
이번 떨림은 갈등이다. 가주의 명대로 전해줄 것인가, 아니면 심산유곡에 은거하여 수련할까.
"명이에게도 말해놓겠다만, 오늘 안으로 떠나거라."
"네?"
마사는 고개를 빨딱 쳐들었다.

"네 잔꾀 덕분에 적성비가가 몰락했다. 되지도 않는 야망 운운하는 바람에 사형제들이 죽었다. 오늘의 치욕을 잊지 말라는 말이 무슨 말인지 아직도 모르겠느냐?"

"아, 알겠……."

"천검가는 너희 것이 아니다. 그러니 나가서 후일을 도모해라. 명이는 바람막이 역할을 해줄 것이고, 네 머리라면 몸뚱이 하나는 보존할 수 있을 터. 숨죽이고 참아라."

가주는 무엇인가 큰 말을 하고 있다. 한데 마사는 아직도 가주의 말뜻을 이해하지 못했다. 이해하지 못하겠다.

"가지고 갈 것은 다 가지고 가. 후후! 가지고 갈 게 얼마나 될지는 모르겠다만… 오늘 안으로 떠나야 할 게야."

천검가주가 단호하게 말했다.

마사는 천검가를 중심으로 벌어지는 일들을 모두 모았다.

전부 다 알고 있었다고 생각했는데, 그렇지 않다. 남쪽에서 천검사봉과 정체를 알 수 없는 미지의 인물들이 한바탕 부딪친 사건조차도 모르고 있었다.

그녀는 철저히 눈과 귀가 가려진 상태에서 지내온 것이다.

'이러니 항상 뭔가 구멍이 뚫린 듯한 느낌이 들 수밖에.'

한데 출문을 명령받은 지금은 모든 걸 다 내준다. 낱낱이 보고 살피라는 듯 중요한 부분은 갈피까지 해놨다.

마사는 자신이 보지 못하고, 듣지 못했던 부분들을 빠르게 흩어나갔다.

'패권(霸權).'

그녀는 정리된 서신들을 읽어가면서 종류를 알 수 없는 강력한 패권을 감지해 냈다.

그녀 자신이 여제(女帝)가 되고픈 열망을 안고 살아온 까닭에 같은 종류의 패권을 쉽게 파악했는지도 모른다.

아주 오래되고, 거대한 싸움이 도사리고 있다. 질기디질긴 운명이 내포되었다.

'이걸 파악하려면 천검가주의 전 생애를 뒤져 봐야 해.'

너무 방대하고 긴 작업이다.

분명한 것은 천검가가 아주 위태로운 지경에 처해 있다는 점이다.

남쪽에서 전쟁을 치른 천검사봉이 일단의 무리와 함께 북상하고 있다. 빠르면 내일, 늦어도 모레 정도면 천검가에 도착할 것으로 예상하고 있다.

당우도 서쪽에서 오고 있다.

그들 앞을 검련이 가로막을 줄 알았는데, 검련은 이번에도 예상을 깼다.

옛날 묵혈도와 산음초의가 검련 무인들을 척살했을 때, 세상은 한바탕 전쟁이라도 벌어질 줄 알았다. 한데 검련은 조용했다. 아무런 움직임도 보이지 않았다.

그와 똑같은 일이 이번에도 벌어졌다.

검광자가 죽었다. 검광자가 누구인가? 검련제일가의 사대

검자 중 한 명이지 않나. 그가 죽었는데도, 세상이 그의 죽음을 애도하는 데도 검련은 조용하다.

더욱 이상한 점은 세상이 이리 시끄러운데 검련사십가는 요지부동, 꿈쩍도 하지 않는다.

반혼귀성이 날뛴다.

천검가의 천검십검들이 죽어나간다.

그래도 검련사십가는 눈이 없어서 보지 못한다. 귀가 없어서 듣지 못한다. 입도 없는지 한 가닥 소문조차 흘러나오지 않는다.

철저한 통제가 가해졌다는 뜻이다.

그들을 누가 통제할까? 검련십가처럼 자존심이 강한 문파들이 통제한다고 들을까?

듣고 있다. 말이 안 된다고 생각되는데, 검련사십가는 물론이고 상위 십가까지도 조용히 침묵한다.

당우가 천검가로 들이닥칠 시간도 하루 정도밖에 남지 않았다.

'이래서 오늘 나가라고……'

그녀는 천검가주의 뜻을 읽었다.

늙은 효웅은 앞을 내다본다. 이제 천검가는 다시 돌아온 류정의 것이 되리라.

천검가는 류명의 것이 아니다. 대부인의 소생에게 돌아간다.

오늘의 치욕을 잊지 마라.

가주는 천검가를 넘겨주는 일을 치욕으로 생각한다. 자신의 뜻에 반하는 일이라고 여긴다.

숨죽이며 살아라. 반드시 재기하라는 뜻이다.

명이도 그릇이 아니고, 너도 그릇이 아니다. 하지만 명이라면 바람막이 역할을 해줄 것이고, 네 머리라면 일신은 보호할 게다.

류명이라는 사회적 이름이 지닌 영향력은 그에게 일정한 힘을 준다. 동네에 돌아다니는 들개 때려잡듯이 막 죽일 수는 없다. 그것이 바람막이다.

한데 당금 사태에서 살아남으려면 그 정도로는 안 된다.

머리를 현명하게 써서 빠져나가야 한다. 야망을 들먹일 때가 아니다. 지금은 생존하기에도 바쁘다.

그럼 천유비비검 심해는 누구에게 남긴 것인가?

후손……. 자신과 류명의 후손에게 남긴 걸작이다. 그리고 그때에서야 재기를 논하라는 말이다.

'그럴 수는 없어!'

이렇게 야망을 접을 수는 없다. 날개를 펴보지도 못하고, 아무것도 해보지 못하고 그냥 주저앉을 수는 없다. 하지만 할 것이 없다. 류정이 천검가를 회수한다면 그녀가 설 땅이 없다. 그나마 있던 적성비가마저 날아가고 없지 않은가.

바르르……!

굳게 움켜쥔 주먹이 바르르 떨렸다.

한 시진쯤 흘렀을까? 그녀가 여전히 서신에서 눈을 떼지 못하고 있을 때, 류명이 거친 걸음으로 들어섰다.
"늙은이 만났어?"
"만났어요."
"떠나라는 소리 들었어?"
"들었어요."
"이게 말이 돼!"
류명이 버럭 고함을 질렀다.
"말이 돼요."
마사는 서신 한 장을 그에게 내밀었다.
류정이 남쪽에서 전쟁을 치르고 북상 중이라는 서신이다.
"이런 일이!"
"묵비가 숨기고 있었던 모양이에요."
"묵비가? 이 자식들이!"
"그러지 마요. 묵비는 아버님 사람이에요. 아버님… 무서운 분이세요. 아직도 모르세요?"
"……"
"아버님은 가가 아내로 절 점찍었어요. 예전에 가가께서 적성비가로 온 게 우연인 것 같아요? 천유비비검보를 내놓은 게 가가 생각 같죠? 누가 옆에서 조언해 줬을 거예요. 그렇죠?"
류명은 미간을 좁혔다.
옛날 기억을 되살리는 모양이다.

상관없다. 그렇다고 해도 지난 일이요, 아니라고 해도 지난 과거다. 돌이킬 수 없는 과거다.

"아버님은 적성비가 움직일 줄 알았어요. 천유비비검보를 내놓으면… 바보 같은 사형들이 진기 흡취로 공력을 높일 것도 예상했고요. 적성비가의 뿌리를 캐내 버린 거예요. 절 공중에 띄워놓고 사다리를 치워 버렸어요. 아버님… 그런 분이에요."

"지금 무슨 소리를 하고 있는 거야? 마사…… 무슨 말을 하고 있는 거냐고!"

류명이 그녀의 두 팔을 아프게 움켜잡았다.

"지금은 그냥 가요. 나중에… 천천히…… 이야기할 시간은 너무 많아요."

마사가 빙긋 웃었다.

* * *

"떠나셨습니다."
"아쉬워하지는 않고?"
"많이 괴로워하셨습니다."
"그랬을 게야. 철이 없으니까. 그 아이는?"
"사태를 파악한 것 같습니다. 공자님을 설득하시더군요. 조용히 사실 것 같습니다."
"허허허! 자네가 날 놀리나?"

"그럴 리가요."

"그 아이들… 절대로 조용히 살 아이들이 아냐. 좀이 쑤셔서 그렇게 못해. 우리 핏줄이 원래 그렇거든."

"하하! 그렇습니까?"

"허허! 다 알고 있으면서 의뭉 떠는 것, 좋지 않아. 자네가 저 아이들을 잘 살펴줘야 되겠어."

"알겠습니다. 그러죠. 그런데… 안 물어보십니까?"

"……"

천검가주가 갑자기 침묵했다.

그는 잠시 눈을 감았다. 눈 주위가 꿈틀거렸다.

"후인은?"

"어해연이라고… 차분합니다."

"당우와 같이 있다는?"

"그렇습니다."

"그 사람다운 선택이군."

"천검가는 어찌하실 생각이십니까?"

"낸들 알겠나. 허허! 이건 원래 내 것이 아니었네. 옛날부터 쭉 그랬지. 허허허!"

천검가주는 손을 들어 탁자를 가리켰다.

"저걸 갖다 주게. 부랴부랴 떠나느라고 노잣돈도 챙겨가지 못했을 거야. 욕심만 부리지 않으면 평생을 호의호식할 수 있을 텐데……. 허허! 너무 기가 센 아이를 붙여줬나?"

사내, 마수신장은 탁자 위에 수북이 쌓인 종이를 챙겼다.

전표(錢票)들이다.

"마지막 욕심이시니까요. 어떻게든 못하신 바를 이뤄줬으면 하시잖습니까."

"그런가?"

"인사 받으십시오."

마수신장이 포권지례를 취했다.

천검가주는 어서 가라는 듯 손을 휘휘 저었다.

第八十九章
괴수(魁首)

1

치검령과 추포조두는 아무런 제지도 받지 않고 임강부로 들어섰다.

"뭐하자는 건지. 무슨 수작인지 알겠어?"

치검령이 물었다.

"낸들……. 기분이 썩 좋지 않은 건 사실이야."

추포조두도 적당한 대답을 내놓지 못했다.

검련의 반응은 너무 이상하다.

상식 밖이라는 말들을 많이 하지만 검련의 반응에 비하면 그런 말은 오히려 부족한 감이 든다.

몸서리 쳐지는 혈전을 예상했다. 솔직히 천검가가 자리 잡은 임강부에 발을 내딛지 못할 줄 알았다. 그런데 검련 무인은 물론이고 무인 비슷한 사람조차도 나서지 않는다.
"여기서 기다리지."
치검령이 널찍한 바위에 털썩 앉았다.
"그런데 천검가는 마사가 주도권을 쥐었다던데. 마사라는 여자, 어떤 여자야?"
추포조두가 고개를 저었다.
"길을 달리하는 사람은 말하는 게 아냐."
"그런가. 그럼 적성비가는 어때? 적성비가는 펑! 공중에서 분해되고 말았는데, 아무 감정도 없나?"
"분해되지 않았다."
"뭐? 아! 너희가 있다 이거군."
"우린 비가에서 축출된 자들이다. 비가 은자라고 할 수 없어."
"……."
"비가에 드러나지 않은 사람이 있다. 딱 한 명. 하지만 그라면 비가를 다시 일으키고도 남는다. 두고 봐. 앞으로 넉넉잡아 이십 년만 지나면 적성비가 이름이 다시 들먹일걸?"
"누군지 대단한 자군."
"대단하지. 후후!"
추포조두는 농자를 생각하면서 웃었다.
적성비가의 모든 사람이 거론되었다. 죽은 사람, 산 사람……. 그중에 농자는 거론되지 않았다. 가주가 죽기 직전에 세상에서 증발해 버렸다.

농자는 능력이 있다.

다른 사람은 몰라도 추포조두는 그를 알아본다.

은자로서의 능력은 부족할지 모르지만 일가를 일으키고, 운용하는 데는 탁월하다.

적성비가는 다시 일어선다. 반드시!

하지만 두 사람의 한가로운 여담은 순식간에 끝나 버렸다.

차앙! 창!

두 사람은 누가 먼저라고 할 것도 없이 거의 동시에 검을 뽑았다.

저벅! 저벅!

숲을 뚫고 들어선 자가 그들을 향해 곧바로 다가왔다.

"제길! 하필이면!"

"운이 좋은 건가 나쁜 건가."

"상대할 수 있으면 좋고, 그렇지 않으면 나쁜 거지. 우린 거지 된 거야."

치검령의 눈에서 불길이 쏟아져 나왔다.

검도자가 걸어온다.

한 걸음, 또 한 걸음······. 완벽하게 무방비 상태, 아니, 너무 완벽해서 공격할 틈이 없는 최고의 임전(臨戰) 태세를 갖추고 여유있게 걸어온다.

검광자에게 어화영과 비주가 죽었다.

순수한 무공으로 놓고 봤을 때, 자신들의 무공은 그들 두 사람보다 훨씬 못하다.

검도자를 이길 공산은 전혀 없다.
"검을 넣지."
검도자가 차분하게 말했다.
"싸우지 않을 생각이오?"
불감청(不敢請)이언정 고소원(固所願)이다.
검도자와 싸우고 싶은 생각은 추호도 없다.
두 사람은 검을 거뒀다.
검도자는 언제나 그렇듯 그들에게서 십여 장 떨어진 곳까지 다가와 주저앉았다.
정말 싸울 생각이 없다. 그리고 그들을 지켜볼 때처럼 멀찍이 떨어져서 감시한다.
당우는 검도자를 만나고 싶어 했는데······.
"잘됐군."
"그래, 잘됐어."
두 사람은 당우가 한시라도 빨리 도착하기를 고대했다.

당우는 두 시진 차이를 두고 도착했다.
일행 모두 한 사람 빠짐없이 숲으로 들어와 자리를 잡았다.
그들은 검도자를 봤다. 숲으로 들어서자마자 이방인이 있는 것을 봤고, 그가 검도자라는 사실도 눈치챘다.
그래도 모른 척했다.
전에는 늘 그랬다. 검도자는 드러내 놓고 감시를 했다. 거리를 두고 상관하지 않을 뿐 늘 지켜봤다. 반혼귀성은 그런 점을 암묵적으로 용인했다.

용인? 그 말은 틀리다. 용인이란 거절해도 좋을 사안을 허락한 것인데 반혼귀성은 그런 힘이 없다. 그러니 강제로 감시당했다는 편이 맞다.

지금도 그때처럼 모른 척했다.

"식사합시다."

"안 가봐?"

"밥부터 먹어야죠. 배가 고프면 아무 생각이 안 나요."

당우는 서둘지 않았다.

"생각난 게 있어요?"

산음초의에게 한 말이다.

산음초의가 겸연쩍은 표정을 지으며 고개를 가로저었다.

"범위가 너무 광범위해서……."

그게 아니다. 산음초의의 머릿속에는 벌써 몇 가지 약초가 정리되어 있을 것이다. 다만 그것들이 확실한지 확신할 수 없기 때문에 발설하지 못하는 것이다.

그는 너무 무공을 모른다.

독술은 펼칠 수 있지만 실전 무공이 너무 약하다. 그렇기 때문에 약초에 대한 지식이 해박하면서도 무공과의 조합을 찾아내지 못하는 것이다.

불행인지 다행인지 반혼귀성 중에는 인육을 먹은 사람이 없다. 그렇기 때문에 몸에 어떤 이상이 생겼는지 살펴볼 수도 없다. 한 사람이라도 그런 사람이 있다면 살펴볼 수 있으련만 검광자의 의도를 찾아낼 수 있으련만.

그중에 가장 가까운 사람이 당우 자신이다.

그래서 길을 오는 내내 몸 구석구석을 살폈다. 진기로 전신 경맥을 타통시켜 보기도 하고, 냇가에서 벌거벗은 채 온몸을 샅샅이 살펴보기도 했다.

이상한 구석이 전혀 없다.

"미안하이."

산음초의가 낯을 붉혔다.

"괜찮습니다. 식인을 한 사람이 없으니 찾아낼 수 없는 게 당연하죠. 마음 편히 가지세요."

그러나 당우의 얼굴은 어두웠다.

'압박할 패가 없어.'

식사를 하고, 차까지 마시고 그러고도 반 시진쯤 쉬었다가 몸을 일으켰다.

저벅! 저벅!

당우가 걸어갈 때마다 긴장된 눈들이 뒤를 쫓는다.

자칫하면 검광자 때처럼 싸운다. 싸우게 되면 그때처럼 은자들 중에서 두세 명은 목숨을 잃을 게다.

묵혈도가 당우의 뒤를 바싹 쫓았다.

당우가 걸어가다 말고 뒤돌아서서 손을 들어 제지했다.

"그래도……."

"됐어요. 가만히 계세요."

묵혈도는 어쩔 수 없이 남았다. 생각 같아서는 검도자의 검을 육신으로라도 막아내고 싶은데, 오지 말라니 어쩔 수 없다.

모두들 같은 심정이다.

바싹 긴장된 눈으로 당우와 검도자를 지켜본다.

당우는 검도자 옆까지 다가가서 털썩 앉았다.

"공격을 안 하다니, 희한하군."

"서두는 빼죠. 서로 편한 사이도 아닌데. 이것저것 간을 떠보는 것도 성격에 맞지 않고……. 서로 다 알고 있는 거니, 만정 이야기부터 하죠."

"……."

검도자가 침묵했다.

최소한 부인은 하지 않는다. 만정을 모른다고 딱 잡아떼도 그만인데, 그러지 않았다.

"우선… 만정에서 있었던 일, 사죄한다는 가주님의 전갈이다."

일순, 모두들 숨이 턱 막혔다.

뭐라고? 지금 뭐라고?

그들은 혹시 잘못 듣지 않았나 싶어서 서로를 쳐다봤다.

"사죄한다고."

작은 소리로 속삭였다.

"분명히 사죄라고 했지?"

"그렇게 들었어."

소곤대는 음성이 개미소리만 하게 울렸다.
"사죄라고 했습니까?"
당우가 되물었다.
"사죄한다. 더불어서 만정에서 고역을 치른 대가도 지불할 생각이다. 검련에 투신한다면 합당한 지위를 줄 것이고, 재화(財貨)를 원하면 전표로 지불하겠다."
검도자의 말은 전혀 뜻밖이었다.
검도자가 말을 이었다.
"현재 반혼귀성을 구성하고 있는 사람들… 면면을 살폈다. 살피지 않을 수 없었으니까 이해하도록. 살펴본 결과, 만정을 급습한 신산조랑은 갚힐 만한 명분이 형성되지만 다른 자들은 명분이 없다고 판단했다."
"우리 모두를 조사했단 말입니까?"
검도자가 고개를 끄덕였다.
"사실 그건 조사도 아니지. 몇 사람에게 물어보기만 하면 되는 정도니까."
검도자가 당우를 쳐다봤다.
"한동안 내가 뒤를 쫓았는데, 왜 쫓았는지 짐작 가는 바가 없나?"
"없습니다."
당우는 말이 떨어지기 무섭게 대답했다.
"만정에서 식인을 한 자는… 식인 습관을 떨치지 못하네. 한 가지 약초 때문이지. 그냥 식인만 했어도 그렇게까지는 되지 않으련만 만정의 식인은……."

검도자가 잠시 말을 멈췄다.

'후우! 후우!'

격동을 가라앉히는 모습이 역력하다. 그리고 곧 말을 이어갔다.

"만정에서 식인을 한 자는 세상에 나와서도 반드시 식인을 하게 되어 있네. 그래서 지켜본 것이지. 식인을 하나, 안 하나. 안 하면 문제없지만, 한다면… 모두 죽일 생각이었네. 그게 설혹 자네들 잘못이 아닐지라도."

당우가 물었다.

"만정에서 무슨 일이 있었던 겁니까?"

"만정이 붕괴되어서 현장을 조사할 수 없었네. 그래서 애를 많이 먹었는데… 먹이로 던져 준 사람들에게 마성초(魔煋草)를 복용시킨 것 같네."

"잠깐요."

당우는 검도자의 말을 잠시 중단시키고 산음초의에게 오라는 손짓을 했다.

산음초의가 한달음에 달려왔다.

"마성초가 뭡니까?"

"마, 마성초!"

산음초의는 놀라기부터 했다.

"식인한 사람들이 마성초를 복용한 것 같다더군요."

그런데 산음초의가 뜻밖의 말을 했다.

"마성초가… 실재하나?"

"……?"

"마성초는 경근속생술(經筋速生術)과 같은 역할을 하네. 풀잎에 불과한데, 복용하면 근골을 강철처럼 단단하게 엮어주지. 의원이 필요없는 경근속생술이라고나 할까? 그 외에 다른 것은 알려진 게 없네. 워낙 전설 같은 풀이라서."

검도자가 산음초의의 말을 받았다.

"그 외에 진기의 전달을 빠르게 해준다는 특성이 있지. 일 갑자의 내공을 휘돌릴 경우 이 갑자의 효능을 볼 수 있네. 부작용 같은 건 전혀 없이."

"그, 그런 터무니없는!"

산음초의가 되레 놀랐다.

약초에 관해서라면 무불통지(無不通知)인 그가 무인의 약초 지식에 놀랐다.

이런 경우는 딱 하나뿐이다.

검련은 마성초에 대해서 상당히 깊이 연구했다.

"그런 걸 왜 마인들에게?"

"실험을 당한 쪽은 마인이 아니라 잡혀 먹힌 쪽이지. 금강불괴(金剛不壞). 무공을 모르는 범인(凡人)이 마성초만 복용했는데도 금강불괴가 되었다. 마인들의 공격을 받아냈을 뿐만 아니라 오히려 그들을 제압했다. 후후후!"

당우는 마치 옛날이야기를 듣는 것 같아서 말이 나오지 않았다.

그런 일이 있었나? 삼 년이나 잡아먹히는 사람을 보면서도 이런 쪽으로는 전혀 생각하지 못했다. 그저 이놈들이 왜 식량 대신에 사람을 들여보내는 것일까 하는 생각만 했다.

검도자 말대로 금강불괴가 탄생했다면 만정 마인들은 한순간에 떼죽음을 당할 수도 있었다.

"……."

정적이 흘렀다.

무슨 말인가를 해야 하는데 말이 나오지 않는다.

"문제는 마성초의 배합인데… 이것만은 아무리 해도 안 되더군. 근골을 강하게 하고, 진기를 빨리 순환시키고……. 여기까지는 무난하게 해냈는데, 무리상으로는 가능한 금강불괴가 실제로는 이뤄지지 않는 거야. 그래서 검련은 마성초를 폐기했네."

검도자는 폐기라는 말을 강조해서 말했다.

"마성초를 이용하면 약간의 도움은 받을 수 있지만 약초에 대한 의존도를 심화시키는 결과도 일으킨다고 생각한 것이네. 단번에 절정에 이를 수 있으면 모를까 그렇지 않으면 폐기하는 게 낫다. 이것이 검련제일가의 결론이었네."

나머지 말은 들을 필요가 없다.

검광자가 포기하지 않은 것이다. 그가 만정 마인들을 이용해서 계속 연구한 것이다.

그것뿐이다.

단지 그것 때문에 백여 명이나 되는 마인들이 사람을 뜯어

먹으면서 살았다.
 이건 도대체가 말이 안 된다.
 "검련은… 정말 몰랐습니까? 검광자가 하는 일을? 아니면 검광자가 죽었으니 모든 죄를 그에게 덮어씌우는 겁니까. 진실로, 진실로 말해주십시오."
 "눈치는 채고 있었지. 하지만 이미 일은 시작된 후였고… 여기에는 복잡하게 얽힌 문제가 있네. 검련, 검련십가, 검련사십가. 잘못 박힌 못 같으면 뽑아내면 그만이지만 검자가 잘못한 일은 쉽게 처리할 수 없는 거라네."
 검도자가 몸을 일으켰다.
 "이리저리 실타래처럼 엉킨 이야기는 대부인께서 해주실 걸세."
 '대부인?'
 모두들 고개를 갸웃거렸다.
 그들이 아는 바로 대부인 같은 사람은 없다. 단지 한 사람, 천검가에서 일한 적이 있는 치검령만이 눈을 부릅뜨며 말했다.
 "대부인께서 여길 왔단 말입니까!"

 약간 뚱뚱한, 얼굴은 무척 자애스러운, 싸움 같은 말과는 거리가 무척 멀어 보이는 노부인이 기품있게 걸어왔다.
 그녀는 혼자 오지 않았다. 그녀를 호위하듯이 네 명의 절정검수가 뒤따랐다.

"천검사봉!"

역시 치검령만이 그들을 알아보고 떨리는 음성으로 말했다.

천검사봉 중 넓적한 얼굴에 호남형의 얼굴을 지닌 사내가 치검령에게 걸어갔다.

"천검가에서 맡긴 일은 종료되었소."

"알고 있소."

"천검가와 셈할 게 남아 있소?"

"없소."

"좋소이다. 그럼 우리 사이의 은원은 없는 것으로 하겠소. 형장이 괜찮다면."

치검령이 괜찮다는 표시로 고개를 끄덕였다.

사내는 치검령을 지나쳐서 추포조두에게 갔다.

"검련제일가에서 맡긴 일… 이행할 생각이오?"

"누굽니까, 당신은?"

"류정. 천검가의 대공자."

옆에 있던 치검령이 대신 말해줬다.

류정은 대답을 기다렸다. 그가 원하는 대답은 너무도 빤히 보였다. 하지만 그렇게 말할 수 없다.

치검령은 당우를 숨길 만큼 숨겼다.

그의 임무는 실질적으로 끝났다. 당우가 쉽게 건드릴 수 없는 무인이 된 이상 그가 할 일은 없다.

하나 자신은 다르다. 아직 할 일이 남아 있다. 그리고 그 일은 기필코 해내야 한다. 자존심 때문에라도.

추포조두는 고개를 끄덕이면서 말했다.

"적성비가가 비록 흔적도 없이 사라졌지만… 이건 내 자존심. 백석산의 진실은 반드시 밝혀내야겠지요. 내 손으로 직접 전서를 써서 검련제일가로 보내지 않는 한, 끝낼 수 없소이다."

류정이 원하는 대답이 아니다. 그는 이 자리에서 모든 걸 끝내길 바란다. 그런 뜻을 강요하고 있다. 만약 그의 뜻에 거슬리는 자, 손속을 부딪쳐야 할지도 모른다.

추포조두는 그런 점까지 염두에 두고 말했다.

한데 류정의 말이 뜻밖이다.

"좋군."

류정은 품에서 작은 책자를 꺼내 추포조두에게 건네주었다.

"이게 뭐요?"

"한 치의 거짓도 없는 진실. 아! 이건 어 선배도 같이 보셔야 할 겁니다. 귀영단애도 깊이 관련되어 있으니까."

그가 어해연을 쳐다보며 말했다.

당우는 대부인과 독대했다.

단둘이, 아무도 간섭하지 않는 곳에서 마주 앉았다.

"고생이 많았겠구나."

대부인이 손을 들어 당우의 얼굴을 쓰다듬었다.

당우는 묵묵히 손길을 받아들였다.

도미나찰. 대부인의 호흡이 가슴에 와 닿는다. 자애가, 사랑이 아팠던 상처를 휘감는다.

당우는 대부인처럼 곁에 앉아 있기만 해도 마음이 편해지는 사람을 본 기억이 없다.

대부인은 인자함의 표본이다.

"내가 전부 말해주마, 전부. 이제야 말해주는 걸 용서하거라. 한 남자의 아내로서, 한 집안의 안주인으로서 그럴 수밖에 없었다는 점……. 많은 사람이 희생되고 고통스러워해도 눈감을 수밖에 없었다는 점……. 이해하거라."

"……."

당우는 입을 열지 못했다.

대부인 앞에서는 어떠한 말도 할 수 없었다. 어찌 된 영문인지 악몽 같은 지난날이 하나도 생각나지 않았다.

"백석산 동남동녀는 귀영단애가 한 짓이다."

"그 말씀이……."

당우는 정녕 믿지 못할 말이라서 되물었지만, 되묻는 자체도 죄스러웠다.

대부인은 진심을 다해서 말하고 있다. 하찮은 자신에게 열과 성을 다해서 말한다. 한 점의 거짓도 없이, 한 점의 미혹까지도 모두 씻어주고자 한다.

대부인이 옅은 웃음을 흘리면서 말했다.

"내일이면 모든 게 밝혀질 터. 거짓말을 할 이유가 없단다. 귀영단애가 왜 그런 짓을 했느냐 하면……."

대부인은 귀영단애와 천검가주의 애정사를 이야기했다.

평생 동안 검련제일가를 무너뜨리기 위해 온갖 수단을 강구해 온 지난날도 말해주었다.
천검가주는 검련제일가와 우위를 다퉈왔다. 그러나 한 번도 앞서 나가지 못하고 언제나 뒤만 쫓는 삶이었다.
이제 천수를 다할 나이가 되었다.
패권을 이루기에는 너무 늦어버렸다. 마음은 청년 시절이나 다를 바 없지만 세월이 기다려 주지 않는다.
그럴 바에는 모두 부숴 버린다.
제일 먼저 부술 곳은 역시 검련제일가다. 다른 곳은 몰라도 그곳만은 망가뜨려야 한다.
오래전부터 생각해 둔 것도 있다.
만정! 만정에서 벌어지고 있는 악마적인 삶!
그는 백석산에 함정을 만들었다. 검련의 이목을 확실히 잡아끌기 위해서 자신의 자식인 류명에게 투골조를 전수시켰다. 마공을, 칠마의 무공을 가르쳤다.
물론 모든 작업은 귀영단애가 했다.
그 후로는 일사천리다.
검련은 추포조두를 파견했고, 그는 치검령을 통해서 류명을 피신시켰다. 그 과정에서 당우라는 아이에게 진기를 전이시켜 주객을 바꿔놨다.
천검가주라면 당연히 했을 일이다.
천검가주가 자식을 위해서 그 정도는 해줄 수 있지 않겠나. 자식이 투골조를 수련했다고 해서 순순히 내줄 리는 없지 않겠나. 그랬다면 그것이 오히려 비정상으로 비쳐졌을 게다.

여기까지는 검련제일가도 용인하는 바다.

천검가주는 당우를 만정으로 보냈다. 사전에 검광자에게 약간의 부탁도 해놨다.

어떤 놈이 류명에게 투골조를 전수했는데, 그 증거가 당우에게 있다. 그러니 당우란 놈을 잠시만 살려놔라. 어떤 놈인지 찾아내야 하지 않겠나.

당연히 들어줄 수 있는 부탁이다.

하나 여기에 함정이 있다. 천검가주는 당우를 이용해서 만정을 세상에 드러내려고 했다. 만정에서 벌어지는 일들을 낱낱이 소개하려고 했다. 그러면 천하의 검련제일가라도 버티지 못할 것이다. 검련제일가는 봉문의 길로 들어서야 할 게다.

당우가 그런 일을 어떻게 하냐고?

투골조의 제일식은 단전의 진기를 단단한 껍질로 감싸는 포태(胞胎)로 끝난다. 무기지신이 되는 것이다. 어둠 속에서는 제왕이나 다름없이 활동할 수 있다.

천검가주는 적당한 시기에 만정의 활로만 열어주면 되는 거였다.

그런데 류명이 쓸데없이 화약을 터뜨렸다. 마사를 만나서 곧바로 천검가로 돌아왔으면 그만인데, 엉뚱한 짓을 저질렀다.

진인사대천명(盡人事待天命).

일은 사람이 벌이되 성패는 하늘이 정해준다더니 하늘은 끝까지 검련제일가 편이다.
 대부인은 오랜 시간에 걸쳐서 천천히 설명했다.

2

 천검가는 유령이 사는 집처럼 텅 비었다.
 그 많던 사람들이 하루 만에 다 빠져나가고 쓸쓸한 바람만 휩쓸고 지나간다.
 저벅저벅! 저벅저벅!
 많은 사람들이 천검가를 들어섰다.
 그들은 다른 곳은 눈길도 주지 않고, 후원 가장 깊숙한 곳에 자리한 전각으로 향했다.
 입을 여는 사람은 없었다.
 기다리고 있는 사람이 누구인지 안다. 결말이 어떻게 될지도 안다.
 한 시대의 거목을 쓰러뜨리는 일이다.
 그 일은 굉장히 힘들 것이다.
 천검사봉은 가주에게 검을 들이댈 수 없다. 어떻게 자식과 제자가 검을 들 수 있단 말인가.
 반혼귀성은 상대가 안 된다.
 그에게 검을 들 사람은 검도자밖에 없다. 하나 쉽지는 않을 것이다.
 천검가주는 시대가 만들어낸 진정한 검호다. 세상이 다 인정하는 최극강의 고수다.

만약 검도자가 패한다면 누가 그를 상대할 수 있을까.

없다. 아무도 없다.

더욱이 천검가주에게는 뇌인이 있다.

묵혈도가 단단히 벼르고 있지만, 가주를 만나는 순간 화액을 건네줄 공산이 매우 높다.

화액은 만정을 폭파시키기 위해서 준비되었다.

류명이 터뜨린 것처럼 만정을 폭삭 무너뜨리는 것이 아니라 길을 뚫어주기 위한 도구였다.

뇌인은 화액을 안정화시키는 데 실패했다.

도광도부는 천검가주의 명, 혹은 부탁을 수행하지 못했다.

모두들 최선을 다했지만, 그전에 완성시켰어야 한다. 천검가주의 손에 의해서 만정이 계획적으로 폭파되었다면 지금쯤 무림은 만정 마인들로 쑥대밭이 되었을 터이다.

이제 화액은 살상의 도구로 변한다.

자식이, 제자가, 상대도 안 되던 버러지들이 그에게 검을 든다.

그는 세상을 모두 지워 버리고 싶지 않을까? 그냥 모두 함께 죽고자 하는 마음이 있지는 않을까?

그럴 경우, 시행은 눈짓만으로도 할 수 있다. 뇌인에게 눈짓만 보내면 화액은 폭발한다.

그전에 뇌인의 목을 쳐내는 것이 묵혈도가 할 일이다.

안타깝지만 그 순간이 오면 아버지도 죽는다. 뇌인이 화액을 아버지에게 건네주었을지도 모르기 때문에 같이 즉참한다. 그 일은 명령했던 대로 벽사혈이 맡는다.

그들이 임무를 제때 해내면 폭발은 일어나지 않는다. 하지만 한순간이라도 늦으면 모두가 몰살한다.

화액을 빼앗아놓으면 좋은데…….

화액은 안정화되지 않았다. 뇌인이 아니면 건드리지 못한다. 다른 사람이 만졌다가는 본의 아니게 폭발하는 경우가 생긴다. 그렇기 때문에 뇌인은 마음 놓고 행동한다. 잠자고 싶을 때 잠자고, 눕고 싶을 때 눕는다. 마음대로 해보라는 듯이.

그들을 떼어놓고 가는 방법도 있다.

화액의 용도를 알고 난 이상 도광도부와 뇌인은 쓸데없는 짐만 된다.

그래도 같이 간다.

그들은 천검가주에게 마지막 수단이듯이, 자신들에게도 마지막 수단이다.

검도자가 패했을 때, 모두들 패했을 때 그때 뇌인을 죽인다. 뇌인의 품에서 화액을 꺼내 터뜨린다.

마지막 수단, 동귀어진이다.

"난 여기서 기다리마."

후원 입구에서 대부인이 멈춰 섰다.

"어머님!"

"괜찮다. 고이… 모셔 드리거라."

대부인이 류정에게 들어가 보라고 손짓했다.

천검가주는 밖에 나와 있었다.

정원 한가운데, 흔들의자에 앉아서 즐기기에는 너무 뜨거운 양광을 쬐고 있었다.

저벅! 저벅!

묵직한 발걸음 소리가 신경 쓰였음인가. 가주가 고개를 내저으며 말했다.

"조용히들 걸어."

"아버님."

류정이 천검가주를 불렀지만, 가주는 돌아보지 않았다.

"아버님!"

류정이 다시 불렀다.

"아비, 안 죽었어!"

천검가주가 쩌렁쩌렁 울리는 음성으로 말했다.

"죄송합니다."

"죄송할 짓을 왜 해!"

"아버님이… 눈 감으시면 팔을 자르겠습니다."

"뭘 잘라? 너 세요독부인가 뭔가 하는 놈 닮았어! 그놈이 툭 하면 팔 한 짝 내놔, 팔 한 짝 내놔 하더니만 결국 제 발목만 날아가더만. 그놈 닮은 거야!"

"아버님!"

"검수가 제 몸뚱이를 천금같이 아껴야지! 쯧! 저런 놈이 검호라고 검을 차고 다니니."

그때, 검도자가 류정의 어깨를 짚으며 앞으로 나섰다.
"오랜만에 뵙겠습니다."
검도자가 포권지례를 취했다.
"결국… 자네군. 허허허! 난 검광자가 내 목숨을 취하러 올 줄 알았지 뭔가. 한데 그 친구가 먼저 갔더군."
"그렇게 됐습니다."
"망검(亡劍), 그놈… 참 독한 놈이야. 그 긴 세월 동안 참고 참았어. 결국 시간이 말해주는군. 시간이 모든 걸 해결해 줘. 골치 아팠던 검광자 문제도 해결됐고, 눈엣가시 같았던 나도 이렇게 해결되고……. 제 놈은 꼼짝도 안 하고, 모든 걸 시간에 맡기더니…… 허허허! 망검이 나보다 고수지?"
천검가주는 검련제일가주를 망검이라고 불렀다. 좋은 뜻은 아니고, 망할 놈의 검이라는 뜻이다.
"제가 감히 모실 수 있을지 모르지만……."
스릉!
검도자가 검을 뽑았다.
그때, 천검가주가 고개를 돌려 뒤를 쳐다봤다.
수많은 사람들……. 아는 사람도 있고, 모르는 사람도 있다.
그는 그중에서 누군가를 찾았다.
그 순간, 묵혈도와 벽사혈은 바짝 긴장했다. 눈짓 한 번만 잘못해도 검이 뽑힐 판이다.
가주는 누구를 찾는가. 뇌인인가? 아무리 뇌인을 쳐다봐도 대답을 들을 수 없을 게다.

가주는 사람들의 면면을 쓸어보더니 뜻밖에도 당우에게서 멈췄다. 그리고 가까이 오라고 손짓을 했다.

"네가 당우지? 이리 와봐. 할 말이 있어."

당우는 앞으로 걸어나갔다.

천검가주가 손을 쓰면 크게 낭패당할 것이다. 천검가에 한 짓도 있고 하니 안심할 수 없다. 그러나 나가고 싶었다. 그가 부르지 않아도 한마디쯤은 하고 싶었다. 아무것도 모르던 어린놈에게 그런 짓을 하고 싶었냐고 묻고 싶었다.

"많이 컸구나."

"그렇습니까? 처음 뵙습니다."

"여기 왔을 때, 언뜻 본 기억이 있다."

"영광이라고 말해야 합니까?"

"원망이 많을 것으로 생각한다만… 한 가지만 귀띔해 주마. 연공 과정이 지독해서 탈인데, 투골조… 진정한 공부다. 사람이 죽는 것만 감수한다면 한 번쯤 수련해 보고 싶은 공부야. 언젠가는 내게 감사할 날이 올 게다."

"그렇게 좋은 거라면 직접 수련하시지 그랬습니까."

"허허허! 조금만 젊었다면 그랬을지도."

천검가주의 눈에 붉은 빛이 어렸다.

욕망이다. 탐욕이다. 무공에 대한 집착이다.

그는 투골조를 욕심내고 있다. 최소한 그가 일궈놓은 천유비비검과 견줄 수 있는 무공으로 인정한 것이나 다름없다. 한낱 마공, 공력을 일성 올릴 때마다 백 명의 동남동녀를 필요로

하는 저주의 마공을 탐내고 있다.
 젊었다면 정말 수련했을지도 모른다.
 당우는 갑자기 할 말이 없어졌다.
 이런 사람에게 무엇을 말하랴. 아무것도…… 아무것도 말할 게 없다.
 천검가주가 말했다.
 "지난날의 원한도 있을 테고… 일검을 허락하마. 반격하지 않고 방어만 할 테니, 최선을 다해서 일검을 전개해 보거라. 네가 알고 있는 공부 중에서 최상의 것을 써야 할 게야."
 천검가주는 흔들의자에서 일어나지도 않았다. 그러나 두 눈에 어린 안광은 형형하게 빛난다.
 스릉!
 당우는 망설이지 않고 검을 뽑았다.
 한 손에는 편마가 남긴 헝겊 채찍도 들었다.
 "네 장점은 무기지신에 있는데, 그걸 쓰지 못하니 어쩌누?"
 "괜찮습니다."
 당우는 긴장했지만 주눅이 들지는 않았다.
 그는 검해자를 상대하지 못한다. 검광자도 마찬가지다. 그를 죽인 것은 두 사람의 희생이 밑받침되었기 때문이다. 그래서 그들과 싸울 때를 대비해서 무공을 재점검했다.
 구령마혼을 머리가 터질 때까지 운용했다.
 신산조랑이 알려준 백마비전은 물론이고 한 번이라도 보고 들은 무공은 모두 떠올렸다.

어떻게 하면 검련 검자들과 겨룰 수 있나.

틈이 날 때마다 생각을 거듭했다. 퍼뜩 떠오르는 생각이 있으면 지체없이 시전해 보았다.

그 결과, 한 가지 검법이 탄생했다.

녹엽만주를 검에 녹인다.

유가(瑜伽)를 어린아이로 만드는 부드러움이 검에 녹아든다.

녹엽만주는 지겨울 만큼 수련했다. 그것을 검에 녹여 넣는 것은 짧은 순간으로도 가능했다.

그런 검법으로 검련 검자를 상대할 수 있을지는 미지수다. 그런데 검자도 뛰어넘어서 천검가주에게 직접 시연한다.

"시작해도 됩니까?"

당우는 검을 축 늘어뜨렸다.

"언제든지 하거라."

"그럼!"

쉑!

당우는 움직이지 않았다. 한데 팔꿈치가 뚝 부러지더니 검이 솟구쳐 올랐다.

스륵!

천검가주는 흔들의자를 뒤로 밀어 피했다.

당우의 검이 최대로 뻗어올 거리를 정확히 계산해 냈고, 딱 그만큼 물러섰다.

탁! 쒜엑!

당우는 가랑이를 쫙 벌리며 주저앉았다. 그리고 그 순간 팔꿈치가 빙글 꺾이면서 검이 사선으로 뻗쳐 나갔다.
노리는 곳은 가주의 복부다.
"허허!"
가주는 웃었다.
당우의 쫙 벌린 가랑이가 지렁이 기어가듯이 꿈틀거렸다.
수우웃!
당우는 그 한 번의 꿈틀거림으로 일 장이라는 거리를 단번에 좁혔다. 지금까지 팔의 변화로만 공격했다면 이번에는 신법을 전개해서 공격했다.
"허허! 일초만 허용한다 했거늘."
쒜엑!
급변한 검이 가주의 옆구리를 스치며 지나갔다.
예상외의 전개였고, 빠름이었지만 가주보다는 한 수 느렸다.
탁!
이번에는 앞으로 뻗어놓은 다리가 꺾였다. 무릎 부근에서 똑각 부러지듯이 딱 접혀 버렸다.
당우의 몸이 접힌 종이처럼 벌떡 일어섰다. 손에 들린 검도 가주의 머리를 노리며 쏘아져 갔다.
이번 공격은 누구도 예상하지 못했다.
사람의 무릎이 굽혀지는 게 아니라 반대 방향으로 뚝 꺾일 것이라고 누가 생각했겠는가.
천검가주는 흔들의자를 움직이지 못했다. 급히 고개를 옆으

로 젖혀서 장검을 피해냈다. 그때,

"스읏!"

은밀히 쏘아진 헝겊 채찍이 흔들의자를 휘감았다.

"허허허!"

의자를 움직일 수 없게 된 가주는 두 발로 땅을 박차고 솟구쳤다. 차앙! 하는 맑은 검음과 함께 푸른빛이 영롱한 장검도 뽑혔다.

'그럴 줄 알았어!'

구령마혼이 천검가주의 행동을 예상해 냈다. 지금과 똑같이 허공으로 솟구치는 그림을 그려놨다. 그럴 때 어떻게 한다?

"쒝엑!"

마공, 뇌전십보가 벼락처럼 펼쳐졌다.

그리고 아무도 예상하지 못했던 일, 정녕 그 누구도 예상하지 못한 일이 벌어졌다.

"푸욱!"

파육음이 울렸다. 붉은 피가 허공 가득히 뿌려졌다.

당우의 장검이 가주의 복부를 관통했다.

관통했다 싶은 순간에 손목이 정반대 쪽으로 비틀리면서 오장육부를 훑었다.

"크윽!"

천검가주가 신음을 토해냈다.

"왜?"

당우는 재빨리 가주를 부축했다.

그의 검은 가주를 칠 수 없었다. 가주는 분명히 검권 밖으로 물러났다. 그러다가 다시 다가왔다. 유령처럼 스르륵 가주 자신이 스스로 검을 맞이했다.

다른 사람은 모른다. 너무 순간적으로 일어난 일이라서 당우가 찌른 것밖에 보지 못했다.

"검법이 특이하구나. 편마의 녹엽만주?"

"그렇습니다."

"할 수 있으면… 할 마음이 생기거든 투골조를 수련해라. 투골조는 진정한 무공……."

천검가주가 고개를 떨어뜨렸다.

그는 마지막 순간에도 아들을 쳐다보지 않았다. 아들에게 한마디도 남기지 않았다. 제자들에게도, 검도자에게도. 오직 당우에게 마공인 투골조를 수련하라는 망언(妄言)만 남겼다.

'왜?'

당우는 천검가주를 부둥켜안은 채 멍하니 하늘만 쳐다봤다.

가주는 죽을 이유가 없었다. 이 자리에 있는 사람들 중 그 누구도 가주를 따르지 못한다. 자신이 물러서면 검도자가 검을 들 터이지만, 그도 가주보다는 한 수 아래다.

자신은 검도자와 싸워봤다. 그리고 천검가주와도 검을 맞댔다. 두 번의 경험을 바탕으로 비교 분석해 봤을 때, 자신의 판단이 맞을 것이다.

이 자리에 있는 사람들 중 그 누구도 가주를 칠 수 없다.

그런데 왜 자진을 택했을까? 이제 그만 편히 쉬고 싶었던 것일까? 그렇게나 욕심이 많던 사람이.
 "아버님!"
 류정이 달려나와 천검가주의 시신을 부둥켜안았다.
 당우는 그에게 시신을 건네주고 물러섰다.
 "그게 무슨 검법인가? 처음 봤는데."
 검도자가 물어왔다.
 "가주는 알아보더군요."
 "그랬나?"
 "사실 가주는……."
 "됐네. 이게 가주의 뜻이라면 서로 잘된 일 아닌가. 이제 그만 모든 걸 덮어버리세."
 "검련 쪽 일은……."
 "이쪽은 염려 말게. 약속한 바는 반드시 지킬 터이니. 이제부터 새로운 시작이네. 명심하게, 이제부터는 검련을 건드리지 않는 게 좋을 걸세. 반드시 보복이 따를 테니."
 "그쪽에서 시비를 걸지 않으면 싸울 일도 없을 겁니다."
 당우는 말을 하면서 아버지를 봤다.
 아버지는 하늘을 쳐다보고 있었다. 멍한 표정으로, 속을 알 수 없는 얼굴로.
 무슨 생각을 하고 계실까?

第九十章
후애(厚愛)

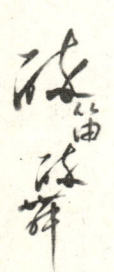

1

당우는 백석산으로 발길을 옮겼다.

당우로 불릴 적에는 수시로 들렀던 산이건만 다시 와보니 낯설기만 하다.

산 전체가 눈이 쌓인 듯 새하얗다.

백 명의 원혼이 서려 있는 곳에는 그들을 위로하는 위령비(慰靈碑)가 세워져 있다.

당우는 커다란 비석 앞에서 가져온 술을 따랐다. 죽은 영혼을 위로하기 위해 지전(紙錢)도 태웠다.

'다시 오지는 못할 터. 억울함을 풀고…….'

생각을 이어가던 당우는 문득 어떤 생각이 떠올랐다.

'문득' 이 아니다. 그의 머릿속에는 구령마혼이 상시 움직이고 있다. 어떤 생각만 하면 자동적으로 아홉 개의 머리가 각기 다른 의견을 이끌어낸다.

한 가지, 마음에 걸리는 점이 있다.

흑조!

천검가주는 강력한 힘을 가진 흑조를 겨우 자식들을 내쫓는 데 사용했다. 그리고 류명이 천검가를 엉망진창으로 만들 때도 한발 물러서서 지켜보기만 했다.

왜 그랬을까? 평생에 걸쳐서 일궈놓은 모든 것이 와르르 무너지는데 왜 보기만 한 걸까?

노환으로 거동을 하지 못한다는 건 핑계다.

마지막 싸움에서 봤듯이 가주는 펄펄 날았다. 그가 스스로 검에 달려들지 않았다면 화액을 쓸 수밖에 없었을 게다.

당우는 머리를 흔들었다.

다 끝난 일이다. 그가 어떤 생각을 가졌건 아픈 과거는 지워 버려야 한다.

그때였다.

<u>스스스스스……!</u>

알지 못할 미증유의 힘이 전신으로 스며들었다.

'훗!'

당우는 깜짝 놀라 주위를 쓸어봤다.

도미나찰로 인해서 그의 감각은 영성(靈性)을 띨 정도가 되었다. 또한 구령마혼은 그의 머리를 개조시켰다. 흘깃 스쳐 보고 지나가는 일상사까지도 세세하게 분석, 정리한다.

그는 백석산의 기운을 읽었다.

동남동녀가 쓰러져 간 곳에서 그들이 남기고 간 한(恨)을 읽었다.

"우웃!"

당우는 머리를 잡고 비틀거렸다.

육신이 동남동녀의 한에 반응한다. 정확하게 말하면 껍질에 쌓인 단전 진기가 꿈틀거린다.

그렇다. 그의 진기는 원래 이들 것이다.

백석산에는 동남동녀의 혼기(魂氣)가 서려 있는 곳, 투골조가 반응하는 것은 당연하다.

'그랬나. 너희가 이렇게 아팠나. 이제 편히 쉬어라. 편히……'

당우는 동남동녀를 진심으로 위로했다. 투골조의 반응을 그들의 통곡으로 받아들였다.

"하하하! 제가 좀 늦었습니다."

"어서 와라."

"어서 와."

천검가에 떠났던 사람들이 돌아왔다.

텅 비었던 전각에 사람들이 다시 채워진다.

이렇게 갈 사람은 가고, 올 사람은 온다.

"우리도 가야지? 어디로 갈 거야?"

어해연이 물어왔다. 한데 당우는 대답하지 못했다. 안색까지 파리하게 질려서 아무 소리도 못했다.
 스으으으으……!
 백석산에서 느꼈던 기운이 다시 느껴진다.
 투골조가 새 손님, 이제 막 천검가로 들어와 천검사봉에게 인사를 하고 있는 옛 주인 천검가의 이공자인 류과의 진기와 맞물려 반응한다.
 파파팟!
 당우는 반응하는 투골조에 힘을 실었다.
 그러자 투골조의 기운이 힘차게 뻗어나간다. 이쪽과 저쪽이 한데 어울려서 움직인다.
 류과가 어깨를 움찔거렸다. 그리고 고개를 돌려 진기가 뻗어 나오는 곳을 쳐다봤다.
 당우와 류과는 서로를 쳐다봤다.
 한쪽 진기는 당우가 흘린 것이고, 또 한쪽 진기는 류과가 뻗어낸 것이다.
 류과가 씩 웃으면서 다가왔다.
 다른 사람은 몰라도 두 사람은 안다. 서로가 서로를 알아본다. 투골조가 투골조를 느낀다.
 당우는 모든 걸 알았다. 천검가주가 왜 그렇게 죽었는지 비로소 이해가 되었다.
 대부인은 잘못 알았다. 아주 크게 착각했다.
 백석산 사건을 일으킨 사람은 류과다. 그가 귀영단애를 이용했다. 그가 모든 걸 움직였다. 천검가주와 귀영단애의 관계를 알아냈고, 천검가주의 이름을 도용하여 귀영단애를 움직였다.

가주가 사실을 알았을 때는 이미 일이 벌어진 후다.

사건을 급하게 마무리하고 귀영단애가 사실을 알게 되었을 때 류과가 받을 보복을 생각해서 자신이 뒤집어쓰고, 그러나 정이 떨어진 자식들과 한 지붕 아래 살기 싫어서 쫓아낸 게다.

흑조……. 흑조는 그의 야심을 위해 마련한 것이지만, 크게 쓰이지 못하고 닭 잡는 데 그치고 말았다.

그다음은 방관이다. 가주는 자신이 일궈낸 업적들이 무상해 보였으리라. 그러니 와르르 무너져 가는 것을 보면서도 못 본 척 눈을 돌렸던 게다.

그러나 그는 끝까지 류과를 들먹이지 않았다. 자신이 모든 오명을 안고 죽어갔다. 그가 죽지 않으면 옛 사건은 두고두고 거론된다. 그가 죽어야만 깨끗이 땅속에 묻힌다.

그의 죽음은 자식을 향한 애정으로 마무리되었다.

하면 자신의 아버지는……. 천검가주는 만정을 공개할 생각이 없었다. 조용히 인생을 마감할 생각이었다. 하나 일이 벌어졌고 이왕 벌어진 것, 인의를 저버린 만정이나마 공개하자는 쪽으로 생각이 급선회했을 게다.

그래서 아버지에게 뇌인을 찾으라는 명이 그리 늦게 떨어진 것이다. 처음부터 그럴 생각이었다면 몇 년 전, 몇십 년 전부터 준비했을 터인데 자신이 만정에 들어간 후부터 준비하게 된

연유가 그랬던 것이다.

어쩌면 대부인은 이 모든 사실을 알았을 수도 있다.

그래서 자식들이 천검가에서 내쫓길 때도 가만히 있었던 것이 아닐까? 기다리고 기다리다가 자식들이 준비가 되자 비로소 들고 일어난 건 아닐까?

그렇다면 대부인은 투골조를 위해서 인의를 저버린 사람이 된다.

구령마혼은 천검가주와 류과에 얽힌 사연을 단번에 풀어냈다.

류과가 말했다.

"많이 컸구나. 옛날에는 옆에 있어도 모르더니, 이제는 멀리 떨어져 있어도 느껴."

그의 음성에 잔인한 살소가 배어 나왔다.

투골조의 반응!

예전에도 류과는 느꼈다는 뜻이다. 하지만 그때에는 당우가 느끼지 못했다. 성취도가 너무 미약했기 때문에 류과가 동종의 진기를 뿜어내도 감지하지 못했다.

이제는 다르다. 멀리 있어도 한눈에 알아볼 수 있다.

"후후후! 이걸 생각하지 못했어. 이제는 성장했다는 걸. 예전에 알아보지 못했으니 지금도 알아보지 못할 것으로 생각했는데…… 듣자 하니 진기를 쓰지 못한다고 하던데, 아니었나?"

순간, 당우의 눈에서 이채가 어른거렸다.

'다르다!'

또 한 번 충격이 느껴진다.

류과가 수련한 투골조와 자신의 투골조가 다르다. 류과는 무기지신을 모른다. 천검가주는 무기지신을 알았다. 그래서 그를 만정에 집어넣으면서도 안심했다. 당우가 만정의 제왕이 될 것임을 믿어 의심치 않았다.

류과는 진기가 씨앗에 감싸지는 포태의 과정을 모른다.

자신과는 전혀 다른 투골조를 수련했다는 뜻이다. 비슷하지만 다른 진기다.

당우가 눈살을 찌푸리며 말했다.

"근처에 조용한 곳이 있으면… 갈까요?"

"좋지. 마침 내가 그런 곳을 알고 있잖아? 하하하! 우리 갈까?"

류과가 잔혹한 웃음을 흘렸다.

"무슨 일이야?"

"왜 그래?"

사람들이 의아한 표정을 지으며 다가왔다.

반혼귀성 사람도 있고, 천검가 사람도 있다. 하지만 그들이 알기를 원치 않는다.

당우와 류과, 두 명 다 같은 생각이다.

팔은 안으로 굽는다고 했다. 류과가 투골조를 수련했다는 사실이 드러나면 천검가는 어떤 행동을 할까? 류과를 징치할까? 아니면 그를 보호하느라고 반혼귀성을 멸살할까?

대부인이 모든 사실을 알고 이 자리를 준비한 것이라면 후자가 될 가능성도 없지 않다.

류과는 류과대로 자신의 비밀을 보존하고 싶을 게다.

그가 투골조를 수련했다는 사실은 대부인 단 한 사람밖에 모른다. 그것도 대부인이 사전에 알았다는 전제가 붙는다. 대부인이 아무것도 몰랐다면 그 사실을 아는 사람은 당우뿐이다.

류과가 여러 사람을 돌아보며 말했다.

"하하하! 우리가 예전부터 해결할 게 좀 있었거든. 모두 기다리라고. 빨리 해결하고 올게."

사람들은 싸움을 예감했다.

무슨 일인지 모르지만 완벽한 무인으로 성장한 당우와 류과가 한 치도 물러서지 않고 으르렁거린다.

피할 수 없는 싸움인 게다.

"원한은 말로 푸는 게 제일이란 걸 잊지 마라."

류정이 침중한 음성으로 말했다.

두 사람은 천검가주가 유명을 달리한 후원으로 갔다.

"하하하! 너 겁이 없어졌구나? 날 이길 수 있다고 생각한 거야?"

"투골조는 어찌 된 거냐!"

"거냐? 하하하! 그래, 죽을 자리니 반말이나마 실컷 해라."

"백석산의 진기는 내가… 그럼?"

"하하하! 동남동녀가 그들뿐이냐? 그리고… 백 명만 필요해?"

파아아앗!

류과가 손을 들어 보였다.

순간, 두 손이 청옥빛으로 물들었다.

투골조가 사성(四成)을 넘어섰다. 그가 죽인 어린 영혼이 사백 명을 넘어선다.

"악마는 따로 있었군."

"하하! 악마라. 만정에서 악마는 실컷 보지 않았어?"

"그들은 너에 비하면 선인이지."

"됐어. 그런 걸 따질 필요는 없고. 아버님을 이 자리에서 죽였다며? 하하하! 믿을 수 없어. 아버님이 너 같은 것에게 죽었다는 사실이. 내가 보기에 넌 한참 멀었는데 말이야."

스릉!

당우는 검을 준비했다.

그의 투골조는 일성이다. 류과는 사성이다. 투골조로는 상대가 안 된다. 하지만 투골조를 쓸 생각이다. 상대가 안 되기 때문에 약간 변형을 취하긴 하지만 말이다.

"검법이 특이하다는 소리는 들었다. 어디… 볼까!"

쐐엑!

류과가 양손을 좌우로 활짝 벌리고 달려왔다.

'정심식기(定心息氣), 신체입정(身體立定), 양수여공(兩手如

拱) 존심정극(存心靜極), 장향상분(掌向上分)······.'
 오랜만에 투골조의 구결이 입안에서 맴돌았다.
 쌍수십지성투골조(雙手十指成透骨爪) 축력쌍수(蓄力雙手)!
 양손에 진기를 운집한다. 그리고 양손 열 손가락에 투골조를 실어서 쏘아낸다.
 타악!
 류과의 청옥빛 손이 장검을 쳐냈다. 그리고 당우의 가슴까지 훑어냈다.
 빠빠빡!
 갈비뼈 부러지는 소리가 둔탁하게 울렸다.
 투골조의 악력(握力)은 천하제일이다. 못 부수는 게 없다. 검이든 뼈마디든 잡히는 대로 가루를 내어버린다.
 그 순간, 검을 든 당우의 손이 청옥빛 투골조를 빨래 짜듯이 휘루루 휘감았다.
 "뭐야, 이건!"
 류과가 놀란 눈을 부릅뜰 때,
 퍼억! 빠빠빡!
 왼손이 류과와 같은 수법으로 그의 갈비뼈를 취했다.
 하나 다른 게 있다. 류과는 뼈만 부러뜨렸다. 하지만 당우의 투골조는 살을 파고 안으로 침습하여 심장까지 움켜쥐었다.
 콱!
 심장이 터졌다. 몸 안에서 백 명의 원혼이 실린 투골조에게 영혼을 맡겼다.

"끄윽!"

류과가 믿을 수 없다는 표정을 지으면서 휘청휘청 물러섰다.

검을 쓴 것은 그를 안심시키기 위해서다. 천검가주를 검으로 죽였다는 소문이 널리 퍼져 있으니, 류과도 검법만 주시했을 것이다. 당우가 투골조를 쓰리라고는 전혀 생각하지 못했을 게다.

그의 투골조는 구각교피에 걸렸다.

산음초의의 걸작인 구각교피가 당우의 몸을 철벽처럼 감싸주었다. 하지만 그는 호신갑(護身鉀)이 없다. 당우의 투골조를 너무 가볍게 본 것도 실책이다.

승부는 정해진 거였다.

2

세상은 언제나 조용하다.

마치 전쟁이라도 일어난 것처럼 들썩거리다가도 정신을 차려보면 고요한 정적만 맴돈다.

천검가주가 노환으로 별세했다.

검련에서 많은 조문객이 왔다.

검련제일가주를 비롯해서 검련사십가의 가주가 모두 조문했다.

반혼귀성에 대한 말은 한마디도 없다.
그저 잠깐 나타났다가 사라져 버린 무명 무인들 중 하나로 치부될 뿐이다.
세상은 아무런 변화도 없다.

홍련암(紅蓮庵)!
사람들의 발길이 거의 닿지 않는 인적 드문 곳에 작은 암자가 들어섰다.
향이 살라진다.
똑똑똑……!
목탁 소리가 청아하게 울려 퍼진다.
"널 좋아했어."
맑고 차분한 음성이 목탁 소리와 어울렸다.
"알아요."
"농담처럼 말하긴 했어도 정말 좋아했어. 동생 같은 감정이 아니라 남녀로."
어해연이 어화영의 위패(位牌)를 보며 말했다.
"……"
당우는 얼굴만 붉혔다.
"이제 내가 좋아할 거야."
"누, 누님!"
"신산조랑은 알고 있었어. 그래서 너와 우리만 주인으로 모신 거야. 아직도 모르겠어?"

"그, 그건!"
"걱정 마. 주안술이 깨지면 즉시 포기할게."
"그게……."
"안아줘. 화영이가 보고 싶다."
어해연의 음성이 착 가라앉았다.
그녀의 눈에는 평생을 함께했던 어화영의 그림자가 진하게 내려앉았다.
당우가 팔을 올려 어깨를 껴안았다.
똑! 똑! 또르르륵!
스님이 목탁을 내려놓으며 일어섰다.
"흠! 신성한 법당이다."
비구니, 여스님은 눈을 흘기며 법당 밖으로 나갔다.
"어머니, 제가 뭘 했다고……."
"어머니가 아니라 청화(青樺)래도!"
"청화 스님! 제가 뭘 했다고요!"
그러나 청화 스님의 음성은 더 이상 들려오지 않았다.
조용한 정적이 법당에 깔렸다. 그리고 난생 처음 여인의 향기를 느꼈다. 말도 안 되지만 나이가 배 이상 많은 중년 여인, 아니, 초로에 접어든 여인에게서…….
당우는 어깨를 감싼 것으로 부족해서 그녀를 와락 돌려세웠다.
그녀가 말했다.
"주안술이 깨질 때까지만."

"주안술 같은 건 상관없어요."
 당우는 그녀의 붉은 입술에 입을 맞췄다. 가볍게, 그리고 진하게, 아주 깊게……

大尾

촌부 新무협 판타지 소설
FANTASTIC ORIENTAL HEROES

천애협로

『우화등선』, 『화공도담』의 뒤를 잇는 작가 촌부의 또 하나의 도가 무협!

무림맹주(武林盟主), 아미파(峨嵋派) 장문인(掌門人),
군문제일검(軍門第一劍), 남궁세가(南宮勢家)의 안주인.

그들을 키워낸 어머니-
진무신모(眞武神母) 유월향(柳月香)!

어느 날, 그녀가 실종되는데……

"하, 할머니는 누구세요?"

무한삼진의 고아, 소량(少雨)에게 찾아온 기이한 인연.

세상과 함께 호흡을 나눌 수 있다면[天地同息]
천하의 이치를 모두 얻으리라[天下之理得]!

이제, 천하제일인과 그녀가 길러낸 마지막 자손의 이야기가 펼쳐진다!

Book Publishing CHUNGEORAM
WWW.chungeoram.com

소드 슬레이어

류연 판타지 장편 소설

FANTASY FRONTIER SPIRIT

그날로 돌아간 그 순간부터 입버릇처럼 붙은 한마디.
"생각해라, 아서 란펠지."

귀족 반란에 휘말린 채 죽어야 했던 기사, 아서 란펠지.
600년 전 마룡 카브라로 인해 봉인당한 세 용사의 영혼.
버려진 이름없는 신전에서 그들이 만났을 때
운명은 또 다른 전설의 서막을 알렸다!

소드 슬레이어!

힘없이 죽어간 모든 인연들을 위하여
무력하고 허망했던 어제를 딛고
멈추지 않는 오늘을 달려 내일을 잡아라!

**위선에 가득찬 검들을 향해
여섯 번째 마나 소드, 에스카룬의 검이 질주한다!**

Book Publishing CHUNGEORAM

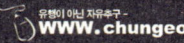
WWW.chungeoram.com